3

Supervivientes

Supervivientes

Megan Crewe

Traducción de Carles Andreu

Rocaeditorial

Título original: *The worlds we make*

© 2014, Megan Crewe

Primera edición: junio de 2014

© de la traducción: Carles Andreu
© de esta edición: Roca Editorial de Libros, S. L.
Av. Marquès de l'Argentera 17, pral.
08003 Barcelona
info@rocaeditorial.com
www.rocaeditorial.com

© del diseño/fotomontaje de portada: *imasd*
© de las fotografías de cubierta: AGE Fotostock

Impreso por RODESA
Villatuerta (Navarra)

ISBN: 978-84-9918-754-9
Depósito legal: B. 10.605-2014
Código IBIC: YFG

Para quienes siguen caminos
que ellos mismos han forjado.

UNO

*L*levábamos tres horas en la carretera cuando el cuatro por cuatro robado en el que íbamos topó con algo enterrado en la nieve. Anika soltó un grito agudo de sorpresa, pero siguió agarrando el volante con fuerza. La mandíbula de Gav, que dormía apoyado en mí, chocó contra mi hombro. Intenté ajustar mi posición, pero estaba encajonada por ambos lados. Apretujados en el asiento trasero, además de nosotros dos, iban Justin y Tobias, y la verdad era que entre los cuatro no teníamos demasiado margen de maniobra.

Leo se volvió desde el asiento del copiloto.

—¿Todo bien ahí detrás? —preguntó como si hablara en general, pero en realidad me miraba a mí.

—Sí —dije—. Estamos bien.

Aparté la mirada de él y la posé en el parabrisas. La nieve cubría el paisaje con un sudario blanco, y, de repente, me di cuenta de que creía de verdad lo que acababa de decir. ¿No era una locura? Huíamos de una pandilla sedienta de sangre a la que la chica que iba al volante había intentado vendernos hacía apenas un par de días. Habíamos sedado a mi novio para tratar de impedir que su cerebro, contagiado por el virus, lo empujara a hacer algo peligroso. Las habilidades que Tobias había adquirido en el ejército nos habían resultado muy útiles hasta entonces, pero todo parecía indicar que también él se había contagiado. Y aunque Justin seguía sano, yo ya había visto los líos en los que podía meternos un adolescente de quince años con tendencia a disparar a las primeras de cambio.

Pero, por otro lado, seguíamos ahí. Leo, mi mejor amigo y al que en su momento creía haber perdido, estaba sentado a pocos metros de mí, sano y salvo. Llevábamos las muestras de la vacuna que podían salvar al mundo de aquella espiral negativa bien almacenadas en el maletero. La nieve dificultaba la conducción, pero, al mismo tiempo, cubría nuestro rastro. Teníamos un objetivo más o menos definido y, cuando menos, la esperanza de que, cuando llegáramos, encontraríamos a científicos capaces de reproducir la vacuna de mi padre.

En definitiva, durante aquellos minutos, mientras acariciaba el leonino cabello de Gav y las ruedas del cuatro por cuatro rechinaban sobre el asfalto de la autopista, las perspectivas tampoco parecían tan malas. No digo que fueran fantásticas, pero no estaban mal. Eran aceptables.

De repente, un indicador del cuadro de mandos empezó a pitar.

10 —No sé qué significa ese icono —dijo Anika señalándolo. Su vocecita sonaba aún más aguda de lo habitual. Estaba agotada.

«Alguien debería sustituirla al volante», pensé. Había estado conduciendo desde que nos había recogido en el apartamento que habíamos ocupado, durante la vertiginosa huida de Toronto, con los guardianes disparándonos, y a través de aquella cegadora tormenta de nieve.

Tobias se inclinó hacia el espacio que quedaba entre los asientos delanteros.

—Es la presión de los neumáticos —dijo su voz apagada bajo las dos bufandas que le cubrían la boca por si de pronto le daba tos. Tenía los ojos azules semicerrados—. Uno pierde aire.

—¿Por qué? —preguntó Justin—. ¿Qué le pasa?

—¿Recuerdas la sacudida de hace un momento? —dijo Leo, frotándose la mejilla. El agotamiento le daba un tono cenizo a su piel olivácea—. Fuera lo que fuera lo que hemos pisado, seguramente estaba afilado.

Gav murmuró algo y se movió. Lo acerqué más a mí.

Le habíamos administrado sedantes para animales, por lo que no sabíamos qué consecuencias tendrían en una persona ni cuánto duraría su efecto.

—Será mejor que nos encarguemos de la rueda antes de que se deshinche del todo —dije—. Coge la próxima salida, ¿vale?

Si no conseguíamos llegar a una salida y nos quedábamos tirados en medio de la autopista, nos convertiríamos en presas fáciles para los guardianes. Michael, su líder, había ordenado que nos persiguieran hasta conseguir la vacuna. En uno de nuestros últimos encontronazos, Justin y Tobias habían matado a tres de sus miembros. Teniendo en cuenta cómo habían disparado contra nosotros mientras huíamos de la ciudad, era evidente que querían pagarnos con la misma moneda.

Los limpiaparabrisas iban y venían, chirriando, mientras Anika intentaba ver algo a través de la nieve. El indicador pitaba sin parar. Finalmente, Justin pegó un grito y señaló un cartel que asomaba entre la niebla.

Anika frenó para girar hacia la rampa de salida, pero, de repente, la carrocería del cuatro por cuatro se sacudió. Una rueda empezó a golpear rítmicamente el asfalto nevado, tirando del coche hacia la izquierda.

—¡Mierda! —gritó Anika.

Tomamos la rampa de salida con ritmo vacilante y nos detuvimos ante una estación de servicio abandonada. Vimos varias casas dispersas carretera abajo, pero si el pueblecito se extendía más allá que eso, quedaba oculto entre la nieve.

—Veamos el alcance de la tragedia —dije, con una acusada sensación de desazón en el estómago.

En cuanto Tobias abrió la puerta, Gav soltó un gemido. Definitivamente, estaba despertando. Aprovechando que los otros habían salido, me desplacé hasta el asiento central para dejarle más sitio y me llevé la mano al bolsillo del abrigo, donde palpé el frasco de bebida con sedante, de color anaranjado, que le había preparado. Esperaba ser capaz de obligarlo a beber un poco más.

Leo se detuvo un instante junto a la puerta.

—¿Necesitáis algo? —preguntó.

—De momento no —dije—. Pero creo que será mejor que me quede con él mientras...

Sin previo aviso, Gav se echó sobre mi regazo y se arrancó las bufandas de la boca. Un estremecimiento le recorrió todo el cuerpo y vomitó con una sonora arcada. Un líquido anaranjado se esparció por todo el asiento.

Leo se echó hacia atrás de un brinco. En el asiento delantero, Anika soltó un gruñido de asco. Gav se desplomó junto a mí y yo le pasé un brazo por el hombro, conteniendo mi propia arcada ante aquel olor nauseabundo que ya había empezado a impregnar el cuatro por cuatro.

Gav llevaba dos días negándose a comer nada. Tal vez las píldoras disueltas habían resultado demasiado potentes para su estómago vacío, o quizás me había pasado con la dosis.

O, quizás, entre el virus, la falta de comida y nuestra incapacidad manifiesta de proporcionarle un tratamiento básico, su cuerpo había empezado a rendirse.

Parpadeé con fuerza y aparté aquella idea de mi cabeza.

—¿Gav? —le dije—. Ven, saldremos a tomar el aire.

Me incliné por encima de él y abrí la puerta. La brisa nos cubrió de copos de nieve, pero también se llevó en gran medida el mal olor. Gav murmuró algo que no entendí.

—¿Quieres agua? —le pregunté, pero no respondió.

Levanté la cabeza y vi que los demáss formaban un semicírculo en la parte trasera del cuatro por cuatro.

—La rueda está hecha trizas —anunció Tobias—. Y no hay ninguna de recambio.

—Vale —dije, intentando concentrarme—. ¿Podéis echar un vistazo a los garajes de alrededor y ver si encontráis algún coche al que podamos sacarle una rueda? Yo me quedaré cuidando de Gav. Sobre todo, no os alejéis mucho, tened el coche siempre a la vista. Solo nos faltaría perder a alguien en la tormenta.

Se alejaron rápidamente. Nos llegó otra oleada de aire glacial. Gav se retorció para protegerse del frío. Entonces

12

sacó medio cuerpo fuera del coche y se echó sobre la cuneta, temblando entre arcadas. La nieve quedó cubierta de gotas de color naranja.

Le froté la espalda, deseando poder hacer algo más por él. Pero si no habíamos logrado encontrar ningún médico en la ciudad, menos aún íbamos a hacerlo en aquel lugar perdido.

Gav movió la cabeza siguiendo el movimiento de mi mano y empezó a toser. Cogí la botella de agua natural, pero me detuve un instante. Era posible que el medicamento le fuera bien para la tos, pero no estaba segura de que su estómago fuera a tolerar nada en aquel momento.

Alargó la mano y le dejé coger la botella. Bebió un traguito y la dejó en el suelo del coche.

—¿Cómo estás? —le pregunté.

—Fatal. Estoy hecho un asco, Kae. Y tengo frío —murmuró, a la manera inconexa en la que hablaba desde que había entrado en la segunda fase del contagio, en la que los afectados decían lo primero que se les pasaba por la cabeza, sin pararse a pensar. Gav se estremeció—. Quiero que vayamos a algún lugar donde se esté bien. Volvamos al apartamento. ¿Por qué no podemos volver, Kae? Podríamos sentarnos junto al fuego y estar calentitos.

13

—Cuando nos volvamos a poner en marcha estaremos calientes, dentro del coche —dije, intentando tranquilizarlo a pesar del dolor que me invadía el pecho poco a poco.

El Gav de antes, el que había defendido el reparto de comida de nuestro pueblo, que había protegido una vacuna en la que ni siquiera creía y que me había hecho prometerle que no me rendiría, que no renunciaría a aquella misión, se habría muerto de vergüenza de haberse oído a sí mismo hablar de aquella manera. El que hablaba no era él, sino el virus.

Si cerraba las puertas y subía la calefacción, gastaría la batería y la poca gasolina que nos quedaba. Y el asiento empezaría a apestar de verdad. Tenía que limpiarlo antes.

Me levanté y Gav se giró bruscamente hacia mí.

—¿Adónde vas? —dijo, con los ojos color avellana des-bocados—. ¡No te vayas!

—Tranquilo —contesté—. Estoy aquí, solo voy a echar un vistazo en el maletero.

No me perdió de vista mientras me echaba sobre el res-paldo del asiento, pero entonces se quedó sin energías y se derrumbó sobre la puerta abierta. Yo palpé las provisiones de la parte trasera: mantas, material de camping, comida que habíamos rapiñado en Toronto, retales de sábanas. Cogí uno, me incliné sobre Gav para llenarlo de nieve y empecé a lim-piar el desbarajuste que había junto a mí. Gav estornudó dé-bilmente; incluso los síntomas empezaban a flaquear.

Me eché sobre el asiento para limpiar las manchas que quedaban más lejos de mi alcance y vi que los demás ya estaban volviendo al coche.

—Será mejor que te coloques bien las bufandas —le dije a Gav en el tono más suave del que fui capaz.

Aquellas capas de tejido eran lo único que podía impedir que, cada vez que tosía o estornudaba, el virus contagiara a otra víctima. Gav se quejó, pero hizo lo que le pedía.

Nuestros cuatro compañeros llegaron con las manos vacías.

—¿No hay nada? —pregunté.

—Por aquí cerca, no —dijo Tobias—. Detrás de aque-llas casas parece que solo hay campos.

—He mirado el mapa y, al parecer, hay un pueblo de verdad a kilómetro y medio, autopista abajo —dijo Leo.

Kilómetro y medio por territorio incierto, en el cora-zón de una tormenta que podía convertirse en ventisca en cualquier momento.

—No creo que sea prudente aventurarnos a caminar con este tiempo —dije.

—Pues, entonces, ¿qué hacemos? —preguntó Justin, que se colocó bien la coleta castaña después de que el viento se la hubiera echado sobre el hombro—. No pode-mos ir en coche con la rueda pinchada.

Anika se abrazó a sí misma y, de pronto, me di cuenta de que iba vestida con una chaqueta de lana mucho más fina que los abrigos de plumón que llevábamos los demás. Tendríamos que buscarle una nueva. Después de encontrar una rueda de recambio.

—Metámonos en algún lugar —dijo Gav—. ¿No nos podemos meter en algún lugar? Odio tener que ir apretujado en este coche horrendo.

—He echado un vistazo a través de las ventanas de las casas —dijo Leo—, y no parece que quede nadie por aquí. Si quisiéramos, podríamos entrar un poco en calor y ver si la nevada afloja algo antes de decidir qué hacemos.

Todo mi ser se rebeló contra aquella idea: teníamos que seguir avanzando. Los guardianes iban a por nosotros, nos pisaban los talones. Aún estábamos lejísimos de nuestro objetivo, el Centro para el Control de Enfermedades, en Atlanta. Pero no podíamos avanzar a pie (aun en el caso de que estuviera dispuesta a arriesgarme, Gav se habría negado a dar un solo paso), no podíamos ir en coche y no se me ocurría nada más.

Gav se puso de pie, tambaleándose, y tomó la decisión por mí.

—¡Oye! —exclamé, y salí tras él.

Gav dio la vuelta al coche, apoyándose en el capó, pero lo agarré del brazo.

—Yo solo quiero un fuego —dijo—. Quiero estar calentito. ¿No me puedes dar ni eso, Kae?

Se me llenaron los ojos de lágrimas.

—Vale —respondí—. Pues eso haremos.

Le pasé un brazo por los hombros, y le fallaron las rodillas. Leo se apresuró a sujetarlo por el otro lado y, juntos, lo ayudamos a caminar hasta la casa más próxima. Tobias se nos adelantó, empujó la puerta y, al ver que no se abría, pegó un puntapié al lado del pomo. Después de varias patadas, logró echarla abajo. Entró con paso cauteloso y echó un vistazo a las habitaciones.

Gav, que caminaba arrastrando los pies, tropezó con el primer peldaño y devolvió encima de las bufandas la poca agua que le había dado.

—Lo siento —murmuró—. Lo siento.

15

—No pasa nada —le dije.

Se desplomó en el vestíbulo. Yo me senté junto a él y le acuné la cabeza contra mi pecho. Por encima de la bufanda, su piel irradiaba un calor febril.

Le aparté las bufandas húmedas de la boca. Gav soltó una sucesión de estornudos débiles, cada vez más cerca del suelo. Justin y Anika, que acababan de entrar con las bolsas en las que llevábamos las mantas, se quedaron petrificados en el umbral: un simple estornudo podía significar que, al cabo de un par de semanas, ellos estuvieran igual de enfermos que Gav. Leo y yo éramos los únicos que estábamos a salvo, yo porque ya había estado enferma y me había recuperado, y Leo porque le había administrado una de las muestras de la vacuna antes de que nos diéramos cuenta de lo que nos iba a costar conservar en buen estado las pocas de que disponíamos.

Volví a coger a Gav del brazo.

—Tenemos que caminar un poco más —le dije.

No iba a poder sentarse cerca de un fuego como había imaginado, pero en la sala de estar, junto a la chimenea, había una puerta que daba a un pequeño despacho cubierto de polvo. Entramos dando bandazos y Gav se abalanzó sobre la alfombra de *patchwork* como si fuera una cama de plumas. Salí rápidamente a por un par de mantas y una linterna. Justin había empezado a romper una silla para convertirla en leña, y Tobias ya estaba rociando los trozos astillados con el queroseno del horno de camping. Por lo menos, dispondríamos de un poco de calor.

—¡Kaelyn! —gritó Gav, y yo volví corriendo a su lado.

Cerré la puerta y el cuarto sin ventanas quedó sumido en la oscuridad. Encendí la linterna, la dejé encima del escritorio y me arrodillé junto a Gav.

—Pronto hará más calor —le dije, mientras lo envolvía con las mantas.

A pesar de la fiebre que hervía bajo la piel, Gav tiritaba incontenblemente.

—Yo no me quiero sentir así —dijo—. Lo odio, Kae; no sabes cómo lo odio.

16

—Sí lo sé —respondí, y se me rompió la voz.

Había tan solo una cosa que le podía ofrecer. Apagué la linterna para no gastar las pilas y me acurruqué junto a él para proporcionarle mi calor corporal. Nos abrazamos el uno al otro en aquel cuarto frío y oscuro, mientras esperábamos a que el calor de la chimenea se colara por debajo de la puerta.

El tiempo pasó mientras la respiración irregular de Gav resonaba en mis oídos. Al cabo de un rato, pareció que en el cuarto hacía un poco más de calor, aunque a lo mejor era solo que me había acostumbrado al frío. Gav estaba hecho un ovillo junto a mí, tal como solía dormirse mi prima Meredith, con la cabeza encajada debajo de mi mentón y el brazo alrededor de mi cintura. Lo abracé con fuerza. De vez en cuando, aún temblaba.

La última vez que había abrazado a Meredith de aquella manera, nos estábamos escondiendo de los guardianes en la colonia de artistas donde habíamos conocido a Justin y a su madre. Había dejado a mi prima allí, junto a nuestra amiga Tessa, para asegurarme de que estuviera a salvo.

Por lo menos había logrado salvar a una persona. Eso si es que realmente estaba a salvo.

Llamaron a la puerta. El corazón me dio un brinco. Me había estado preguntando qué harían los demás, pero no había querido alterar la quietud a la que finalmente había sucumbido Gav.

—¿Va todo bien? —preguntó Leo después de entreabrir la puerta.

No, ya no creía que todo fuera bien, pero Leo tampoco podía hacer nada al respecto.

—Vamos tirando —respondí con voz ronca, levantando la cabeza—. ¿Cómo pinta el tiempo?

—Ya no nieva tanto, pero está oscureciendo —dijo—. Nos parece que lo mejor será pasar la noche aquí e ir a echar un vistazo al pueblo por la mañana. ¿A ti qué te parece?

Otra noche perdida. Aunque, por otro lado, tampoco podía pedirles que la pasaran caminando en la oscuridad. Además, si los guardianes pasaban cerca y veían las linternas…

—¿Y el humo de la chimenea? —pregunté—. ¿Nieva todavía lo suficiente para que no se vea?

—Yo creo que sí. De todos modos, pronto será tan oscuro que no importará. Hemos logrado meter el coche en el garaje para que no se vea desde la autopista.

Debería haber pensado en ello. Sacudí la cabeza para intentar aclararme las ideas, pero todo me dio vueltas. No había comido nada desde el improvisado desayuno de aquella mañana. Entonces un angustioso pensamiento se abrió paso entre el resto.

—¡La neverita con las muestras! ¿La has metido en casa?

—La tengo aquí mismo —dijo Leo—. He cambiado la nieve. ¿Quieres que la deje en el cuarto, contigo?

Gav se revolvió, inquieto, y hundió los dedos en mi abrigo. Le di un apretón en el hombro y pensé en Anika, que estaba ahí fuera con los demás, estudiándonos mientras sopesaba sus opciones.

—Sí —dije—. Gracias.

Al fin y al cabo, ya había intentado robarnos las muestras en una ocasión. Y sí, había optado por ponerse de nuestro lado y en contra de los guardianes por la brusquedad con que la habían tratado luego, pero eso no significaba que estuviera menos desesperada por protegerse contra el virus. Ir al volante del coche con el que habíamos huido era una cosa, pero resistir la tentación de la vacuna cuando estaba ahí mismo, a la vista de todos, no habría resultado fácil para nadie.

Leo abrió un poco más la puerta y metió la neverita dentro del cuarto. Gav dio un respingo por el ruido.

—¿Quién anda ahí? —preguntó, y acto seguido se dobló sobre sí mismo y empezó a toser.

Leo me dirigió una mirada de preocupación. Yo le devolví una sonrisa forzada y él se marchó. Pasé los dedos por el pelo de Gav.

—Era Leo, ha venido a ver como estábamos —dije.

Gav tosió un poco más y finalmente se secó la boca.

—Leo —dijo entonces, en tono desdeñoso.

18

Yo me encogí por dentro, aunque sus celos eran infundados. Había habido una época en que había sentido hacia mi mejor amigo algo que iba más allá de la simple amistad, y a lo mejor él hacia mí también. Leo me había dado un beso después de una incómoda confesión, cuando creía que yo seguiría adelante con esta misión sin él y que tal vez no volvería jamás. Pero Gav no sabía nada de eso.

Ni tenía por qué saberlo. Yo estaba con él y Leo lo sabía. Además, los dos habríamos arriesgado nuestras vidas para salvarlo del virus..., si hubiéramos sabido cómo hacerlo.

Agaché la cabeza y Gav tiró de mí.

—¿Tenemos que seguir avanzando? —murmuró—. ¿Hasta Atlanta? ¿Hasta el Centro para el Control de Enfermedades? No han hecho demasiado bien su trabajo, ¿no? No han controlado la enfermedad, que digamos.

—Ni ellos ni nadie —señalé.

Hasta donde sabíamos, y por lo que habíamos podido ver y oír, la llamada «gripe cordial» se había extendido por todo el mundo.

—¿Y por qué no? —preguntó Gav, levantando la voz—. Con todos esos científicos, seguro que por lo menos uno de ellos era lo bastante listo, pero nadie se preocupó por...

Otro ataque de tos le quebró la voz. «Mi padre sí se preocupó», me dije; mi padre había seguido trabajando en su prototipo de vacuna hasta el día de su muerte. Pero Gav no había confiado lo suficiente en él ni en su trabajo para tomársela cuando yo se lo había pedido.

Y yo no había insistido. Me mordí el labio.

—Oye —le dije—. No te preocupes por esto. Necesitas descansar.

—Ya he descansado —contestó—. Es lo único que he hecho. Nos tenemos que ir.

Se agarró al borde del escritorio e intentó levantarse con brazos temblorosos.

—¡Gav! —grité.

Intenté impedírselo y noté cómo la botella de agua mezclada con sedante que llevaba en el bolsillo del abrigo se me clavaba en las costillas. Me la saqué del bolsillo.

—Tienes que beber un poco —le dije—. Toma, esto te ha hecho sentir mejor antes.

—¿Esta mierda naranja? —me espetó—. Ni hablar. He bebido un poco y he vomitado en el coche. No pienso tomar más.

Sus músculos se rindieron y se desplomó sobre la alfombra. Dejé la botella a un lado.

—Vale —dije—. Pero quédate aquí, conmigo.

Antes de que volviéramos a subir al coche, al día siguiente, se me tenía que ocurrir un plan mejor. Eso siempre y cuando encontráramos una rueda de recambio. Y en el supuesto de que los guardianes no nos asaltaran en plena noche.

Pero, de momento, lo único que importaba era lograr que Gav se mantuviera tranquilo y no se moviera de allí. Solo eso ya iba a costarme lo mío.

DOS

El virus era sigiloso, despiadado y casi imparable, pero también era predecible. Me había dado cuenta de que Gav estaba enfermo en el preciso instante en que lo había visto rascándose la muñeca, al salir del ayuntamiento de Toronto. También había sabido que, después de cuatro o cinco días tosiendo, el virus que se abría paso por todo su cuerpo se apoderaría de la parte de su cerebro encargada de inhibir los pensamientos e impulsos que era preferible dejar a un lado, y que al mismo tiempo lo empujaría a buscar compañía todo el rato. Y sabía también que, al cabo de nada, su mente sufriría un cortocircuito absoluto que le provocaría una serie de alucinaciones y delirios violentos.

Pero saber todo eso no me servía de nada. Pasamos lo que me parecieron muchas horas tendidos sobre la alfombra, mientras Gav dormía y se despertaba, se volvía a dormir y volvía a despertar. Cada vez que recobraba la conciencia, yo le ofrecía la bebida sedante, pero en una de esas rechazó la botella con tanto ímpetu que se me escurrió entre los dedos y la mitad del líquido que quedaba se derramó por el suelo.

Después de eso ya no se la ofrecí más.

¿Íbamos a conseguir que se calmara lo suficiente para ir en el coche aún sin poder administrarle sedantes? Y, si no, ¿lograría convencerlo de alguna manera para que se tomara una pastilla?

Eso dejó de importarme en el momento en el que Gav empezó a estremecerse.

—No —murmuró, hundiendo la boca en la manga de la chaqueta—. No.

Le puse una mano sobre la mejilla: tenía la piel aún más caliente que antes.

—No pasa nada —le dije—. Todo irá bien.

Él se me quitó de encima y puso unos ojos como platos, fijos en algo que había más allá de mi hombro.

—¡No! —gritó—. ¡Dejadme en paz!

Retrocedió, tambaleándose, y se golpeó el brazo con una esquina del escritorio. La manta se enroscó en sus piernas y él le pegó un tirón, mientras buscaba a tientas la librería que tenía a sus espaldas.

Lo ayudé a levantarse con el corazón a cien.

—Gav... —dije, pero no supe cómo continuar.

Él cogió un libro de la estantería y lo arrojó contra la pared opuesta. Yo me hice a un lado, protegiéndome con los brazos.

—No hay nadie, Gav —insistí con la voz más serena de la que fui capaz. Por debajo de la puerta se filtraba tan solo una luz trémula, procedente de la sala de estar. Cogí la linterna y la encendí—. Soy yo, Kaelyn. Estás a salvo.

No sé si me oyó. Se arrojó contra la librería, incapaz de apartar la vista de lo que fuera que su cerebro arrasado por el virus le hacía ver. Me tambaleé.

Aún en la isla, cuando Meredith había alcanzado aquella fase de la enfermedad, la había llevado al hospital y, con la ayuda de los médicos, le habíamos inyectado un sedante y la habíamos atado a la cama. Con Gav, en cambio, no podía más que mirar.

Di un paso hacia él, que me clavó la mirada, con las pupilas tan dilatadas que consumían prácticamente todo el color de sus ojos. Cogió otro libro.

—¡Atrás! —gritó—. ¡No te acerques!

El suelo crujió al otro lado de la puerta.

—¿Qué pasa? —preguntó Justin.

Gav se volvió hacia la puerta. Quiso lanzarse contra

esta, pero los pies se le enredaron en la manta y cayó de rodillas al suelo.

—¡Quiero salir de aquí! —gritó, accionando el pomo de la puerta—. ¡Dejadme salir!

Intenté calmarlo, pero él me golpeó la mano. Entonces cogió impulso y se echó contra la puerta, al tiempo que se ponía de pie. Leo, Tobias y Justin estaban al otro lado, con Anika un poco más atrás. Se lo quedaron mirando y Gav les devolvió la mirada. Y entonces se abalanzó contra ellos.

Me eché encima de él y lo agarré del brazo. Gav se revolvió con un sonido que solo puedo describir como un gruñido y me estampó contra el marco de la puerta. Contuve el aliento mientras una descarga de dolor me recorría la espalda y el cráneo, y Gav logró soltarse.

—¡Ya vale! —exclamó Tobias con firmeza, y agarró a Gav por el hombro. Leo lo cogió por la otra muñeca.

—Está enfermo —dije, intentando sobreponerme al dolor de cabeza—. Solo…

—¡Soltadme! ¡Que me soltéis! —gritaba Gav, forcejeando, pero debía de haber agotado ya las pocas fuerzas que quedaban en su debilitado cuerpo. Le flaquearon las piernas y estuvo a punto de caer al suelo, pero Leo y Tobias lo sujetaron y se lo llevaron de vuelta al despacho. Justin se volvió hacia mí, inquieto.

—¿Estás bien?

—Sí —dije, pero al intentar levantarme di un traspié. Me dio otro pinchazo en la parte posterior de la cabeza, se me llenaron los ojos de lágrimas y noté un espasmo en el estómago.

Eso lo había hecho Gav. Gav había querido hacerme daño.

«No, él no —me corregí—. Ha sido el virus. Solo el virus.»

—¡No! —gritaba Gav—. ¡No, no, no, no!

Tobias y Leo salieron del cuarto; Leo llevaba la neverita en una mano. Tobias cerró y, al instante, se oyeron los golpes en la puerta. El pomo empezó a sacudirse.

23

—No lo dejéis salir —les rogó Anika, y dio un paso hacia atrás.

A la luz del fuego, me di cuenta de que se había puesto pálida. Leo se apoyó contra la puerta.

—Tenemos que atrancar la puerta con algo —dijo Justin, y Tobias señaló el armario del comedor.

Entre los dos lo arrastraron siguiendo la pared y lo dejaron delante de la puerta del despacho. El pomo chocó contra la parte trasera y a través de la madera oímos la voz frenética de Gav:

—¡No, esto no! ¡No podéis dejarme aquí! ¡Me van a…! ¡Sacadme de aquí, por favor!

Me cubrí los oídos y se me acumularon las lágrimas detrás de los párpados cerrados. Alguien me puso una mano en el hombro, delicadamente, pero di un respingo.

—¿Kae? —preguntó Leo—. ¿Te ha hecho daño?

—¡No ha sido él! —le espeté.

No era él a quien habíamos encerrado en aquel cuarto, a solas con las imágenes que lo atormentaban. No era él.

Porque, a efectos prácticos, el Gav que había conocido había desaparecido por completo.

Pasé toda la noche sentada en un rincón, mientras Gav protestaba furiosamente al otro lado de la pared. A pesar del calor que desprendía el fuego de la chimenea, los demás se mudaron a la segunda planta. No los culpaba: ¿cómo iban a dormir en la sala, con aquel griterío?

Apoyé la cabeza en la pared, escuchando cómo sus puños iban perdiendo fuerza y la voz se le iba volviendo cada vez más ronca. Las lágrimas me surcaban las mejillas. Luchaba contra los enemigos que su mente confusa conjuraba y lo hacía con todo lo que tenía, con la misma tenacidad con la que había luchado siempre. Después de darlo todo para intentar salvar el pueblo y de ayudarme a mí a cruzar todo Canadá, iba a terminar así. Me había propuesto salvar el mundo, y, a la hora de la verdad, no podía salvar ni a la persona que más me había apoyado.

Salió el sol y la sala de estar se llenó de luz. Los otros bajaron a la planta baja y fueron a la cocina a través del comedor. Cerré los ojos. En el despacho, Gav lloraba con grandes sollozos. Cerré los puños y se me clavaron las uñas en la palma de la mano.

Al cabo de un rato, Leo vino a la sala de estar. Se detuvo a un par de metros de mí. Me fijé en sus botas, la piel marrón cubierta de rayas y arañazos, convertidas en algo así como un mapa de lo lejos que habíamos llegado. Gav seguía sollozando.

—Kae —dijo Leo—, ¿te puedo traer algo?

Negué con la cabeza: el nudo que tenía en la garganta me impedía hablar.

—Vamos a echar un vistazo al pueblo y a buscar una rueda de recambio —agregó—. Yo, Justin y Anika. Tobias cree que es mejor que se quede en el piso de arriba. Si lo necesitas, llámalo y bajará enseguida. Regresaremos en cuanto podamos.

Volví a asentir. Leo dudó un instante, y entonces oí cómo dejaba algo encima de la mesita del café. Cuando levanté los ojos, vi que había un plato de galletas con manteca de cacahuete. Llevaba veinticuatro horas sin comer, pero al ver la comida se me cerró el estómago.

Iban a ir al pueblo a buscar una rueda. En cuanto volvieran, llegaría el momento de irnos. Y de dejar atrás a Gav, definitivamente.

Hacía unos días, me había hecho prometerle que no descansaría hasta encontrar a alguien capaz de reproducir la vacuna, que no renunciaría a esa esperanza. Un día más tarde, lo había mirado a los ojos febriles, lo había besado y le había prometido que siempre estaría con él. Pero no iba a poderlo llevar con nosotros, no en aquel estado.

Al otro lado de la pared se oía una y otra vez un sonido desgarrador, como si Gav estuviera arrancando las páginas de todos los libros del escritorio. Había dejado de gritar y ahora murmuraba, pero eso era casi peor. No conseguía descifrar nada de lo que decía, solo podía imaginarme lo que hacía a partir de su aterrorizado tono de voz.

25

Metal chirriando contra metal. Unas uñas que escarbaban el marco de la puerta. Cerré los ojos con fuerza y algo más negro que el desespero me atravesó el pecho, ardiente como un trago de alcohol.

Levanté el brazo con ganas de golpear, de golpear algo con fuerza. Pero solo habría conseguido asustar aún más a Gav, y tal vez que Tobias bajara corriendo para ver qué pasaba. Así pues, cerré el puño con fuerza y me lo metí en la boca. Me mordí los nudillos hasta que el dolor se hizo tan intenso como la rabia que sentía en mi interior.

Los odiaba. También odiaba el virus, desde luego, pero eso había sido así desde el principio. No, a quienes odiaba de verdad era a las personas que nos habían condenado a aquella situación. Odiaba a Michael, el hombre al que solo conocía por las historias que me habían contado Anika y mi hermano; el tipo que había atravesado todo el país buscando a personas de su cuerda, que se encargaran de proteger la comida, los generadores, el combustible y los medicamentos que había ido acumulando, y que se negaba a ayudar a nadie que no pudiera pagar los precios que él imponía. Odiaba a los médicos que se habían doblegado ante los guardianes en lugar de plantarles cara y a los funcionarios del Gobierno que habían huido. Odiaba al hombre enfermo que se había abalanzado contra nosotros y le había transmitido el virus a Gav.

Aunque sufriéramos una epidemia, a lo mejor sin todas esas personas que solo pensaban en sí mismas habríamos logrado derrotarla. En aquel momento, deseé que estuvieran todos muertos.

No recordaba haberme dormido, pero el cansancio debía de haber podido más que yo. Me desperté en una habitación oscura. Había pasado otro día y la noche se nos había echado ya encima. Estaba sola, pero el fuego crepitaba a mis espaldas, por lo que deduje que los otros habían vuelto. Al levantar la cabeza, noté una punzada de dolor. Y entonces me di cuenta de que, finalmente, al otro lado de la pared reinaba el silencio.

Me puse muy tensa. Me levanté, tambaleándome, apoyé una mano sobre el yeso desportillado y agucé el oído. No se oía nada.

Tiré del armario y lo aparté de la puerta lo justo para poder colarme en el cuarto.

Gav estaba acurrucado sobre la alfombra, como antes de sucumbir a las alucinaciones. La manta estaba en un rincón, hecha jirones, y había papeles esparcidos por el suelo, como un nido construido por una mente desquiciada. Su abrigo estaba abierto, roto por las costuras. Había volcado el escritorio y la mesa, y los había arrastrado contra la pared.

Me arrodillé junto a él. Estaba completamente inmóvil y le caía el pelo sobre la frente. El rubor de la fiebre se había desvanecido de su rostro. Parecía estar durmiendo.

Cuando le toqué la mejilla, noté que tenía la piel fría. Le puse una mano encima de la boca y de la nariz. Tenía los labios separados, pero el aire no se movía. Tenía una mano inerte junto a la cara, los dedos despellejados y sangrientos, lo mismo que los nudillos. Una mancha de sangre le cubría la barbilla. Alrededor de la puerta, la pared estaba llena de marcas, arañazos y manchas rojizas. Me asaltaron las náuseas.

Me tendí en el suelo y apoyé la cabeza en su pecho: no subía y bajaba con la respiración. Ni un atisbo de aliento, ni el menor rastro de un latido. Encogí las rodillas y me acurruqué junto a él. Entonces empecé a jadear entrecortadamente. Me ardían los ojos, pero debía de haberme quedado ya sin lágrimas. Solo me salió dolor.

—Lo siento —dije, con la boca pegada a la tela de su camiseta.

En el hospital de la isla, los pacientes habían sobrevivido más tiempo. Tenían médicos que los obligaban a comer y a beber, que les administraban medicamentos para calmarlos y que los ataban para impedir que se autolesionaran.

Pero si de todos modos no íbamos a poder hacer nada para salvarlo, era mejor que hubiera sucedido cuanto antes, ¿no? Menos horror, menos sufrimiento.

Tragué con dificultad y finalmente se me llenaron los ojos de lágrimas. No era justo. ¡No era justo! Le pegué un puntapié al montón de papeles. Casi no había luz, pero, a pesar de ello, no lograba despegar los ojos de las manchas de sangre. Me levanté con dificultad y empecé a apartar las páginas, agitando los brazos, amontonándolas contra la pared, volviendo a por los retales que me había dejado, resollando, llorando y secándome la cara con la manga. No paré hasta dejar la alfombra limpia.

De pronto me quedé sin energías y me eché en el suelo, junto a Gav. Lo cogí de la muñeca.

—Estoy aquí —le dije con voz llorosa—. He estado aquí todo el rato. No me he marchado.

Pasé el resto de la noche allí, a pocos centímetros del cuerpo inerte de Gav. No podía decir que hubiera dormido, pero tampoco que hubiera estado consciente. No percibí ningún movimiento al otro lado de la puerta del despacho, no sentía nada más allá del dolor que me atravesaba como un puñal, hasta que el sonido de la radio me sacó de mi estupor.

—Llamando al Centro para el Control de Enfermedades —dijo Leo en la sala de estar. El transmisor de radio emitió el eco de su voz—. Si alguien me oye, por favor, responda. Cambio.

Había sido Drew, que actuaba como una especie de agente doble junto a los guardianes, en Toronto, quien nos había sugerido que fuéramos al CCE. Pero a él lo habíamos tenido que dejar en su emplazamiento en la ciudad. Leo era el único del grupo que conocía la existencia de ese centro, pues en el momento en el que había estallado la epidemia vivía en Estados Unidos, concretamente en Nueva York, donde se encontraba la escuela de danza donde estudiaba, y aseguró que lo último que había oído era que el CCE aún estaba operativo.

Ahora aguardó un instante. Se oyó un chasquido cuando giró el dial para sintonizar una nueva frecuencia. Abrí los ojos. Noté la mano de Gav, rígida y fría, entre mis dedos. La bilis me subió hasta la garganta. Me puse de rodillas en el suelo.

—Llamando al Centro para el Control de Enfermedades —repitió Leo.

Dudé un instante, temerosa de salir y hacer que lo que tenía ante mis ojos se volviera aún más real expresándolo en palabras. Mientras Leo exploraba el espectro radiofónico, me empezaron a temblar los brazos.

—Respondan, por favor —repitió Leo por lo que pareció vigésima vez—. Cambio.

De repente, se oyó una voz gutural entre las interferencias.

—Ladrones de vacunas —gruñó—. Os estamos escuchando.

Di un respingo. Al otro lado de la puerta, Leo se quedó en silencio. La voz se rio.

—¿Se os han pasado las ganas de hablar? Pronto nos veremos las caras, chavales. Será mejor que os vayáis haciendo a la idea de que os encontraremos, y entonces os quitaremos lo que nos pertenece y os abriremos en canal desde...

Leo golpeó la radio y la transmisión se cortó.

—Mierda —dijo Justin desde el otro extremo de la sala—. No pueden localizarnos, ¿verdad?

—No veo cómo —respondió Leo con voz temblorosa—. No he mencionado nada sobre nuestro paradero. Pero creo que será mejor que no encendamos el fuego hasta la noche. Tal vez ahora saben que están cerca de nosotros.

Me levanté antes incluso de saber que había tomado una decisión. Me tambaleé un instante y me sujeté en el borde de la librería. La náusea se apoderó de mí, demasiado fuerte como para contenerla. Me encorvé y agarré la papelera.

Tenía el estómago vacío. Se me llenó la garganta de ácido, mientras el estómago se me contraía, y escupí dentro de la papelera. Mientras me secaba la boca, oí un terrible ataque de tos a través del techo, procedente del piso de arriba.

Tobias. Leo había mencionado que se había aislado ahí arriba. Estaba empeorando.

Si no podíamos ayudarle, si no lográbamos superar el cerco de los guardianes, en cuestión de días empezaría a pasarle lo mismo que a Gav.

La rabia que había experimentado la noche pasada estalló en mi interior. ¿Cómo se atrevían a llamarnos ladrones cuando eran ellos quienes intentaban robarnos a nosotros? Había intentado ser buena con ellos, había abroncado a Justin por disparar contra los tres miembros de la banda que nos habían seguido hasta Toronto; y había pedido a Tobias que no matara a los que nos habían perseguido cuando habíamos dejado la ciudad, que solo les hiciera daño. Además, si no hubiera sido por ellos…

Acaricié la mejilla de Gav y me estremecí al notar aquella piel tan fría.

No iba a permitir que aquello le pasara a Tobias, ni a nadie más.

30 Me llené los pulmones, me levanté y me dirigí hacia la puerta. Justin estaba atizando las brasas de la chimenea. Vi a Leo sentado en el sofá, guardando la radio en su estuche. Se pasó una mano por el negro cabello, que tenía casi un aspecto tan abandonado como cuando había regresado a la isla desde Nueva York.

Cuando salí de detrás del armario, ambos levantaron la cabeza y me dirigieron una mirada de aprensión. Lo sabían. Naturalmente que lo sabían.

—No nos quedaremos hasta la noche —anuncié con voz áspera—. Nos iremos de aquí en cuanto podamos.

Nos íbamos a largar de allí aunque fuera a pie. Y entonces mataría a cada guardián que nos mandara Michael, antes de que pudiera interponerse en nuestro camino.

TRES

Quería enterrar a Gav, pero eso era imposible. Desde el porche solo se veían jardines cubiertos de nieve, de modo que el suelo, debajo, estaría congelado.

Sin embargo, Gav se merecía algo, algo más que terminar abandonado en aquel despacho desvalijado.

Leo salió y se detuvo junto a mí, su aliento cuajado en el aire gélido. Me puso una mano en la espalda, tímidamente, y yo me incliné hacia él. Nos quedamos así un instante, él abrazándome con fuerza e impidiendo que me desmoronara. Como cuando éramos niños, el día que aquel turista se había quedado mirando mi color de piel y me había llamado «escarabajo», o cuando me había caído de un árbol y me había partido la crisma. Leo era mi mejor amigo. Si no lo hubiera tenido a mi lado, me habría sentido mucho más destrozada.

—¿Qué podemos hacer? —pregunté.

—No lo sé —respondió—. Supongo que… ¿podríamos trasladarlo a uno de los dormitorios?

Y eso hicimos. Llevamos el cuerpo rígido de Gav al piso de arriba y lo metimos en la habitación contigua a la que ocupaba Tobias, al que oíamos sorberse los mocos. Encima del colchón doble de la cama todavía había una sábana de color azul claro. La cogí para cubrir el cuerpo de Gav. Me temblaron las manos. Se me agarrotaron los dedos.

Leo me puso una mano en el hombro.

—Tú no tienes la culpa —dijo con voz queda—. Lo sabes, ¿verdad?

La preocupación que vi dibujada en sus ojos oscuros desencadenó en mi interior una cascada imparable de sentimientos que habría querido contener, uno tras otro. El recuerdo del único beso que nos habíamos dado. El chico que yacía ante nosotros y al que no volvería a besar nunca más. Repasé todos los motivos por los que sí tenía la culpa: por haber decidido ir hasta allí, por haber permitido que Gav me acompañara, por no haber insistido hasta obligarlo a ponerse la vacuna.

Busqué en mi interior la rabia que me había permitido centrarme antes. «Piensa en los guardianes. Piensa en Michael, sentado en su trono imaginario.» Si yo tenía la culpa, ellos aún la tenían más.

Doblé los brazos sobre el pecho.

—¿Me puedes dar un minuto? —le pedí.

Leo inclinó la cabeza.

—Ayer encontramos un neumático —contó—. El cuatro por cuatro está preparado, nos podemos marchar cuando tú decidas.

En cuanto se fue, me quedé allí, contemplando el cuerpo de Gav. Era como si estuviera vacío, como si aquellos ojos nunca hubieran desprendido un destello, como si aquellos labios nunca hubieran esbozado una sonrisa. Me fijé en un bulto en el bolsillo de los tejanos. Me resistí un instante, pero entonces, con un estremecimiento, metí los dedos para ver qué era: a lo mejor llevaba una cajetilla de cerillas o pastillas para depurar el agua.

Saqué un fragmento de cartón doblado, arrancado de una caja de galletas. En la parte no impresa, me llamó la atención algo escrito con tinta azul.

Kae:
Te quiero.
Te quiero.
Te quiero.
Sigue adelante.

Parpadeé con fuerza y sofoqué un sollozo.

Debía de haber encontrado la caja y un bolígrafo en alguna de las habitaciones en las que nos habíamos refugiado en Toronto, antes de empezar a perder la cabeza. Se lo había guardado en el bolsillo con la esperanza de que yo lo encontrara después de que el virus avanzara en su horrible devastación. Para transmitirme el último mensaje de su auténtico yo.

«Sigue adelante.»

—Lo haré —prometí.

Me guardé la nota en el bolsillo de los vaqueros y cubrí el cuerpo de Gav con la sábana. Dejé la cara para el final. Me quedé inmóvil, con los brazos pegados a los costados, y durante un instante fui incapaz de moverme. Por lo menos, cuando lo encontraran, quienquiera que lo encontrara, sabría que alguien se había ocupado de él, que no había muerto solo.

Tobias estornudó en la habitación contigua. Salí al pasillo con pasos pesados y me detuve ante su puerta.

—Tobias —dije—. Nos vamos.

Él tosió, sorprendido.

—¿Ahora?

Me di cuenta de que no lo sabía. No lo había visto por el piso de abajo desde la noche en que había ayudado a los chicos a mover el armario. Pero la perspectiva de contárselo me abrumaba. Me dije que no tardaría en atar cabos.

—Sí —dije—. ¿Estás preparado?

—Tengo las bufandas —respondió, y entonces hizo una pausa—. A lo mejor me tendría que tomar unos somníferos. Imagino que, si estoy fuera de combate, seré mucho menos contagioso.

—Sí, por qué no —dije.

Anika nos había traído varios botes de sedantes veterinarios como ofrenda de paz, o sea, que teníamos de sobra.

Tobias abrió la puerta y yo aparté la mirada sin querer. Aunque él fingiera despreocupación, sabía que debía de estar aterrorizado. Lo había estado desde que me había contado que tenía un picor que no desaparecía por mucho que se rascara. Y mientras yo velaba a Gav, Tobias no había hecho más que empeorar y acercarse cada vez más a aquel mismo final fatídico.

—Listo, equipado y a punto de marcha —dijo, dedicándome un saludo militar, pero yo percibí la tensión en su voz. Aunque lográramos llegar al CCE, no sabíamos si íbamos a encontrar a científicos capaces de tratarlo. De hecho, ni siquiera sabíamos si el tratamiento lograría salvarlo.

Pero era nuestra única esperanza.

—Vamos a llegar a Atlanta —le aseguré, obligándome a mirarlo a los ojos—. Tan rápido como podamos.

Las cañerías de la casa estaban heladas, así que, cuando traté de abrir el grifo, solo salió un chirrido. Me llevé algo de nieve al baño para lavarme rápidamente antes de ponerme la ropa limpia que los demás habían cogido de una tienda del pueblo, mientras buscaban un neumático. A continuación le eché un vistazo a la neverita: las tres muestras estaban seguras, las compresas de hielo seguían congeladas. Metí la bolsa con las libretas de notas de mi padre dentro, para que me resultara más fácil cogerlo todo si teníamos que salir corriendo otra vez.

—Encontramos una guía de carreteras de Estados Unidos en la gasolinera —dijo Leo mientras nos dirigíamos hacia el coche—. Tendría que bastarnos para llegar a Atlanta.

Tobias se tomó un par de pastillas y se sentó en la parte de atrás del cuatro por cuatro, tosiendo levemente bajo las bufandas. Justin se colocó bien y lo siguió. Se sentó a su lado, aunque dejó un espacio de seguridad entre los dos. Anika observó la situación desde debajo de la enorme capucha de un anorak nuevo. Se había quitado la máscara de ojos y el pintalabios habitual, y el miedo se insinuaba, desnudo, en las delicadas facciones de su cara. Dudó un instante antes de subir al coche. Tobias se puso tenso.

—Un momento —dije—, puedo guiar al conductor desde atrás. Justin, déjame que me siente en medio.

Desde allí formaría una barrera entre Tobias y las personas a las que podía contagiar.

Justin se apartó para dejarme sitio y Anika trepó al asiento del copiloto. Eché un último vistazo a la casa y me senté junto a Tobias. No logré ver la ventana de la habitación donde había dejado a Gav. Pero lo que había quedado allí no era más que un caparazón vacío. Justin cerró la puerta y yo dirigí la mirada al frente.

Faltaban menos de ochenta kilómetros para la frontera de Estados Unidos. Al cabo de un par de horas, saldríamos del único país que había conocido, el último retal de mi vida pasada.

El motor rugió y Leo puso el coche en marcha, rumbo a Atlanta.

Tracé una ruta a partir de nuestros viejos mapas de Ontario, evitando en la medida de lo posible las carreteras principales. Era posible que los guardianes no se hubieran dado cuenta de que nos habíamos detenido, y seguramente los teníamos delante de nosotros, pero estaba bastante segura de que patrullarían todas las autopistas entre aquel punto y Atlanta. Habían oído el mensaje de radio de Leo y sabían adónde nos dirigíamos.

Leo pasó un buen rato rastreando el dial. Cuando éramos pequeños, volvía loco a su padre cambiando de emisora cada dos o tres canciones, pues no quería perderse ninguna. Hoy, en cambio, no se oían más que interferencias.

Noté que, a medida que nos acercábamos a la frontera, se iba poniendo tenso y me acordé de la historia sobre el campo de cuarentena en el que había terminado internado mientras intentaba volver a casa. Pero tanto las cabinas del puesto fronterizo como los carriles estaban vacíos, y varias de las barreras estaban rotas. Pasamos sin detenernos junto a las ventanillas oscuras y dejamos atrás Canadá.

Seguimos avanzando hasta el día siguiente por la noche, parando de vez en cuando para cambiar de conductor y coger un poco de comida del maletero. En una ocasión pasamos ante unas viviendas con coches aparcados en los caminitos de acceso y aprovechamos para llenar el depósito de gasolina haciendo sifón. Nunca nos deteníamos durante demasiado tiempo, pero, aun así, avanzábamos muy despacio. La nieve dificultaba la tracción de los neumáticos, y en dos ocasiones tuvimos que deshacer el camino porque la nieve acumulada en la carretera por la que circulábamos nos impedía el paso. Cuando no tenía que conducir, intentaba echar una cabezadita en la parte de atrás, pero cada vez que el coche se sacudía, me despertaba con un sobresalto. Cuando cerraba los ojos, imaginaba a Gav en aquella habitación, con el frío calándole los huesos. A la mañana siguiente, cuando el sol asomó sobre el horizonte, estaba aterida.

Miré por la ventana y un nuevo motivo de preocupación se abrió paso por encima de mi cansancio. El bosque por el que habíamos estado circulando durante la mayor parte de la noche estaba a punto de convertirse en campo abierto, que los guardianes podían estar vigilando desde las carreteras principales que justamente habíamos estado evitando. De momento no habíamos visto a nadie, pero eso no significaba nada. Los guardianes estarían buscando nuestro cuatro por cuatro, el coche que les habíamos robado.

—Anika —dije, y ella dio un respingo tras el volante, desde donde hacía un momento observaba la carretera, como hipnotizada—. Tú conoces a los guardianes mejor que nosotros. Nos contaste que hace un tiempo Michael bajó por esta misma ruta. ¿Cuántas personas calculas que pueden andar buscándonos?

Anika pareció sofocar un bostezo.

—No estoy segura —contestó—. Quiero decir que nunca he formado parte de su grupo, ni he visto a Michael. Pero, por lo que he podido oír en la calle, sabe ganarse a la gente. Y cuando puso rumbo al sur se llevó a varios de los suyos. Ha tenido, no sé, como un mes para organizarse; a estas alturas podría disponer de grupos en varias ciudades. Si tanto le interesa la vacuna, tendrá a mucha gente vigilando.

—A lo mejor tendríamos que conseguir otro coche —aventuré—. Uno que no conozcan.

A mi lado, Leo se frotó los ojos, adormilado.

—Sí, sería lo más sensato.

—Pero van a comprobar cualquier vehículo que vean, ¿no? —intervino Justin, y dejó la guía de carreteras encima del regazo—. Desde luego, no nos podemos camuflar entre el tráfico. Si paramos a buscar un coche nuevo, les estaremos dando una oportunidad de alcanzarnos.

Anika frunció el ceño.

—Pero es que este coche es particularmente fácil de identificar. Quiero decir que el contraste entre el negro y la nieve blanca…

—Así pues, necesitamos un coche blanco —dijo Leo—. Puede llevarnos bastante tiempo; encontrar un coche que funcionara ya nos costó lo suyo.

Tenía razón. Ninguno de nosotros sabía hacerle el puente a un vehículo, de modo que no solo teníamos que toparnos con un coche blanco capaz de avanzar sobre nieve, sino que, además, las llaves tenían que estar en el contacto. ¿Qué probabilidades teníamos?

Desde la ventanilla opuesta, contra la que se había desplomado, Tobias respiraba entrecortadamente debajo de las bufandas. Teníamos que llevarlo al CCE cuanto antes.

Pero no íbamos a llegar ni a Atlanta ni a ninguna parte si nos pillaban porque conducíamos un coche negro por un paisaje nevado. O porque nos parábamos a buscar un coche distinto. O porque alguno de nosotros se dormía al volante y provocaba un accidente.

Me llevé la mano a la frente. ¿Cómo íbamos a elegir la opción más segura cuando todas parecían tan arriesgadas? La sombra de un poste telefónico pasó sobre el capó del cuatro por cuatro y, de pronto, se me ocurrió una solución de urgencia.

—El negro se confundiría con el paisaje nocturno, sobre todo si cubriéramos los faros con algo para que no iluminaran tanto —propuse—. Podríamos parar lo que queda del día, buscar algo que comer y dormir un poco. Y,

37

en cuanto empiece a anochecer, nos ponemos otra vez en marcha.

—Me parece bien —dijo Justin.

Leo asintió con la cabeza.

—Sí, creo que me sentiría más cómodo conduciendo si antes pudiera descansar un poco.

Avanzamos varios kilómetros más hasta que encontramos un campamento de bungalós de alquiler abandonado, en medio de un pequeño bosque. Tobias había empezado a despertar de la modorra que le habían provocado las pastillas. Aún medio grogui, echó un vistazo alrededor mientras aparcábamos detrás de uno de los bungalós.

—Será mejor que no nos quedemos en este —murmuró—. Las roderas del coche los guiarían directamente hasta nosotros. Caminaremos un rato a través de los árboles —dijo, señalando por la ventanilla—, para que nadie vea dónde termina el rastro, y nos instalaremos en otro, lejos del coche.

38

Hasta el momento, las técnicas de evasión que había aprendido en el ejército nos habían resultado siempre de lo más útiles. Así pues, seguimos sus instrucciones y cruzamos el bosque hasta llegar a la cabaña más cercana a la carretera. Desde allí, si alguien se acercaba al campamento, lo oiríamos. Nos instalamos en el suelo del comedor, con las mantas y los sacos de dormir dentro de la tienda de campaña, para conservar el calor a falta de una chimenea. Tobias, que ya había dormido, montó guardia junto a la ventana.

Horas más tarde, cuando volví a salir de la tienda, Leo ya estaba despierto y operaba la radio a la luz menguante del día.

—¿Novedades? —le pregunté.

—No. Ni del CCE, ni tampoco de los guardianes, por suerte —dijo, y se me quedó mirando fijamente—. ¿Has dormido bien?

—No es muy difícil cuando estás tan hecha polvo —contesté, e intenté reírme, pero sonó algo forzado—. No te preocupes por mí.

—Si necesitas hablar sobre Gav, o... —empezó a decir, pero sacudí la cabeza con firmeza—. Estás siendo muy dura contigo misma —agregó.

—No me queda otra —dije. La mirada se me fue hacia Tobias, que seguía en su puesto de guardia, junto a la ventana, y bajé la voz—. No disponemos de mucho tiempo.

—Ya lo sé —respondió Leo—. Pero no estás sola. Los demás estamos tan metidos como tú en todo esto.

Sí, él lo estaba. Y Justin y Tobias también. En cuanto a Anika, todavía no las tenía todas conmigo. Pero sus palabras consiguieron aliviar parte de la tensión que se acumulaba en mi interior.

—Ya lo sé —repuse—. Gracias.

Él sonrió.

—No te librarás de mí ni queriendo —aseguró.

Cuando Justin y Anika se despertaron, desmontamos la tienda y recogimos las cosas. Ella maldijo las cintas del saco de dormir, que se le escurrían entre los dedos cada vez que intentaba atarlas, y Justin se acercó para ayudarla.

—Supongo que, a partir de este momento, ya soy oficialmente patética —dijo.

—Solo un poco —respondió Justin, y para mi sorpresa le dirigió una sonrisa. Al parecer, en algún momento durante los últimos días, debía de haberla perdonado por haber intentado traicionarnos.

Tobias los estaba observando. Cuando vio que me daba cuenta, apartó la mirada y abrió la tapa del frasco de pastillas. Me acordé de lo colorado que se había puesto cuando Anika se había unido a nosotros por primera vez, y de cómo sus ojos la seguían adondequiera que fuera. «No es nada», habría querido decirle. «Es cuatro años mayor que Justin. No va a pasar nada entre ellos.» Pero, en realidad, Anika tampoco había mostrado ningún interés por Tobias. Así pues, mantuve la boca cerrada y regresé al coche con los demás.

Empecé conduciendo yo. Debajo de las varias capas de tela con las que los habíamos cubierto, los faros emitían apenas la luz necesaria para seguir la carretera que ser-

39

penteaba entre los campos de cultivo. Dudaba que su brillo apagado se viera desde muy lejos.

Al cabo de una hora, la carretera por la que circulábamos fue a dar a otra carretera. A mi lado, Justin examinó el mapa entrecerrando los ojos.

—Creo que tenemos que girar a la izquierda y luego coger la primera carretera hacia el este —dijo.

—¿Nos llevará cerca de la autopista? —le pregunté al llegar al segundo cruce.

—No mucho —contestó Justin, midiendo la distancia con los dedos—. Yo creo que aún hay un kilómetro y medio entre nosotros y la autopista más cercana.

—Pero, en realidad, no sabemos si los guardianes vigilan solo las autopistas —intervino Anika. Hizo una pausa, jugueteando con los guantes, antes de seguir hablando—. Si Michael ha sido lo bastante inteligente para lograr todo lo que ha conseguido, seguramente también lo será para deducir que intentaremos evitarlo circulando por carreteras secundarias.

—Bueno, si nos topamos con los guardianes, los dejaremos atrás a tiros, como la última vez —dijo Justin, como si hubiera sido él, y no Tobias, quien había disparado durante nuestra huida de Toronto.

—Yo, la verdad, preferiría no encontrarlos —apuntó Leo—. Si hay tiros, solo conseguiremos que otra gente salga a ver qué pasa. Los guardianes no son el único peligro que existe.

Tenía razón. En la isla, sin ir más lejos, nos habíamos topado con mucha gente peligrosa, y allí nadie sabía quién era Michael.

—Me sorprende que se fíe tanto de su gente —comenté—. Quiero decir, los tipos que nos persiguen, ¿qué impedirá que se inyecten las muestras ellos mismos?

—Michael seguramente mandaría matarlos —respondió Anika, como si nada—. De todos modos, creo que ha convencido a los suyos de que, si consigue la vacuna, todo aquel que haya sido leal podrá recibir una dosis.

¿Acaso creía que podía dividir las muestras y que bastaría una pequeña parte para proteger a su gente? O... Drew había mencionado que Michael había reclutado a varios médicos. A lo mejor creía que alguno de ellos sabría replicar la vacuna en pequeñas cantidades con el instrumental que hubiera logrado reunir, para luego venderla al mejor postor.

Me di cuenta de que estaba estrujando el volante con mucha más fuerza de la necesaria. A la mierda Michael. Justin tenía razón: habíamos derrotado a los guardianes en el pasado y volveríamos a hacerlo si era necesario.

Abrí y cerré las manos, en un intento por relajarme. En aquel preciso instante, oímos una explosión lejana, más allá del campo que teníamos a mano derecha. Volví repentinamente la cabeza y frené. El coche se detuvo.

A lo lejos, al oeste y ante nosotros, vimos un destello luminoso. La luz subió de intensidad y se oyó otra detonación. Apareció un segundo foco luminoso junto al primero. Era una luz trémula, que iba y venía, como una llama.

—Joder —dijo Justin—. Acaba de explotar algo.

Leo asomó la cabeza entre los asientos delanteros.

—¿Qué habrá sido?

Agucé la vista, pero lo único que logré atisbar a través de la oscuridad fueron las llamas temblorosas en la distancia.

—Podría ser cualquier cosa. A lo mejor ha sido un accidente. Seguro que por aquí hay un montón de fábricas con todo tipo de materiales químicos que nadie controla.

De hecho, habría mucho más que fábricas. ¿Cuántas plantas nucleares operativas quedarían en Estados Unidos? ¿Se habrían tomado los operarios la molestia de apagar los reactores en medio del caos producido por la epidemia? Un estremecimiento me recorrió la espalda. Una cosa más que añadir a la lista de horrores que podía depararnos el futuro.

—¿Vamos a seguir en esta dirección? —preguntó Anika, y yo volví a concentrarme en la conducción. Ni siquiera había apagado el motor, estábamos gastando gasolina.

Levanté el pie del freno y el coche empezó a avanzar.

—Sea lo que sea, creo que está lo bastante lejos como para que tengamos que preocuparnos —señalé, con la esperanza de estar en lo cierto—. Seguramente lograremos dejarlo atrás antes de que la situación empeore.

Ya estaba otra vez agarrando el volante con una fuerza excesiva, pero ahora no tenía sentido intentar relajarme. La luz brillaba cada vez más cerca de la carretera cubierta de nieve. Fuera lo que fuera lo que se había incendiado, era evidente que las llamas se estaban expandiendo. Diez minutos más tarde, cubrían ya un espacio el doble de grande. Encima de nosotros, las nubes estaban tocadas de una leve claridad.

Ya casi nos encontrábamos a la altura del fuego cuando apareció otra luz en medio la nieve, unos veinte metros más adelante. Era el cono redondo de una linterna.

—Pero ¿qué…? —empezó a decir Justin.

Al cabo de un momento distinguí un grupo de siluetas acurrucadas alrededor de la persona que llevaba la linterna; dos de las siluetas parecían niños. Nos hacían gestos, era evidente que habían visto el cuatro por cuatro antes de que nosotros los viéramos a ellos. Frené un poco.

—¿De dónde han salido estos? —preguntó Justin, que volvió la cabeza. No había ningún edificio a la vista.

—Podrían estar huyendo del fuego —dijo Leo—. O a lo mejor lo han provocado. Ten cuidado, Kae.

Nos estaban llamando, sus gritos se oían por encima del ruido del motor:

—¡Deteneos, por favor! ¡Ayudadnos!

—¿Qué quieren de nosotros? —murmuró Anika—. El coche va lleno.

—Supongo que podríamos darles algo de comida —dijo Justin, aunque no sonaba muy convencido.

Apenas disponíamos de comida para nosotros, pero, por otro lado, aquella gente, saliera de donde saliera, parecía tener aún menos que nosotros. Era como si solo se tuvieran los unos a los otros, abandonados en medio de la nieve.

Noté una punzada, pero mientras nos acercábamos a

ellos me acordé de Gav. A aquellas alturas ya estaría diciendo: «Por lo menos tendríamos que hablar con ellos». Él siempre creía que tenía la responsabilidad de ayudar a todo aquel que parecía necesitarlo. «Siempre creyó», me corregí, y mi determinación se vio reforzada.

Nueve de cada diez veces que habíamos intentado ayudar a alguien, nos habían apuñalado por la espalda a la primera oportunidad. No iba a permitir que volviera a pasar: ahora solo podía velar por nuestro grupo.

—Podrían estar armados. Quizá sea una trampa. No los conocemos, no podemos fiarnos de ellos —dije.

Una mujer con algo en brazos que parecía un bebé se acercó al borde de la carretera y noté un pinchazo de culpa en la tripa. Pero solo duró un segundo. Giré el volante hacia un lado para esquivarla y di gas a fondo. El motor rugió y ahogó los gritos de aquella gente, que quedaron a nuestras espaldas. El coche aceleró. Clavé los ojos en la carretera; en mi interior solo me sentía aliviada.

La siguiente vez que miré por el retrovisor, los vagabundos y su linterna habían desaparecido.

43

CUATRO

—Cualquiera que se acerque a un radio de pocos kilómetros de aquí va a ver el incendio —apuntó Leo al cabo de un rato.

Eché un vistazo por encima del hombro: la trémula luz de las llamas quedaba ahora oculta detrás del último pueblo por el que habíamos pasado, pero había estado visible durante tanto tiempo que era muy posible que siguiera aumentando de tamaño.

—¿Y qué? —preguntó Justin—. Si un guardián lo ve, ¿por qué va a creer que tiene relación con nosotros?

—Si hay alguien patrullando por aquí, es probable que vayan a echar un vistazo —dijo Leo—. Y lo más probable es que esa gente siga deambulando por las carreteras, intentando parar a todo aquel que pase. El grupo de gente que nos ha visto.

—Y que les pueden contar a los guardianes que han visto pasar un cuatro por cuatro hace menos de una hora —añadí, terminando su frase, con el alma en los pies.

—Pues eso.

—Vaya mierda —masculló Anika entre dientes.

Yo también iba a soltar un taco, pero me lo tragué. A lo mejor el fuego se extinguía antes de que llegaran los hombres de Michael, y tal vez aquel grupo de gente ya había encontrado donde refugiarse. Pero con un poco de mala suerte y un par de comunicaciones de radio, Michael podía deducir exactamente nuestra posición. Hasta donde sabíamos, era posible que en aquel preciso instante hubiera dado ya la orden para que se nos echara encima hasta el último guardián disponible.

—Dejemos esta carretera —sugirió Leo—. Será el primer lugar donde nos busquen.

—Tienes razón —dije.

Justin abrió la guía de carreteras.

—En esta zona hay muchas carreteras menores —informó—. Solo tenemos que procurar no meternos en un callejón sin salida. Y si vamos demasiado al oeste, terminaremos en la autopista.

—Pues vayamos hacia el este —sugerí—. Y cambiemos de carretera cada vez que podamos. —Hasta que volviera a nevar, el rastro de nuestras ruedas delataría nuestra ruta, pero, cuantas más vueltas diéramos, más difícil sería tendernos una emboscada—. Avísame de cuándo nos acercamos a un cruce y qué ruta debemos tomar para seguir avanzando hacia el sureste, ¿vale?

—Vale —dijo Justin—. A menos de dos kilómetros de aquí, gira a la izquierda.

Pisé el acelerador y puse el coche a más velocidad de la que nos habíamos atrevido a coger hasta entonces. Treinta y cinco kilómetros por hora…, cincuenta kilómetros por hora. Solo aflojé cuando noté que las ruedas empezaban a patinar. El grueso de nieve no era excesivo, pero, aun así, la tracción era mucho menor que en las carreteras limpias a las que estaba acostumbrada.

Llegamos al cruce y quince minutos más tarde volvimos a girar. Y entonces la buena suerte que nos había acompañado hasta entonces empezó a abandonarnos. Los campos de labranza que nos rodeaban se habían convertido en bosque, y el viento que soplaba entre los árboles había hecho que la nieve se acumulara sobre la carretera formando pendiente. El grueso seguía sin ser importante, se podía circular, pero la inclinación hacía resbalar las ruedas. Tuve que reducir la marcha y pegarme a la cuneta, atenta al menor desliz lateral. Los troncos oscuros de los árboles pasaban ante los faros del coche como temibles fantasmas. Me resbalaba una gota de sudor por la espalda, pero no me atreví a bajarme la cremallera del abrigo.

Tardamos casi una hora en llegar a otro cruce viable. Caía una nevisca débil, insuficiente para cubrir nuestras roderas y que apenas punteaba el parabrisas. Me dolía el tobillo de tanto pisar los pedales, pero apenas habíamos avanzado.

Por desgracia, el cuatro por cuatro necesitaba algo más que mi determinación para avanzar. El indicador del combustible se encontraba ya por debajo de la marca de un cuarto de depósito.

—Necesitaremos poner gasolina pronto —anuncié—. ¿Nos queda en el maletero?

Leo negó con la cabeza.

—He vaciado todos los bidones antes de partir de la cabaña.

La carretera que teníamos ante nosotros parecía solitaria, pero también era cierto que hasta entonces habíamos encontrado más vehículos con gasolina en casas aisladas que en ciudades, seguramente porque otras personas ya habían peinado las zonas más pobladas.

—Si alguien ve un buzón, que avise —les dije a los demás.

En las primeras dos casas por las que pasamos, escondidas entre los árboles, no vimos ningún coche. Entonces el bosque retrocedió un poco y apareció una hilera de fincas, separadas por unos jardincitos de apenas cuatro metros cuadrados. Pasé despacio por delante de los caminitos de acceso, comiendo patatas chip de una bolsa que Justin había abierto para improvisar un rápido almuerzo.

Antes de salir del coche echamos un vistazo en cada casa, pero todas parecían abandonadas. El clima no había sido benigno. Una enorme grieta partía la ventana de una sala de estar. El tejado de uno de los porches se había hundido. Encontramos algo de gasolina. En un viejo camión quedaban unos pocos litros, que pasamos con la manguera de plástico a las latas que llevábamos dentro del coche. Tras toparnos con varios garajes vacíos, encontramos unos litros más en el depósito de una caravana, pero no era suficiente.

Al volver a arrancar, Tobias se revolvió en el asiento trasero: los últimos sedantes ya empezaban a perder su efecto.

—¿Qué pasa? —preguntó.

—Estamos buscando gasolina —dije.

Por el retrovisor lo vi abrir el frasco de pastillas. Estaba más pálido que nunca. Si las pastillas le sentaban mal, como a Gav, no se quejaba, pero verse una y otra vez arrancado de un sueño artificial no debía de resultar nada agradable.

—Espera —le dije—. ¿Por qué no nos ayudas a echar un vistazo en las casas? Con más gente, tardaríamos menos.

Así pues, al llegar a la siguiente casa, Tobias salió del coche y se alejó tosiendo debajo de sus bufandas. Leo y yo comprobamos el garaje, Justin y Anika fueron a echar un vistazo a la casa a través de las ventanas, y mandé a Tobias a inspeccionar los alrededores.

En las siguientes casas repetimos esa estrategia. Al entrar en un caminito de acceso, los faros del coche iluminaron unas sombras sobre la nieve. Frené de golpe.

—Interesante… —dijo Justin.

—¿Qué pasa? —preguntó Anika, asomándose por detrás del asiento.

En la nieve había un rastro de pisadas que iba de la casa al garaje. Pisadas humanas. Apagué el motor y estudié las ventanas, mientras dentro del coche se hacía el silencio. No había ninguna luz en la casa, y tampoco salía humo por la chimenea. ¿De quién serían las pisadas? ¿De alguien que había pasado por allí, pero que ya se había marchado?

Aunque se tratara de alguien que buscaba víveres, cabía la posibilidad de que se hubiera quedado a pasar la noche en la casa. La escasa luz de los faros no me permitía ver si las huellas se alejaban por el otro lado.

—¿Qué quieres hacer? —preguntó Leo.

—Andémonos con ojo —dije—. Y no entremos en la casa. Comprobaremos el garaje y nos largaremos.

Me llevé la mano a la chaqueta y palpé la pistola de bengalas de Tobias, que llevaba en el bolsillo. Leo y Tobias tenían pistolas de verdad. Si alguien se enfrentaba a nosotros, era probable que lográramos convencerlo de que nos dejara en paz.

Salí del coche y me llené los pulmones de aire gélido. Nos reunimos delante del garaje. Había un teclado numérico junto a la puerta corredera; para abrirla necesitábamos un código que no conocíamos. Accionamos el pomo de la puerta lateral, pero esta no se movió ni un centímetro.

Estaba cerrada a cal y canto. Y eso significaba tal vez que en el garaje había algo de valor, algo que un hipotético saqueador no había logrado llevarse.

A lo mejor no se trataba de la guarida de un saqueador, sino de un propietario que protegía sus provisiones.

De pronto apareció una figura en el límite del haz de luz de mi linterna y el corazón me dio un vuelco, hasta que me di cuenta de que era Tobias. Había rodeado el edificio, tal como habíamos quedado. Señaló hacia el jardín con la cabeza.

—Tenéis que venir a echar un vistazo a una cosa.

Avanzamos con la nieve a la altura de las pantorrillas hasta llegar a un cobertizo más o menos del mismo tamaño que el garaje. La puerta estaba abierta de par en par. Tobias nos enseñó el candado: debía de habérselo cargado. Retrocedió unos pasos, rascándose el codo, y los demás entramos en el cobertizo.

—La leche —murmuró Justin.

Anika se rio.

Nuestras linternas enfocaron una motonieve aparcada en un rincón, junto a una pila de latas de gasolina. En el otro extremo del edificio había una pesada mesa de madera con varias pieles de animales colgadas de una cuerda. La mayoría eran conejos, aunque también había un par que en su día habían pertenecido a ardillas, y otra más gruesa, como de mapache. A través de la bufanda percibí un olor salado, almizclado, mucho más intenso que el olor a pino de la leña.

Algunas de aquellas pieles eran recientes. Las pisadas que habíamos visto no pertenecían a un saqueador: en aquella casa vivía alguien. Retrocedí instintivamente. Tobias, que montaba guardia junto a la puerta, estornudó un par de veces y se aclaró la garganta.

—Yo creo que no hay nadie en casa —dijo—. Hay un espacio vacío en el que debía de haber aparcada otra moto de nieve, y he visto un rastro reciente que se pierde entre los árboles. Me quedaré aquí vigilando.

Leo tocó una de las latas de gasolina con la punta de la bota.

—Podríamos llegar bastante lejos con esto —dijo, pero se quedó mirándolas, inmóvil.

A Justin, en cambio, las cuestiones de cortesía no parecían preocuparle tanto. Se acercó a la pared que quedaba junto a la mesa de madera e inspeccionó las herramientas que había allí dispuestas.

—Apuesto a que esto nos puede resultar muy útil —señaló, cogiendo una llave inglesa—. Y esto también —añadió, tomando unas cizallas.

Apunté a Anika con la linterna y vi cómo se metía algo en el bolsillo. Me mordí la lengua para no protestar. Leo me dirigió una mirada.

Todo aquello pertenecía a otra persona, a alguien que estaba vivo y que no nos había hecho ningún daño. Pero lo necesitábamos, lo necesitábamos más. A la persona que vivía allí no la perseguía una pandilla de asesinos, ni tenía que proteger una vacuna que podía salvar a todas las personas del mundo que aún seguían vivas.

—Nos llevaremos la gasolina —me oí decir—. Y cualquier otra cosa que nos pueda resultar útil. Pero primero la gasolina, eso es lo más importante.

—Sí, no sabemos cuánto puede tardar el propietario en volver —dijo Tobias.

—Bueno, si no simpatiza con nuestra causa, lo tendremos que convencer —añadió Justin, blandiendo la llave inglesa.

—Tú y tus soluciones violentas… —dijo Anika cogiendo una de las latas.

—Oye, que yo sé cuándo hay que conservar la calma
—protestó el chico—. No he metido al grupo en ningún
lío desde que salimos de la ciudad. Pero a veces no queda
más remedio, ¿no?

—Sí, supongo que a veces está bien contar con un
hombre de acción —respondió Anika secamente, pero le
dirigió una sonrisa de medio lado que pareció casi sincera.

Cuando él le devolvió la mirada, Anika se sonrojó un
poco bajo la luz tenue de las linternas y su sonrisa se desvaneció tan rápido que durante un instante me pregunté
si solo me la había imaginado. A continuación, salió precipitadamente hacia el cuatro por cuatro.

Leo cogió también un par de latas. En el quicio de la
puerta, Tobias se apartó para dejarlo pasar y siguió a
Anika con la mirada durante un instante, pero enseguida
volvió a concentrarse en el jardín.

Vaciamos las latas en el depósito del coche hasta que estuvo lleno y amontonamos unas cuantas latas extra en el
maletero. Cuando ya casi habíamos terminado, Justin volvió un momento al garaje (para intentar «descifrar el código», dijo) y Leo y yo fuimos al cobertizo por última vez.

Quedaban solo tres latas junto a la pared; de repente, el
cobertizo parecía estar terriblemente vacío. Sin querer,
imaginé al propietario que volvía de cazar y se encontraba
con que sus reservas habían desaparecido. Imaginé la rabia
y el miedo que sentiría y me puse tensa.

—Oye —dijo Leo y bajó la linterna—. Podríamos dejar
las últimas, ¿no?

No quería decir lo que estaba pensando, pero se me escapó.

—Es lo que habría hecho Gav.

—Sí —admitió Leo—. No lo dudo.

—Pero con esto llegaremos hasta mucho más cerca de
Atlanta —añadí. Y adondequiera que tuviéramos que ir
luego, pensé, si resultaba que el CCE era un callejón sin
salida—. A lo mejor hay más en el garaje. Seguramente, si
él estuviera en nuestro lugar, se llevaría todo lo que encontrara.

—Pero eso no quiere decir que nosotros tengamos que hacer lo mismo —repuso Leo—. Pero la decisión es tuya, Kaelyn. Estaremos contigo decidas lo que decidas.

Sabía que lo decía de verdad, pero, al mismo tiempo, no pude evitar detectar una crudeza en su voz que me trajo a la mente algo que me había confesado hacía dos semanas: que en su día había robado y abandonado a sus amigos, personas que lo habían intentado ayudar a regresar sano y salvo a la isla. Leo había asegurado que, a raíz de eso, había dejado de considerarse una buena persona, y que aquella idea lo horrorizaba.

En aquel momento, yo había contestado que aún creía que, si realmente le daban a elegir, la mayoría de la gente todavía optaría por tomar la decisión correcta. Quería que lo creyera, que creyera en mí. Recordar nuestra conversación me produjo una sensación desagradable en el pecho. A lo mejor, en otro momento, habría dejado un puñado de latas para una persona a la que no conocía.

A lo mejor si en el pasado hubiera sido un poco más despiadada, un poco menos ingenua, Gav seguiría vivo.

La bondad y la maldad no eran aplicables a nuestra situación. El debate era entre sobrevivir o terminar muertos.

—Nos lo llevamos todo —sentencié con firmeza.

En aquel instante, Leo parpadeó de una manera que me provocó una punzada de angustia, pero asintió y cogió las latas que quedaban sin decir nada.

Lo había entendido, me dije mientras cogía la última. No tenía más remedio.

Con el depósito lleno de nuevo, avanzamos por carreteras secundarias hasta que la luz parduzca del alba tiñó el horizonte. Había llegado el momento de encontrar un escondrijo donde pasar el día. Elegí una casa, una construcción victoriana de tres plantas ubicada como un fortín en lo alto de una colina. La idea de que a través de las ventanas podríamos controlar la carretera, los campos y el bosque que se extendía más allá del largo jardín trasero me hizo sentir un poco más segura.

Como antes, no aparcamos delante del escondrijo que habíamos elegido, sino unas cuantas casas más abajo. Atravesamos el jardín y nos dirigimos a la casa a través del bosque y la colina, para que no fuera tan fácil seguirnos la pista. Nos instalamos en la sala de estar y, después de una cena rápida, salí un momento para llenar la neverita de nieve. Mis guantes descubrieron matas de hierba amarillenta.

La nieve empezaba a escasear; no quería ni pensar en lo que eso podía implicar para nosotros. En cuanto llegáramos un poco más al sur y la temperatura subiera unos grados, se derretiría. Y entonces no tendríamos forma de mantener la vacuna en frío.

Me dije que, cuando llegara ese momento, no nos iba a quedar más remedio que intentar alcanzar el CCE de un solo tirón y rezar para que dispusieran de los medios necesarios para mantener las muestras en frío. Y si no encontrábamos a nadie…

Aparté ese pensamiento y volví a meterme en la casa. Sin embargo, mientras observaba a Justin colocar las mantas dentro de la tienda, la inquietud me fue calando los huesos. Sabía que todavía no iba a poder dormir.

—Voy a vigilar la carretera durante un rato —dije.

Tobias se había instalado en un dormitorio de la segunda planta que daba a la parte delantera de la casa, desde donde montaría guardia, pero no estaría de más que alguien más vigilara. A lo mejor la tercera planta era un *loft*, con ventanas a ambos lados desde las que controlarlo todo.

Vi a Anika de refilón y me acerqué a Leo.

—Controla la nevera, ¿vale?

—Sí, descuida —me tranquilizó.

En el piso de arriba, tiré de una cadenita e hice bajar unas escaleras a través de las que se accedía a la planta superior. Me llegó una racha de aire que arrastraba un olor vagamente agrio. Dudé un instante, pero al final subí.

Como ya intuía, en el tercer piso había un espacio que ocupaba toda la planta de la casa. Estaba amueblado como un dormitorio, con una cama con dosel y unas librerías bajas que cubrían las paredes, bajo el techo de bóveda. Todo tenía un delicado tono lila, incluso la colcha, y eso hacía que el cuerpo que yacía sobre el colchón, ataviado con un vestido verdoso, destacara a través de las vaporosas cortinas del dosel.

Algo en mi interior se agarrotó, pero contuve el aliento y me obligué a acercarme a la ventana. Desde allí se veía la autopista, a casi dos kilómetros de distancia. Pasada la autopista, el paisaje se ondulaba y daba paso a unas colinas, que posteriormente se convertían en montañas redondeadas, tras las que se elevaban unos altos picos que rozaban las nubes. Las ramas de los árboles del huerto próximo oscilaban con el viento, pero no se movía nada más.

El mundo estaba tan inmóvil como el cadáver que había encima de la cama.

No quería fijarme en ella, no quería tener que ver a la persona que había vivido en la casa en la que nos acabábamos de instalar, ni lo que le había sucedido, pero no pude evitar detenerme al pie de la cama, de camino a la ventana trasera. A lo mejor se lo debía. Volví la cabeza.

Si aquel hubiera sido mi primer cadáver tal vez me habría resultado más inquietante, pero no había ni sangre, ni ninguna herida abierta, ni signos evidentes de violencia. De no ser por el aspecto gélido de su piel cobriza y por los restos de vómito seco que le cubrían la comisura de los labios entreabiertos, habría podido parecer que la mujer de detrás de la cortina estaba durmiendo. El invierno había conservado su cuerpo perfectamente, todavía no olía a descomposición, tan solo desprendía un vago tufo agrio a vómito.

La mujer tenía los ojos cerrados y la cabeza vuelta hacia el otro lado de la cama, donde había dispuesto una colección de fotografías. Aparté la cortina y me fijé en las imágenes: una pareja mayor sentada en la cubierta de un crucero; la mujer que tenía ante mí vestida de novia, con

53

su marido pelirrojo; fotografías escolares de dos niños pequeños; lo que parecía una fiesta de Fin de Año, con un grupo de amigos brindando.

Junto a las fotos había un collar de diamantes, un brazalete de cuentas de plástico, una novela manoseada y un andrajoso elefante de peluche. Y un bote de sedantes abierto, vacío, que había llegado rodando hasta el reloj de la mesita de noche.

Me preparé para experimentar una oleada de náusea, un acceso de repugnancia, pero lo que me invadió fue una vaga tristeza que pronto se vio reemplazada por una sorda resignación.

No había ninguna señal de que la mujer hubiera estado enferma. A lo mejor no era una forma tan mala de morir, si ibas a fallecer de todos modos: rodeada por un pequeño mundo de creación propia, un altar dedicado a todas las cosas que debía de haber amado en vida. Mucho mejor que como había muerto Gav, arañando las paredes y gritando, aterrorizado.

Aunque, por otro lado, ¿en qué momento había empezado a asumir que era preferible morir a seguir adelante? ¿Cómo era posible que no me horrorizara pensar que la epidemia había empujado a aquella mujer a una situación en la que el suicidio era la mejor opción?

¿Qué me estaba pasando?

Dejé caer la cortina y me alejé de la cama. Llegué a la ventana que daba a la parte posterior y apoyé la frente en el cristal. Pero el frío no despertó mis emociones, solo se mezcló con mi entumecimiento.

No se veía gran cosa a través de la ventana, tan solo el bosque oscuro y, más allá, otra cadena de montañas. Me pesaba la cabeza, se me estaban cerrando los párpados. A lo mejor era solo que estaba cansada y que el estrés acumulado durante la noche empezaba a pasarme factura.

Al llegar a la planta baja oí el crujido familiar de la radio.

—Llamando al Centro para el Control de Enfermedades —dijo Leo.

La monotonía de su voz indicaba que llevaba ya un buen rato intentándolo. Lo encontré en el comedor.

—Tampoco podía dormir —dijo antes de que pudiera preguntarle nada—. ¿Todo bien?

—En la medida de lo posible —contesté.

La simple idea de contarle lo de la mujer que había encontrado en el desván me daba pereza. Justin hizo girar el dial y yo eché un vistazo a la sala de estar: los alerones de la tienda de campaña estaban cerrados; seguramente Justin y Anika ya estaban dormidos dentro.

—Si alguien del CCE o que disponga de información sobre el CCE oye este mensaje, por favor, que responda —dijo Leo—. Cambio.

Hizo una pausa, suspiró y se frotó la cara.

—Déjalo —le dije—. Seguramente no vamos a…

La radio crepitó.

—¿Hola? —dijo una voz—. Soy la doctora Sheryl Guzman, del Centro para el Control de Enfermedades. Le recibo.

55

CINCO

*L*a primera vez que había oído una voz que salía de la radio de Tobias, hacía unas semanas, me había embargado la emoción. Ahora, en cambio, me quedé fría. En esa primera ocasión creímos haber encontrado alguien que podía ayudarnos a llegar a Toronto, pero resultaron ser los guardianes, que pretendían manipularnos para que les reveláramos nuestra posición. Entonces habían ido a buscarnos, para robarnos la vacuna y matarnos. No dudaba que si tenían oportunidad, lo volverían a intentar. En cambio, si acabábamos de contactar con alguien del CCE, era posible que nos encontráramos ante nuestra única opción de poner la vacuna en manos de unas personas que realmente pudieran hacer algo con ella. Teníamos que correr el riesgo.

Cogí una silla y me senté junto a Leo. Este me ofreció el micrófono. Dudé un momento, pero finalmente lo acepté. La vacuna era obra de mi padre y yo ya había dejado claro varias veces que aquella era mi misión; supuse que eso significaba que tenía que llevar la voz cantante. Leo me dio un apretón en el brazo, para darme ánimos, y yo me incliné hacia el transmisor.

—La oímos, doctora Guzman —dije—. ¿Puede confirmar que se encuentra en el CCE?

—Así es —respondió ella. El volumen de la transmisión era irregular, pero detecté una nota de recelo en su acento sureño—. ¿Dónde están? ¿De qué se trata?

Mientras solo compartiéramos información que los guardianes ya tenían, no tenía por qué pasar nada.

—Tenemos muestras y notas de una nueva vacuna para la gripe cordial —dije—. Una vacuna que funciona. Estamos buscando alguien capaz de utilizarla y el CCE parece ser nuestra mejor opción. Nos dirigimos hacia ahí ahora mismo.

Hubo una pausa y durante un instante creí que la comunicación se había cortado del todo. Pero entonces la radio crepitó y la doctora volvió a hablar, con voz airada.

—Gente como vosotros sois el motivo por el que dejamos de monitorizar las emisiones de radio. Inventar historias no os servirá para que os dejemos entrar. Aquí no estamos mucho más seguros que los de afuera. No tenemos tiempo para esto.

—¡Espere! —le rogué. Si se trataba de una nueva táctica de los guardianes para probar su autenticidad, resultaba de lo más convincente—. ¡No se vaya! No queremos... De verdad que... —balbucí, intentando encontrar las palabras que la pudieran convencer.

Leo me dio otro apretón.

—¿Tu padre habló con ellos? —murmuró.

¡Claro! Si no lo había hecho, por lo menos les sonaría su nombre.

—Conocen a Gordon Weber, ¿verdad? —dije acercándome más al micrófono—. La primera vacuna que se creó... Él era el microbiólogo canadiense que trabajó en ella para la Organización Mundial de la Salud. En Nueva Escocia, donde se registró el primer brote.

Hubo otra pausa y finalmente oímos un suspiro.

—Dadme un minuto.

Dejé el micrófono. El corazón me iba a cien por hora. Hasta aquel momento, no me había planteado que fuéramos a tener que demostrar que decíamos la verdad. Me volví hacia Leo.

—¿Recuerdas si alguna vez mencionaron el nombre de mi padre en las noticias sobre la epidemia? —pregunté.

—No, no creo —respondió él—. Y eso que, desde que

57

me enteré de lo de la cuarentena, las seguía con mucha atención por si decían el nombre de alguien a quien conocía. Pero la mayoría de los periodistas solo citaban a la OMS y a otras organizaciones.

—En ese caso, a lo mejor su nombre bastará para convencerlos de que decimos la verdad —dije—. Eso si realmente estamos hablando con el CCE, claro.

Leo acercó una mano a la radio y torció la boca, como si no supiera si sonreír o no.

—Sí. Nosotros también los tenemos que poner a prueba para asegurarnos.

Tenía razón, pero ¿cómo íbamos a hacerlo? La mujer del otro lado, la tal doctora Guzman, no actuaba como alguien que pareciera querer atraernos ni convencernos de nada. Pero a lo mejor Michael había previsto que, cuando volviéramos a contactar con ellos, nuestra actitud sería mucho más suspicaz.

En la sala, la tienda de campaña se movió.

—¿Qué pasa? —preguntó Justin con voz adormilada, bajando la cremallera—. ¿Habéis contactado con alguien?

—Sí, una mujer que dice ser del CCE —respondí—. Pero, al parecer, cree que nos lo estamos inventando todo. Y nosotros tampoco estamos seguros de que sea quien dice ser.

—¿Y las notas? —preguntó Leo, señalando la neverita que había junto a su silla con un gesto de cabeza—. A lo mejor tu padre escribió algo que nos puede resultar útil.

—¡Sí, claro! —exclamé.

Papá estaba tan metido en las tareas para conseguir una vacuna que seguro que había anotado algo que solo alguien de dentro podía saber. Leo me pasó la bolsa con sus notas y yo cogí la primera, la más antigua.

—¿Creéis que los guardianes nos la intentan pegar otra vez? —preguntó Justin.

—Aún es temprano para saberlo, pero no nos vamos a arriesgar.

Me volví hacia la radio y hojeé las páginas donde papá hablaba sobre el desarrollo de la primera vacuna, la que su equipo había enviado a Estados Unidos para proseguir con las pruebas. La que había fracasado.

La radio crepitó.

—¿Seguís ahí? —preguntó la doctora Guzman.

Cogí el micro.

—Sí, aquí estamos —dije.

—¿Qué relación tiene el doctor Gordon Weber con esto? —preguntó. Ahora hablaba con un tono más apremiante, con un acento más cerrado—. ¿Está ahí con vosotros? ¿Puedo hablar con él?

Justin se quitó las mantas de encima y se acercó a la mesa. Anika salió de la tienda tras él, con los ojos como platos.

—El doctor Weber... —empecé a decir. Incluso después de tanto tiempo, después de todo lo que había visto, seguía siendo incapaz de decirlo. Tragué saliva—. El doctor Weber ha muerto. Yo soy su hija, Kaelyn. Supongo que tendrá noticia de la cuarentena que se impuso en nuestra isla, ¿verdad? Cuando perdimos contacto con el continente, mi padre estaba trabajando en una nueva vacuna. La terminó y empezó a probarla. Tengo muestras y sus notas.

—De acuerdo. Necesito que me confirmes un par de informaciones. ¿Qué nombre se le dio a la primera vacuna?

Así pues, aún no se daba por convencida.

—Un segundo —dije, y empecé a examinar las páginas de la libreta. Me di cuenta de que había unas iniciales que se repetían en una veintena de entradas—. FF1-VAX —leí.

—¿Y a qué centro de pruebas la enviaron después de la formulación inicial?

Pasé varias páginas, buscando las fechas en que sabía que la primera vacuna había estado terminada.

—Fivomed Solutions —dije—. En Nueva Jersey.

—Oye, ¿y por qué hace ella todas las preguntas? —gruñó Justin.

—Vale —dijo la doctora Guzman—. Muy bien —añadió, y soltó una pequeña carcajada—. Tendré que hablar con los demás, pero pinta muy bien. ¿Dónde estáis, exactamente?

59

—De momento preferiría no revelar esa información —dije—. En realidad, me gustaría hacerle también unas preguntas, para asegurarnos de que estamos hablando con quien realmente creemos estar hablando.

Por su silencio interpreté que no se lo esperaba. Tenía un nudo en el estómago. Como al final resultara que los guardianes estaban intentando aprovecharse otra vez de nosotros, me iba a dar algo.

—¿Qué queréis saber?

—Bueno, parece que disponen del expediente de la primera vacuna —dije, estudiando la página que tenía ante mí con el ceño fruncido—. ¿Cuántas muestras se enviaron a Fivomed?

—Veinte —dijo ella al cabo de un momento.

—Y... —Leo señaló un nombre que había en la parte superior de la página y yo asentí con la cabeza—. ¿Cómo se llamaba el representante del Departamento de Sanidad que viajó a Nueva Jersey con la vacuna?

—Pues..., según estos papeles, fue el doctor Henry Zheng.

Noté cómo se me empezaban a relajar los hombros.

—Sí.

—Bueno, ¿y ahora me diréis dónde estáis?

Aunque estuviéramos seguros de que se trataba del CCE, eso no significaba que los guardianes no pudieran haber interceptado la conversación con sus radios.

—No creo que sea una buena idea —contesté—. Hemos tenido algunos problemas... Hay otra gente que quiere conseguir la vacuna y nuestras transmisiones no son seguras.

Aunque la mujer había superado la prueba, yo todavía me notaba tensa por dentro. Había una parte de mí que no conseguía sentirse aliviada.

—Escuche —añadí—, intentaremos llegar a Atlanta lo antes posible. Lo que pueden hacer es prepararse para nuestra llegada. Es un alivio saber que hay alguien ahí. ¿Se le ocurre algo que pueda ayudarnos a alcanzar la ciudad?

—Bueno, es evidente que habéis aprendido a protegeros —dijo—. Además, tengo que admitir que, aun sabiendo dónde estáis, no creo que pudiéramos hacer gran cosa para ayudaros. Hace bastante tiempo que no hemos tenido ningún contacto con nadie de fuera y la situación aquí tampoco es lo que se dice... Pero, bueno, en cuanto lleguéis a la ciudad, haremos lo que podamos por vosotros. ¿Nos mantendréis informados? Tendremos a alguien monitorizando esta frecuencia tan a menudo como nos sea posible. Si tenéis alguna pregunta, por lo menos intentaremos aconsejaros.

—De acuerdo.

—Y por lo menos aseguraos de poneros en contacto con nosotros antes de llegar a la ciudad —agregó la doctora Guzman—. Así podremos recomendaros la ruta más segura para llegar al centro.

—Perfecto —dije—. Gracias.

—No, ¡gracias a vosotros! —respondió la mujer, y volvió a reírse—. Iré a contárselo a los demás.

Su voz se perdió entre las interferencias y pulsé el interruptor para apagar la radio.

—¡Sí! —exclamó Justin, levantando las manos—. Los hemos encontrado. ¡Somos unos héroes!

Leo soltó un resoplido irregular. Sonreía abiertamente, hacía mucho tiempo que no lo veía así.

—Sí, supongo que sí —repuse devolviéndole la sonrisa—. Hemos logrado contactar con el CCE.

Gav no lo habría creído. Habría querido creerlo, por mí, pero se había convencido ya de que todos los que ostentaban algún tipo de poder nos habían abandonado. Me flaqueó la sonrisa. Me habría gustado que Gav hubiera estado allí para vivir aquel momento.

Si hubiéramos podido ir directamente a Atlanta, en lugar de tener que jugar al gato y al ratón con los guardianes, las cosas habrían sido mucho más fáciles. A lo mejor la doctora Guzman y sus colegas lo hubieran podido salvar.

—Va a haber realmente una vacuna —dijo Anika, que se agarró al marco de la puerta como si estuviera a punto

61

de perder el equilibrio—. Para todos, quiero decir. Vamos a lograrlo. Vamos a vivir. Me había convencido… Bueno, Michael estaba convencido de que iba a ser el rey de todo. ¡Qué cabreo va a pillar!

Dijo esas últimas palabras a voz en grito, pero al mismo tiempo parecía que estuviera a punto de echarse a llorar.

—Ahora te alegras de haberte unido a nosotros, ¿eh? —le preguntó Justin, y ella se secó las lágrimas.

—Sí. Por Dios, ya te digo.

Yo habría querido experimentar la misma alegría que ella, sentir algo más que aquel nudo de dolor y frustración. Pero lo que sentía era peor que la falta de culpa por haber dejado a aquella gente tirada en medio de la nieve, peor que no horrorizarme ante la visión de la mujer muerta del desván. ¿Por qué no me sentía mejor? Al final, sabíamos que los científicos por los que habíamos llegado hasta allí existían realmente.

Pero al mismo tiempo parecían estar lejísimos.

Oímos toses en el piso de arriba y mi atención volvió repentinamente al presente. Ahora sabíamos adónde teníamos que ir para asegurarnos de que no tenía que morir nadie más.

—Se lo voy a contar a Tobias —dije.

Subí al primer piso a solas. El suelo crujió bajo mis pies después de llamar a la puerta cerrada de su dormitorio.

—¿Ya nos vamos? —preguntó Tobias con voz ronca—. Acabamos de llegar…

No me había planteado marcharme, pero, de pronto, me entraron ganas de decirle que sí, que íbamos a subir al cuatro por cuatro y que no nos detendríamos hasta encontrarnos cara a cara con la doctora Guzman del CCE. Pero los guardianes seguían al acecho.

—No —dije—. Pero traigo buenas noticias. Hemos logrado contactar con alguien del CCE por radio.

No sé qué esperaba que dijera, pero desde luego esperaba que dijera algo. Sin embargo, su única respuesta fue el silencio.

—¿Me has oído? —le pregunté—. Hay científicos trabajando allí. Estoy segura de que disponen del instrumental necesario para hacer una transfusión de sangre. Pueden someterte al mismo procedimiento que curó a Meredith, con mis anticuerpos.

—Eso si llegamos a Atlanta —dijo mascando las palabras.

—Hemos llegado hasta aquí...

—Pero cada vez nos va a resultar más difícil —aseguró—. He estado echando números, Kaelyn. Ya han pasado cuatro días desde que noté el primer escozor. Eso significa que podría empezar a perder la cabeza mañana mismo, ¿no? No llegaremos tan rápido.

—Pero aún podrían curarte —dije. Tal vez pudieran. Mi padre había intentado un tratamiento similar en otros pacientes, sin resultados, pero si Meredith había tenido suerte, Tobias podía tenerla también—. Meredith ya había empezado a tener alucinaciones cuando...

—No me refiero a eso —me cortó Tobias, en tono áspero—. He visto lo que le pasó a Gav. ¿Y si no logras convencerme de que me tome los sedantes? ¿Cómo vais a pasar desapercibidos si empiezo a pegar gritos y a correr de aquí para allá como un loco?

—Ya nos apañaremos —le contesté.

Estuve a punto de decir que ya nos habíamos apañado con Gav, pero no era cierto. Se me hizo un nudo en la garganta. Cerré los ojos, preparada para que me invadiera otra oleada de tristeza. Tenía que pensar en los que seguían vivos. En Tobias. Porque tenía razón: si el virus derribaba la parte de su cerebro que controlaba sus inhibiciones antes de que lográramos llegar al CCE, el resto del viaje iba a ser duro. Muy duro.

Si le hubiera ofrecido una de las vacunas en el momento de salir de la isla, como había hecho con Leo, ahora no tendríamos que preocuparnos por eso. Pero en su momento no había tenido forma de saber que tendríamos que llegar tan lejos, ni tampoco que aquel soldado, que al principio no era más que un extraño, acabaría ayudándonos

63

tanto. Cuando habíamos llegado a Toronto y Gav se había puesto enfermo, el propio Tobias había dicho que no creía que valiera la pena arriesgarnos a gastar otra de las pocas muestras que nos quedaban. Ahora, en cambio, deseé habérsela ofrecido y que él la hubiera aceptado, para que aquella horrible conversación no hubiera tenido lugar.

Pero verbalizar aquel remordimiento me pareció más horrible todavía.

—Ya nos apañaremos —repetí.

Oí a Tobias moverse al otro lado de la puerta.

—Me alegro —dijo, y por primera vez desde que le había dado la noticia tuve la sensación de que así era—. La vacuna de tu padre se va a poder utilizar y la gente va a estar protegida. Y yo habré formado parte de quienes lo han hecho posible. Si lo piensas, no está nada mal para un tío que se ha pasado toda la vida oyendo a los demás decir que nunca sería nadie. Anika... y Justin no deberían tener miedo. —Hizo una pausa y tosió débilmente—. He hecho todo lo posible para asegurarme de que estabais todos fuera de peligro. No quiero que nadie se ponga enfermo por mi culpa.

—Eso ya lo sabemos —le dije—. Todos hemos sido muy cautelosos. Estoy convencida de que los demás están bien y de que lo seguirán estando.

—Es una sensación muy extraña, ver que la gente te tiene miedo —replicó, con voz más grave. Había bajado el tono, como si hablara consigo mismo más que conmigo—. Yo nunca he pedido nada. Si Anika prefiere hablar con ese crío que conmigo...

Lo interrumpió un ataque de estornudos.

—Podemos estar allí en cuestión días —le aseguré con voz firme antes de que pudiera seguir hablando—. Vamos a acabar con el maldito virus. Aférrate a esa idea.

—Tienes razón —repuso él al cabo de un momento—. Lo haré. Estoy divagando. Tendríais que dormir mientras podáis. Yo montaré guardia.

—Gracias —le dije—. Te lo agradezco... Te lo agradecemos mucho.

—Ya lo sé —contestó Tobias—. Yo también te lo agradezco a ti, Kaelyn.

Me quedé un rato inmóvil, al otro lado de la puerta, medio esperando a que añadiera algo, pero, al ver que no tenía intención de decir nada más, empecé a bajar las escaleras.

Justin y Anika se habían vuelto a meter en la tienda, sus voces sonaban apagadas bajo la tela. Leo estaba en el vestíbulo, como si me hubiera estado esperando.

—Estás contenta, ¿verdad? —me preguntó en voz baja, mientras cogíamos nuestras mantas—. Sabías que íbamos a encontrar a alguien y… ahí están.

—No sé si podré alegrarme realmente hasta que lleguemos al CCE —dije yo. Las preocupaciones de Tobias aún resonaban dentro de mi cabeza—. Tengo la sensación de que nos queda aún un largo camino.

Nada más decirlo me arrepentí de ello. A Leo le cambió la cara de forma casi imperceptible, pero reaccionó de inmediato y volvió a esbozar una sonrisa.

—Bueno, hasta ahora no hemos dejado que ningún «largo camino» nos detuviera —comentó—. Se está convirtiendo en nuestra especialidad.

—Desde luego —contesté.

En cuanto entramos en la tienda, Justin y Anika se callaron de golpe. Me metí debajo de los sacos de dormir y dejé la neverita a mi lado, junto a la gruesa pared de lona. En cuanto estuve tendida en la oscuridad, el cansancio se apoderó de mí. Me dejé arrastrar hacia el sueño, como un nadador demasiado cansado para seguir braceando en un mar agitado.

Me alejé a la deriva, en sueños, entre imágenes borrosas, incompletas. Se apoderó de mí una sensación asfixiante de que tenía que ayudar a alguien, de que alguien (¿sería Gav?) esperaba entre la niebla, a pocos centímetros de mis dedos, y en aquel preciso instante un timbre agudo llegó hasta mis oídos a través de la bruma. Me incorporé súbitamente, con el pulso a cien por hora.

Los demás también habían empezado a levantarse a

65

toda velocidad. Aparté el saco de dormir y forcejeé con la cremallera de la tienda. La sala estaba a oscuras, ya había caído la tarde. Volví la cabeza a un lado y a otro, intentando localizar el origen de aquel timbre. Provenía de la cocina. Salí dando tumbos y corrí a través del pasillo.

Casi no había luz y tardé un momento en reconocer los objetos que había encima del mármol, entre las sombras. Pero cuando los demás llegaron detrás de mí, mis ojos ya habían empezado a acostumbrarse a la oscuridad. Cogí un despertador anticuado que no recordaba haber visto allí por la mañana y pulsé el botón que detenía la alarma. Las agujas marcaban las siete en punto.

—Pero ¿qué coño...? —farfulló Justin, apartándose el pelo revuelto de la cara—. ¿Lo habías puesto tú, Kaelyn?

—No —contesté.

—Eso es... —intervino Leo. Su voz se perdió y nos quedamos todos con la vista fija en el mármol.

Junto al despertador había una pistola negra, grande. Una pistola que, estaba bastante segura, había pertenecido a Tobias. Junto a ella vi una linterna, un paquete de pilas, una brújula y una barrita de cereales; las cosas que Tobias llevaba en la mochila.

Me dio un vuelco el corazón y salí corriendo hacia las escaleras.

—¿Tobias? —lo llamé, mientras subía a toda velocidad—. ¡Tobias!

La puerta del dormitorio estaba totalmente abierta. Me detuve en el umbral y me bastó una mirada para confirmar lo que en el fondo ya sabía.

Tobias se había marchado.

SEIS

*L*eo y Justin subieron por las escaleras tras de mí. Justin me apartó, entró en el dormitorio y giró sobre los talones para inspeccionar el mobiliario, como si fuera a encontrar a Tobias escondido en alguna parte.

—Pero ¿qué coño...? —dijo—. ¿Tanto dárselas de maduro y de responsable, y el tío va y se larga?

—Creo que se trata de otra cosa —lo corté. Recordé la conversación que habíamos tenido hacía unas horas y sentí un escalofrío—. Le preocupaba empeorar y contagiarnos antes de que llegáramos al CCE. Lo ha hecho por nosotros.

—Ah —dijo Justin, y el rubor de la cara le apareció de golpe.

—Seguramente no habrá llegado muy lejos aún —señaló Leo—. Conociéndolo, no creo que nos dejara sin alguien montando guardia durante mucho tiempo.

Por eso había puesto la alarma, para que no estuviéramos durmiendo horas y horas sin nadie protegiéndonos.

—Vamos —dije yo, y eché a correr escaleras abajo—. Tenemos que encontrarlo, antes de que...

Antes de que cometiera una estupidez todavía peor. Oh, no. Pensé en los objetos que habíamos encontrado encima del mármol. Lo había dejado todo, menos el frasco de sedantes. A lo mejor creía que alejarse de nosotros no sería suficiente; a lo mejor quería «eliminar» el problema por completo, como la mujer del desván.

Llegué corriendo a la puerta trasera de la casa. Sobre la nieve, un rastro de pisadas atravesaba el patio, bajaba por la colina y se perdía en el bosque; eran las marcas que habíamos dejado al llegar desde la casa donde habíamos aparcado el cuatro por cuatro. No habría sabido decir si había también un rastro de pisadas más recientes. Comprendí que Tobias utilizaría sus habilidades militares con nosotros.

—¡Que alguien vaya a comprobar si se ha marchado por la puerta delantera! —grité por encima del hombro.

—No lo parece —respondió Leo, que llegó corriendo a través de la cocina, con la linterna que había dejado Tobias en la mano.

Anika se había quedado dudando junto al mármol, delante de la pistola. El recuerdo de los disparos y el sonido de cuerpos que caían al suelo todavía retumbaba en mi interior, pero alguien tenía que cogerla. Y yo aún tenía el presentimiento de que, llegado el momento y si se le presentaba la ocasión, Anika se salvaría a sí misma a costa del resto de nosotros.

Volví a entrar, cogí la pistola y me la guardé en el bolsillo de la chaqueta. Ella se volvió hacia mí, su expresión oculta detrás de la bufanda. Salimos todos al jardín trasero y Leo iluminó la nieve con la linterna.

—¡Tob...! —empezó a gritar Justin, pero yo lo mandé callar con un gesto.

—¡Silencio! —le indiqué, sin levantar la voz—. No quiere que lo encontremos. Si sabe que lo estamos buscando, todavía se largará más deprisa.

Me dirigí hacia los árboles. Desde luego, Tobías ya debía de saber que saldríamos tras él en cuanto nos diéramos cuenta de que había desaparecido.

¿O no? ¿Era posible que creyera que nos alegraríamos de librarnos de él? A juzgar por su forma de hablar sobre el peligro que suponía para todos nosotros, para Justin y Anika... De pronto, comprendí que debería haberme esforzado más para hacerle entender lo mucho que significaba para mí lograr llevarlo hasta Atlanta y ayudarlo a derrotar el virus. De haber sabido que no íbamos a renunciar a él, a lo mejor no habría hecho aquello.

Nos adentramos en la densa oscuridad que se extendía bajo las ramas de las encinas y los pinos. El rastro de pisadas se perdía hacia la izquierda, y no se veían rastros nuevos que surgieran de estos. Eché a andar más rápido, mi aliento formaba nubes de vapor. El aire de la noche me pellizcaba las mejillas; se me había olvidado la bufanda.

Leo barrió el bosque con la linterna y yo seguí el rastro del haz de luz. La superficie de la nieve entre los árboles estaba lisa e intacta, a excepción de pequeñas pisadas de conejo y de algún pequeño hoyo aquí y allá, provocado por la caída de una rama. Bajamos por la pendiente hasta el pie de la colina.

Yo llevaba los puños cerrados dentro de los bolsillos. Tenía que haber alguna forma de localizar a Tobias. No pensaba dejar que se sacrificara cuando aún teníamos opciones de salvarlo.

Estaba intentando decidir qué hacer cuando alguien contuvo el aliento a mis espaldas. Anika se había quedado petrificada, señalando algo entre los árboles.

Un rumor mecánico llegó hasta mis oídos. Era un motor. Leo apagó la linterna sin mediar palabra.

Se me secó la boca de golpe. Di unos pasos hacia la linde del bosque. Desde allí podía ver los jardines de las casas y, más allá, la carretera.

Aparecieron dos luces débiles. Se trataba de un todoterreno con los faros de posición encendidos, avanzando lentamente por la nieve.

—¿Los guardianes? —preguntó Justin.

—No lo sé —murmuré.

Era posible que hubiera otro grupo de supervivientes viajando por la misma carretera que habíamos tomado nosotros, ¿no? Vimos cómo el coche dejaba atrás la casa donde nos habíamos instalado y también las dos siguientes, pero al llegar a la cuarta aminoró la marcha. Tras una breve pausa se adentró en el caminito de acceso, hacia el lugar donde habíamos aparcado nuestro cuatro por cuatro.

Fuera quien fuera quien iba en el todoterreno, era evidente que seguía nuestro rastro. Podían ser los guardianes, o tal vez otros asaltantes interesados en robar un coche nuevo y las provisiones que contenía. En cualquier caso, su aparición era una mala noticia.

Me vino a la memoria la neverita que había dejado en un rincón de la tienda, en la casa que no vigilaba nadie, y me invadió una oleada de pánico. No veía el todoterreno, pero oí claramente los portazos. En cuanto nuestros perseguidores se dieran cuenta de que la casa ante la que habíamos aparcado estaba vacía, tal vez empezaran a examinar las demás.

—¡Tenemos que regresar! —susurré—. ¡Rápido pero sin hacer ruido!

Retrocedimos apresuradamente por el mismo camino por el que habíamos llegado hasta allí. Sin la luz de la linterna era mucho más difícil evitar las ramitas que crujían bajo nuestros pies y los matorrales que nos raspaban la ropa. Era como si cada sonido tuviera eco. Cuando llegamos donde empezaba el jardín trasero de la casa victoriana, noté que tenía la piel cubierta de sudor.

El brillo de la luna, en cuarto creciente, nos mostraba el camino a través del jardín. Eché un vistazo a nuestras espaldas, hacia el lugar donde se había detenido el todoterreno. Desde que habían salido del coche, nuestros perseguidores no habían hecho ningún ruido, de modo que no tenía ni idea de dónde podían estar. Si estaban mirando en la dirección correcta, y a pesar de la distancia, era posible que lograran distinguir nuestras siluetas saliendo del bosque.

—A correr —dije—. Bordearemos la colina por el extremo más alejado y luego subiremos por detrás. Así será más difícil que nos vean.

Los tres asintieron con la cabeza y yo salí corriendo del bosque. Atravesé el claro que se abría entre el bosque y la colina con el corazón en un puño. Llegué enseguida al otro lado, lejos de la vista de cualquiera que se encontrara más al sur. Al llegar a lo alto de la colina, eché a correr hacia la puerta trasera. Ya dentro, encontré la neverita donde la había dejado. Solté un suspiro de alivio, la cogí por el asa y subí a la segunda planta. Me metí en el pequeño dormitorio que daba al sur y miré por la ventana.

Los del todoterreno estaban dentro de la casa ante la que estaban los dos coches aparcados. A través de las ventanas oscuras se veían destellos de luz, seguramente de linternas. Los demás se reunieron a mi alrededor.

—¿Tú crees que nos habrán visto? —preguntó Justin.

—Dudo que, si nos hubieran visto, estuvieran inspeccionando aquella casa —reflexioné.

—Tienen que ser los guardianes —afirmó Anika, inquieta—. ¿Quién más se dedicaría a circular por estas carreteras secundarias de noche, persiguiendo rodadas de coche? Estamos jodidos.

—No, no lo estamos —repuse—. Solo tenemos que… decidir qué hacemos.

—Van a descubrir nuestras pisadas —dijo Leo—. En cuanto vean que no estamos en esa casa, regresarán al cuatro por cuatro para averiguar adónde hemos ido y seguirán nuestros pasos hasta aquí. Pero eso formaba parte del plan, ¿no?

—Pues sí.

Cerré los ojos e intenté apartar los pensamientos confusos de mi cabeza. Tobias nos había explicado la estrategia paso a paso. Si nuestros perseguidores nos seguían el rastro a través del bosque, podríamos huir por la parte de delante de la casa sin que nos vieran, volver al coche y largarnos.

—De momento, esperaremos a que se dirijan hacia el bosque —dije—. Entonces saldremos por la carretera, subiremos al cuatro por cuatro y nos iremos de aquí. Yo monto guardia, mientras tanto recoged todas las cosas de la planta baja, ¿vale?

Salieron de la habitación sin rechistar. Estudié el camino que tomaban aquellas linternas lejanas, mordiéndome el labio.

No era ni mucho menos un plan infalible. ¿Qué pasaría si nuestros perseguidores dejaban a alguien vigilando el todoterreno? Aun en el caso de que no fuera así, en cuanto oyeran el motor saldrían detrás de nosotros.

La última vez que habíamos tenido a los guardianes pisándonos los talones, habíamos logrado escapar solo porque Tobias era un tirador de primera. Pero ahora ya no lo teníamos con nosotros; ni siquiera sabíamos dónde estaba.

A menos que regresara por su propio pie, y pronto, si queríamos huir, íbamos a tener que dejarlo atrás. Maldije entre dientes, asqueada. Él mismo había sugerido aquella estrategia y ahora íbamos a utilizarla para abandonarlo. Si hubiera prestado más atención a su reacción hacía unas horas, si le hubiera dicho algo para evitar que se marchara... Pero ahora era ya demasiado tarde.

Las linternas de nuestros perseguidores llegaron a la parte posterior de la casa y se reflejaron sobre la pintura brillante del todoterreno y del cuatro por cuatro. Me puse tensa. La ventana se empañó con mi aliento. Limpié el vaho y vi cómo las luces bailaban de aquí para allá, por todo el caminito de acceso y hasta el bosque. Estaban siguiendo nuestro rastro, tal como habíamos previsto.

—Vuelve, Tobias —murmuré—. Te necesitamos aquí.

Los haces de luz avanzaban lentamente, barriendo el jardín en todas las direcciones. El suelo del pasillo crujió a mis espaldas.

—Estamos listos —anunció Justin. Le temblaba la voz de nervios, y diría que también de emoción. Perfecto. Siempre y cuando no se le subieran los humos, podíamos contar con él.

—Todavía no es el momento —dije; la luz de las linternas apenas se había adentrado en los árboles.

Justin apareció a mi lado y me tendió algo, un fardo de lana: era la bufanda que me había olvidado durante nuestra huida precipitada.

—He pensado que la querrías —dijo.

—Gracias.

Me sorprendió su amabilidad, e inmediatamente me

avergoncé de mi sorpresa. Aunque fuera más joven que el resto de nosotros, ya había demostrado que podía cargar con la parte de responsabilidad que le correspondía. Me enrosqué la bufanda alrededor del cuello y Justin bajó la mirada.

—Entonces, ¿Tobias se ha marchado porque no quería contagiarnos?

—Eso creo —asentí—. Por eso y porque sabía que pronto iba a ser incapaz de controlarse, y le preocupaba que por ello pudiera dificultarnos la llegada a Atlanta. Ya viste lo que nos costó evitar que Gav llamara demasiado la atención cuando... empeoró. Y eso que durante la mayor parte del tiempo ni siquiera estábamos en la carretera.

—Pero nos habríamos apañado de todos modos. Ya sé que me quejé mucho, pero la verdad es que con Gav la cosa tampoco fue tan difícil —aseguró, frotando las botas sobre la alfombra—. Tú crees que... En fin, ya sé que estos últimos días no he sido muy amable con Tobias, ¡pero es que no quería ponerme enfermo! No tengo nada en contra de él, de verdad. Tú crees que a lo mejor es por eso por lo que...

—No lo sé —dije con un nudo en la garganta—. A lo mejor fue por cómo actuamos todos. O a lo mejor no podríamos haber hecho nada por detenerlo.

Solo había intentado protegernos, como siempre. Se había marchado para proteger a un puñado de adolescentes que conocía desde no hacía ni un mes.

—Y ahora está ahí afuera, solo.

—Sí —dije yo.

No dije nada sobre los sedantes que se había llevado. Era posible que, en aquel preciso instante, estuviera en algún lugar del bosque, a menos de un kilómetro de allí, con todo el contenido del frasco en el estómago. Crucé los brazos sobre el pecho y me abracé a mí misma. «Largaos», me dije, con la vista fija en aquellas luces lejanas. «Volved al lugar de donde habéis salido. No nos obliguéis a abandonarlo.»

Pero las luces ignoraron mi ruego silencioso. Después

de inspeccionar el campo abierto, se adentraron entre los árboles, donde aparecían cada vez con menos frecuencia, hasta que se perdieron del todo de vista. Conté mentalmente los segundos: diez…, veinte…, treinta… Se habían ido. Y eso significaba que tampoco nos verían a nosotros. Era nuestra oportunidad.

Di media vuelta y me tragué las emociones. Había una persona ahí afuera y tres más dentro de la casa que confiaban en mí para que los sacara de allí con vida. Me metí la mano en el bolsillo en el que llevaba el último mensaje de Gav: «Sigue adelante».

En realidad, no tenía otra opción.

—Nos vamos —dije.

Leo y Anika nos estaban esperando junto a la puerta. Sin decir nada, nos dieron un par de bolsas a Justin y a mí. Leo me dio un apretón en el hombro y torció la boca con expresión afligida. Y acto seguido echamos a correr a través del aire gélido.

—Iremos más rápido por las rodadas de los coches, donde la nieve está aplastada —dijo Leo en voz baja cuando llegamos a la carretera.

Nuestras botas crujían sobre las rodadas heladas. Eché un vistazo a la carretera y a la silueta negra de los árboles mientras descendíamos por la colina. Nuestros perseguidores seguían perdidos en las profundidades del bosque, tanto que aún no lograba distinguir sus luces. ¿Seguirían avanzando con tanto tiento, o ahora que estaban seguros de haber encontrado nuestro rastro iban a acelerar el paso?

Empezaban a dolerme los dedos de sujetar el asa de la neverita. Pasamos junto a la casa que había al pie de la colina y también junto a la casa vecina. Cuando finalmente apareció la cuarta casa, bajo la débil luz de la luna, apresuré el paso, y si no eché a correr fue tan solo porque no me atrevía. Los demás me seguían de cerca.

Ya en el caminito de acceso, me quité el guante y metí la mano en el bolsillo de la chaqueta para sacar las llaves del coche. Mis dedos se toparon con la pistola de Tobias.

Reduje el paso y estiré un brazo para detener a los demás.

Si había alguien vigilando el todoterreno, teníamos que estar preparados.

Saqué la pistola y puse el dedo índice en el gatillo. Era un arma demasiado pesada y grande para mi mano. A mi lado, Leo desenfundó la pistola que les habíamos confiscado a los primeros guardianes a los que nos habíamos enfrentado, aquella gente a la que Justin y Tobias habían disparado con el arma que yo llevaba ahora en la mano.

Mientras avanzábamos por el camino de acceso, el corazón me latía con fuerza. Nunca antes había disparado con una pistola, pero, si al final la cosa era o ellos o nosotros, estaba bastante segura de que iba a ser capaz.

Antes de doblar la esquina de la casa, nos quedamos un momento dudando y nos asomamos para echar un vistazo: no había nadie esperando ante la puerta trasera, ni tampoco junto a los vehículos.

Metimos nuestras pertenencias en el cuatro por cuatro. Ocupé rápidamente el asiento del conductor y Leo se sentó en el del acompañante, con el mapa ya en las manos. Justin subió en la parte de atrás, pero Anika volvió la cabeza y se quedó mirando el todoterreno. Se acercó al vehículo y tiró de las manecillas de las puertas, pero no se abrieron.

—¡Vamos, date prisa! —la conminó Justin.

—Van a venir corriendo en cuanto oigan que ponemos en marcha el motor, ¿no? —murmuró Anika.

—Sí —dije—. Esto todavía no ha terminado.

Ella metió una mano debajo del abrigo y sonrió de medio lado.

—En ese caso, vamos a ganar un poco de tiempo.

Sacó un cuchillo de cazador largo y afilado; debía de haberlo cogido la noche anterior del cobertizo. Hundió la hoja del cuchillo en una de las ruedas y, mientras esta empezaba a soltar aire, repitió la maniobra con las otras tres. Noté cómo también a mí se me dibujaba una sonrisa en los labios: de repente, la huida no me parecía ni mucho menos tan imposible.

75

—A ver cómo nos pillan ahora —soltó Anika.

—Qué gran idea —dije yo—. Y ahora larguémonos de aquí.

—¡Cojonudo! —le susurró Justin cuando Anika se sentó junto a él.

—Llámalo restitución —dijo ella.

Metí la llave en el contacto.

—¿Seguimos el mismo patrón? —preguntó Leo—. ¿Giramos en cada cruce?

—¿Sabes qué? —dije yo—. Primero busquemos una carretera recta y larguémonos de aquí tan rápido como podamos. Ya nos preocuparemos por confundir nuestro rastro cuando hayamos puesto tierra de por medio.

No pude evitar echar última mirada hacia el bosque, como si esperara ver a Tobias corriendo hacia nosotros a través del jardín, pero allí no había nadie. Apreté los dientes y arranqué.

El sonido del motor retumbó en la oscuridad. Giré el volante, di marcha atrás, maniobré y avancé a toda velocidad por el camino de acceso. Oí algo a lo lejos, un grito, tal vez. Al momento nos alejábamos volando por la carretera. Atrás quedaban nuestros enemigos. Y también Tobias.

SIETE

$\mathcal{F}$inalmente, cuando llevábamos ya casi quince minutos en la carretera, mi corazón empezó a calmarse y pude pensar con claridad. Fue entonces cuando se me ocurrió que podíamos utilizar las estrategias de los guardianes contra ellos.

—Justin —dije—, ¿tienes la radio a mano?

—Sí —respondió este—. ¿Por qué? Dudo que la mujer del CCE pueda sacarnos de esta...

—Ya lo sé —convine yo—. No quiero hablar con nadie, solo quiero escuchar. Si los de la casa eran guardianes, van a avisar a los demás por radio, ¿no? Aprovechando que estamos cerca, a lo mejor podemos interceptar sus transmisiones y hacernos una idea de qué saben y de cuántos son, para ir prevenidos.

—¡Ja! —exclamó Anika, eufórica después de vengarse de nuestros perseguidores del todoterreno.

Leo enarcó las cejas.

—Estaría bien que, por una vez, fuéramos nosotros quienes nos adelantáramos a ellos.

—¡Manos a la obra! —dijo Justin, y se colocó la radio sobre el regazo. Mientras conducía, oía el sonido del dial y el zumbido de las interferencias del asiento trasero.

—Rastrea las frecuencias más rápido —le dije—. No podemos gastar tanta batería.

—Vale.

Escuché los chasquidos del dial, mientras Justin recorría las ondas de radio. Las interferencias crepitaban y silbaban. Leo apoyó la cabeza en el respaldo y dirigió la oreja hacia la parte de atrás del coche.

—¡Espera! —exclamó—. Eso es. Vuelve a esa última emisora —le indicó a Justin, que hizo lo que le pedía.

Una voz emergió a trompicones entre las interferencias:

—… dirigido hacia el sur… el mismo cuatro por cuatro del que informaron… a media hora de… Michael está mirando lo de los helicópteros… vosotros coged la autopista siet…

Después de aquella palabra incompleta, la voz se perdió entre las interferencias. Justin intentó ajustar el dial, pero ya no oímos nada más.

—Los hemos perdido —dijo.

—O han dejado de hablar —dijo Leo enderezándose—. Bueno, supongo que eso confirma nuestras sospechas. Por lo menos, alguien ha visto el cuatro por cuatro… Pero ¿y lo de los helicópteros?

Aquella palabra se me había quedado también clavada en la mente.

—Supongo que tendrán helicópteros y que podrían utilizarlos si encontraran a alguien que fuera capaz de pilotarlos. —Mi mirada osciló entre la carretera y el cielo tachonado de estrellas—. ¿Vosotros creéis que podrían volar de noche, sin luces en el suelo con las que guiarse?

—No lo sé. Pero, cuando paremos por la mañana, tendremos que esconder el cuatro por cuatro con más cuidado.

—Qué remedio —comentó Anika. Se le había pasado el buen humor.

—Bueno, creo que ha llegado el momento de volver a nuestro plan original. Se acabó ir por la autopista, larguémonos de aquí cuanto antes y eliminemos el rastro —dije, intentando ignorar el nudo de tensión que notaba en el pecho.

No habíamos oído lo suficiente para saber cómo evitar a los guardianes, solo sabíamos que nos seguían la pista y que disponían de más recursos de los que habíamos imaginado.

Pero también habíamos conseguido algo bueno: ahora sabíamos con certeza que el CCE nos estaba esperando. Solo teníamos que llegar hasta allí.

Seguimos avanzando en línea recta durante dos horas más. Entonces, Leo me guio a través de una serie de carreteras secundarias llenas de curvas, que bordeaban las montañas, cada vez más cercanas, a medida que avanzábamos hacia el sur, a través de Ohio. Los guardianes no se cruzaron en nuestro camino, pero sabíamos que andaban por ahí, en alguna parte, buscándonos. La tensión en mi interior pronto se convirtió en un intenso dolor; cada vez que respiraba notaba un pinchazo.

A altas horas de la noche terminamos atascados en una carretera, en medio de una ventisca. Tardamos una eternidad retrocediendo, pues las ruedas resbalaban sobre la nieve acumulada, e intentamos encontrar otra ruta. Pero, al llegar cerca de la frontera de Virginia Occidental, la capa de nieve del suelo empezó a perder grosor. Paramos para cambiar de posiciones dentro del coche y llenar el depósito con el resto del combustible que nos habíamos llevado del cobertizo del cazador. Antes de montar en el asiento del acompañante, aproveché para meter tanta nieve como pude en la neverita.

Cuando volvimos a rodar, a las cinco de la madrugada, había empezado a caer una débil llovizna. En cuestión de media hora, esta había derretido la poca nieve que aún quedaba en la carretera y había dejado una brillante capa de hielo sobre el asfalto. Anika, que ahora iba al volante, roció el parabrisas con el espray anticongelante. No se atrevía a ir demasiado rápido, y se ponía pálida cada vez que las ruedas empezaban a resbalar. Cada vez tenía que morderme la lengua para no decirle que volviera a acelerar. Por lo menos ahora no dejábamos ningún rastro que los guardianes pudieran seguir.

Mirando a través de la ventanilla, mis pensamientos volvieron a Tobias. ¿Seguiría haciendo el mismo tiempo en la casa de la colina? ¿Estaría allí en estos momentos, pasando frío y soportando la humedad, esperando a que todo terminara, sin saber que habíamos intentado buscarlo? La idea me removió las tripas.

Ya era tarde para volver a por él, y además era demasiado peligroso. De hecho, era demasiado peligroso hacer cualquier cosa que no fuera seguir adelante, pero no por eso dejaba de maldecirme los huesos por no haber encontrado la forma de ayudarlo.

Mi frustración debía de reflejarse en mi cara, porque, al cabo de un segundo, Anika dijo:

—Nos teníamos que marchar sí o sí. Los guardianes se nos han echado encima.

—Ya lo sé —dije.

—No puedo creer que hayamos logrado huir —añadió, y soltó una breve carcajada.

El alivio que transmitía su voz me dolió en el alma y no conseguí morderme la lengua.

—Y supongo que también te alegras mucho de no tener que preocuparte más por el tío enfermo ese cada vez que te subes al coche, ¿no?

Anika abrió la boca y la volvió a cerrar, sus labios convertidos en una raya horizontal. Noté cómo me invadía una oleada de vergüenza. No podía culparla por alegrarse de estar viva.

—Lo siento —dije—. Ha sido un comentario mezquino. Es solo que me cabrea haber tenido que dejarlo atrás.

—No sé —dijo Anika finalmente, en voz baja—. A lo mejor tienes algo de razón. Me ponía nerviosa tenerlo aquí con nosotros, sí. No quiero terminar así. Pero no me alegro de que se haya ido.

Tampoco la podía culpar por tenerle miedo al virus. Llevarnos a Tobias me había parecido la única opción posible, pero también era cierto que con ello había obligado a Justin y Anika a exponerse a un riesgo mucho mayor del que habrían corrido de otra forma, ¿no?

Yo solo quería que todo el mundo estuviera bien. ¿Por qué tenía que ser tan difícil?

Empezaba a dolerme la cabeza: por la falta de sueño,

por el estrés de la huida, por el tamborileo constante de la lluvia... Me llevé los dedos a las sienes.

—Hemos hecho lo que hemos podido —sentencié, en parte para ella, en parte para mí.

—Al final, sea como sea, siempre terminas dejando a alguien atrás, ¿no? —comentó Anika, con una ligereza forzada—. Es lo que hay. Yo ni siquiera sé qué ha sido de la mitad de mis amigos. Cuando todo el mundo empezó a ponerse enfermo, decidí desaparecer de la vida de la gente, para no tener que preocuparme... Es extraño. Antes salía con ellos, iba de fiesta, o lo que fuera, casi cada noche; no me gustaba nada estar a solas. Y, de pronto, resultó que estar a solas era la única opción segura.

Volvió a reírse, pero esta vez su carcajada sonó más fría. La imaginé en otra época, sentada en el taburete de un bar, rodeada de amigos, sonriendo mientras daba vueltas bajo las luces de una pista de baile. Tan lejos de nuestros miedos actuales.

—¿Qué estudiabas? —le pregunté—. ¿Ibas a la universidad?

Anika tardó un momento en responder.

—Organización de acontecimientos —dijo—. Pensaba que me dedicaría a montar galas benéficas y fiestas para estrenos cinematográficos. Y ahora ya ves.

—Pero te gustaba.

—Sí, porque... —empezó a decir, pero entonces se calló. Sus ojos volvieron a la carretera y se encogió de hombros—. Qué más da.

—Nunca se sabe —dijo Justin a su espalda.

—Qué más da —repitió ella con voz apagada.

La chaqueta de Justin crujió en el asiento trasero.

—Aún tenemos un futuro —dijo—. Quiero decir que todos vamos a terminar en algún lugar. Hay muchas cosas que ya no volverán a ser como eran, desde luego, pero, por lo que he visto..., cada uno va a tener que descubrir qué cosas le importan, qué puede hacer, y hacerlo. O se quedará atrás.

Me pregunté si estaría pensando en Tessa. ¿Quién había dejado atrás a quién, en su caso? Leo era el que había seguido adelante, mientras que ella se quedaba en la colonia de artistas. Pero, en realidad, era ella quien había cortado la relación. Tessa había encontrado un lugar donde podía hacer lo que creía que era más importante para ella, más importante que los novios, los amigos, o incluso la posibilidad de acceder a una vacuna.

De vez en cuando, aún la echaba de menos, y también añoraba aquella manera tan práctica y sosegada que tenía de ver las cosas, a la que me había acostumbrado mientras trabajábamos juntas en la isla. Pero cada vez que recordaba cómo se le había iluminado el rostro en el invernadero de la colonia, no podía desear que hubiera tomado una decisión distinta.

—Además, no creo que las cosas que te importan hayan de tener necesariamente sentido —añadió Leo con un tono más despreocupado—. Yo seguiré queriendo bailar aunque todos los estudios de danza del mundo estén cerrados. Lo llevo en la sangre, no veo por qué no lo voy a dejar salir.

—Por lo menos vosotros teníais planes… y eso —dijo Justin—. Yo me dedicaba a hacer el tonto con mis amigos mientras procuraba aprobarlo todo para que mis padres no se cabrearan.

—Ya, pero tú tienes catorce años —le respondí.

—¡Cumpliré los quince dentro de un mes! —protestó Justin.

—Es lo mismo. Mi hermano Drew siempre contaba que muchos de los chicos que conocía iban a ir a la universidad sin saber qué querían hacer con sus vidas. Lo hacían por inercia. O sea, que eres normal.

—Pero ser normal no sirve de mucho hoy en día —dijo Justin—. El mundo ya no es normal. Además, yo no me fui con vosotros y me puse delante de las pistolas para ser normal.

No. Había venido con nosotros para hacer algo que no fuera esperar y esconderse, para no cometer el mismo error que su padre, al que habían pegado un tiro poco después del inicio de los saqueos. Mientras intentaba encontrar una respuesta apropiada, vi que Anika torcía la boca, intentando reprimir una sonrisa.

—Si te sirve de consuelo —dijo—, yo creo que eres bastante rarito.

—No me refería a eso —gruñó Justin.

Se me escapó una risita y, durante un instante, nuestras carcajadas cansadas disiparon la tensión dentro del coche. Entonces me fijé en el indicador del combustible y los motivos de alegría desaparecieron de golpe.

—Se nos está terminando la gasolina otra vez —observé.

Había estado tan distraída con la paulatina desaparición de la nieve, la lluvia y mi sentimiento de culpa por lo de Tobias, que no había vuelto a prestar atención al indicador desde que había dejado de conducir. En las últimas horas prácticamente habíamos vaciado el depósito, y también nos habíamos ventilado el combustible que habíamos robado el día anterior.

—Vamos a tener que volver a rapiñar algo —añadí.

—Hemos avanzado muchos kilómetros desde el encontronazo con los guardianes —dijo Leo, pero por su tono de voz parecía tan inquieto como yo.

Entramos en un pueblo que parecía estar completamente abandonado. Todos los caminitos de acceso y los garajes estaban vacíos, y las calles y los patios estaban cubiertos de basura, como si hiciera años que allí no viviera nadie. ¿Se habrían marchado todos después de que sus vecinos enfermaran? Aquella visión me puso la piel de gallina.

—Vamos —dije—. Intentemos no pasar demasiado tiempo en un mismo lugar.

Tras dejar el pueblo atrás, pasamos junto a dos granjas, una de ellas con un camión con el depósito vacío y otra sin un solo vehículo. Los excrementos que cubrían la entrada parecían sugerir que aquel lugar se había convertido en el hogar de varios ocupas no humanos. La lluvia estaba aflojando, pero antes de subir de nuevo al cuatro por cuatro

83

me detuve un instante y volví a notar las mejillas húmedas. La luz del sol había empezado ya a filtrarse a través de las nubes que cubrían el horizonte. En menos de una hora, los campos y el bosque que teníamos ante nosotros, y las montañas que quedaban a nuestra izquierda, estarían iluminados por la luz del día.

—Tal vez deberíamos quedarnos aquí durante… —empecé a decir, pero en ese preciso instante nos llegó un sonido agudo desde el otro extremo del campo.

Los cuatro nos volvimos bruscamente.

En el campo moteado de nieve no se movió nada, pero, mientras estudiaba el oscuro bosquecillo que había a medio kilómetro de distancia de donde nos encontrábamos, se volvió a oír aquel sonido. Era el ladrido *staccato* de un perro. De dos perros, en realidad.

Anika se acercó a la puerta del coche.

—A lo mejor se han vuelto salvajes —dijo—. Y están cazando.

Pero yo negué con la cabeza y me acordé de los coyotes que solía observar en la isla, y de los cachorros que había cuidado en la clínica veterinaria donde trabajaba como voluntaria. ¿Era posible que hubiera pasado menos de un año?

—Un perro no ladraría así si estuviera cazando —dije—. No querría asustar a la presa. Parece que estén jugando.

Pero, por otro lado, los perros adultos no suelen ladrar cuando juegan entre ellos. ¿Habría personas con ellos? ¿Personas a las que les iba tan bien que podían permitirse tener perros?

—Hemos de ir a echar un vistazo —propuse. La última vez que examinamos un lugar donde vivía alguien, encontramos gasolina.

—¿Estás segura de que queremos que sepan que estamos aquí? —preguntó Leo.

—No, pero, si no hacemos ruido y no nos acercamos demasiado, por lo menos podremos hacernos una idea de su situación.

—Yo me apunto —dijo Justin.

Anika negó con la cabeza.

—No me gustan los perros.

—Bueno, de todos modos, alguien tiene que quedarse aquí, protegiendo el cuatro por cuatro —dije—. Propongo que tú y Leo montéis guardia, mientras Justin y yo vamos a comprobar de qué se trata.

Aunque comprendiera un poco mejor sus motivos, todavía no me parecía prudente dejarla a solas con nuestro único vehículo y la vacuna.

—Por mí, adelante —dijo.

Entonces me volví hacia Justin

—Toma —le dije, y le entregué la pistola de bengalas que había estado llevando hasta entonces, pues ahora disponía de una pistola de verdad.

—No hace falta que me lo recuerdes —dijo Justin—. No dispararé a nadie a menos que no tenga más remedio.

—Bien —dije—, porque ni siquiera sabemos si esa pistola serviría para detener a alguien.

Me saqué la pistola de Tobias del bolsillo. Entonces me acordé de cuando la había visto encima del mármol de la cocina y había comprendido por qué la había dejado allí, y se me hizo un nudo en la garganta.

—¿Me puedes enseñar un poco cómo funciona? —le pregunté a Leo—. Por si nos metemos en un lío…

Aunque yo no tuviera intención de atacar a nadie, si los extraños nos descubrían, ¿quién sabía si serían amistosos? Leo cogió la pistola y la manipuló con cuidado, pero con movimientos expertos.

—Antes de disparar tienes que quitar el seguro, pero déjalo puesto el resto del tiempo —dijo, y me enseñó a hacerlo con un chasquido—. Apunta por aquí. Y sujétala con las dos manos, o ten por seguro que la bala saldrá hacia donde menos lo esperes.

Practiqué apuntando con la pistola contra el garaje, tratando de imitar la postura que había adoptado Tobias. Leo se acercó y, mirando por encima de mi hombro, me levantó un poco las manos.

—Ten cuidado, ¿vale? —me dijo al oído y en voz baja—. No quiero que acaben disparando contra ti.

85

Su cálido aliento me acarició la mejilla, y de pronto mi cuerpo tomó conciencia clara del poco espacio que había entre los dos y de cómo sus brazos casi me envolvían para ajustarse a los míos. Noté un inesperado calor que me recorría la piel y cómo la pistola se me escurría entre las manos, y eso me hizo recordar lo que nos ocupaba. Me aparté y me metí la pistola en el bolsillo, donde esperaba que se quedara todo el tiempo.

—Ya lo sé —dije sin levantar los ojos. Teníamos que encontrar gasolina, necesitaba concentrarme en eso—. Tendremos cuidado. Gracias. No tardaremos.

Justin esperaba al límite del camino, inquieto.

—Bueno, vámonos —dije, y él levantó la cabeza. Echamos a andar hacia el campo.

La nieve que en su momento había cubierto la hierba se había convertido ya en agua, que siseaba bajo las suelas de nuestros zapatos. Uno de los perros volvió a ladrar. Parecía encontrarse lejos, si bien los árboles debían de amortiguar el sonido. La brisa soplaba contra nuestras caras, fría y perfumada de cedro, de modo que no les llegaría nuestro olor. Eso nos permitiría acercarnos más a ellos.

—¿Podemos hablar? —murmuró Justin.

—De momento sí —contesté en voz baja—. Dime.

—Desde que logramos conectar con los del CCE, le he estado dando vueltas y… Tú no crees que tengan nada que ver con el virus, ¿verdad?

—¿A qué te refieres?

—Pues como en las películas —dijo—, cuando aparece una gripe asesina o algo así, y al final resulta que fueron unos científicos del Gobierno que estaban experimentando con algo y se les fue de las manos.

—Ah —dije—. No, no creo que el CCE se dedique a ese tipo de cosas. Las armas biológicas serían más propias de un laboratorio militar. —Hice una pausa y pensé en la respuesta inicial que habían dado cuando aún estábamos en la isla—. La gente del Ministerio de Sanidad y de la OMS que ayudaron a mi padre no sabían nada sobre el virus de antemano. Cuando lograron aislarlo, lo consideraron un gran logro. Si alguien lo hubiera creado, habrían tenido registros, muestras... Y, en sus notas, mi padre habla de la gripe cordial como una mutación natural del virus que yo ya había contraído antes y que me proporcionó una inmunidad parcial.

Al final, combinando partes de esa primera versión con partes de la nueva, mi padre había logrado crear una vacuna efectiva.

—Es solo que me parece extraño que surgiera así, de ninguna parte —apuntó Justin.

—Sí, no sé —dije—. Tampoco se sabe de dónde salió el Ébola, y a los médicos les llevó lo suyo resolver el enigma del sida. Los virus aparecen sin más: puede que vivan aislados en algún lugar hasta que alguien tropieza con ellos, o que una mutación repentina los vuelva más letales, o permita que den el salto de algún animal a los seres humanos. Seguramente, hemos tenido suerte de no haber sufrido nada tan letal hasta ahora.

Justin asintió, pero, de pronto, se había puesto muy serio. Habría sido mucho más fácil culpar a una persona concreta de la aparición del virus que tener que hacerse a la idea de que era simplemente fruto de la naturaleza, como casi siempre.

Al llegar a la linde del bosque me volví hacia la casa. Leo levantó la mano. Le devolví el saludo y me metí bajo los árboles.

Entre los cedros había también saúcos y arces y, por suerte para nosotros, las hojas que habían caído durante el otoño habían formado una alfombra mojada que silenciaba nuestros pasos. Aun así, caminé con precaución alrededor de matorrales y ramas bajas. Al cabo de un momento, me detuve y Justin se paró a mi lado. Un débil gañido canino me llegó hasta los oídos. Todavía no estábamos cerca. Seguimos adelante.

Unos cinco minutos más tarde, la luz del día empezó a brillar con más fuerza. Los árboles eran cada vez más dispersos. Me movía de un tronco al siguiente, mirando a través de los árboles. Unos pasos más adelante, entreví un

87

claro a unos tres metros de distancia. Y en ese claro, una estructura angulosa, metálica, que brillaba bajo el sol de la mañana, protegida por una alta valla de tela metálica.

Justin enarcó las cejas y me miró. Yo me llevé un dedo a los labios y seguí adelante. Me detuve a pocos pasos del claro.

La verja parecía cercar el claro entero, alrededor de una hilera de estructuras cuadradas. Había una serie de barras y barandillas, como una especie de gimnasio futurista en medio de la jungla, y más adelante vi un edificio bajo de hormigón, con un cartel de advertencia por alta tensión en la puerta. No había ningún cable que saliera de la verja, pero aquel lugar me recordaba la subestación eléctrica de la isla. Los cables podían estar simplemente enterrados.

Pero lo más sorprendente era que la central estaba en funcionamiento. Un débil zumbido eléctrico flotaba en el aire. La subestación debía de estar conectada a alguna planta, que seguía en funcionamiento.

Por el rabillo del ojo, me llamó la atención algo que se movía. Cuando volví la cabeza, apareció una niña al otro lado de la verja. No debía de tener más de diez años. Al momento, apareció un golden retriever, jadeando tras ella. La niña blandió un hueso. A sus espaldas, más allá de los edificios de la subestación, pude ver un grupo de tiendas de campaña de color verde oscuro plantadas a lo largo de la verja. Cerca de las tiendas había dos chozas hechas de lo que parecían cajas y muebles rotos. Una mujer salió de entre las tiendas y se dirigió hacia un lugar que quedaba fuera de mi ángulo de visión. La brisa me trajo un vago olor a humo, a madera ardiendo.

Era un buen lugar donde montar un campamento: disponían de la protección de la verja, y de acceso a electricidad mientras la planta siguiera en funcionamiento. A lo mejor se trataba justamente de las familias de los trabajadores, que mantenían la planta operativa. En cualquier caso, la subestación constituía un objetivo menos obvio. Me costaba mucho creer que, de saber que existía, el grupo de Michael no hubiera intentado apropiarse de una planta eléctrica en funcionamiento.

Aunque, desde luego, era posible que ya lo hubiera hecho. A lo mejor aquella gente estaba en deuda con los guardianes: la mitad de los supervivientes con los que nos habíamos topado desde que habíamos salido de la isla parecían estarlo.

Le hice un gesto a Justin para que me siguiera y bordeé el claro, cada vez más cerca de las tiendas de campaña. Al doblar el perímetro de la verja, vimos que el campamento contaba también con una especie de cocina improvisada, hecha con tres neveras y una palangana con un grifo, aunque no había ningún horno. Supuse que debían de cocinar con leña. Más adelante había un rectángulo de tierra que parecía arado, como si pensaran empezar a cultivar un huerto en cuanto el tiempo se lo permitiera. Entonces vi una furgoneta de reparto y un sedán gris, aparcados en el césped, entre el edificio de hormigón y la verja.

Si tenían vehículos, debían tener gasolina.

Unos pasos más adelante logré distinguir la silueta de unos grandes bidones de plástico al otro lado del camión. Alrededor de los bidones vi amontonadas varias latas más pequeñas.

Justin las señaló y yo asentí con la cabeza.

—¿Tú crees que accederían a hacer un intercambio? —preguntó en voz baja.

Hice un gesto dubitativo. ¿Qué teníamos que pudieran querer? Tan solo las vacunas, y eso no se lo podíamos ofrecer. Por el número de tiendas, parecían ser muchos más que nosotros. ¿Habían sobrevivido hasta entonces a base de bondad y generosidad? Nadie nos podía asegurar que no nos atacarían y nos lo quitarían todo en cuanto nos presentáramos.

—Yo ya no me fío de nadie —dije.

Justin se encogió de hombros.

—Pues se lo robaremos.

En cuanto lo dijo, me di cuenta de que, en algún lugar de mi cabeza, yo ya había tomado la misma decisión. Ya habíamos vaciado el cobertizo de aquel cazador, así que no veía cómo robar un poquito de una gente que tenía tanto iba a ser peor. Consideré fríamente nuestras opciones y sentí otro pinchazo en el pecho. Pero era o ellos o nosotros, ya no había término medio para nadie.

La única pregunta era cómo íbamos a conseguir lo que necesitábamos. Estudié el claro: la verja estaba a dos o tres metros de distancia de los árboles. Las latas de gasolina estaban ahí mismo, a pocos centímetros al otro lado de la verja, pero esta era, por lo menos, el doble de alta que yo y estaba cubierta con alambre de púas.

—¡Oye! —susurró Justin—. La cizalla. La tenemos en el cuatro por cuatro. Podemos abrir un hueco en el alambre.

Perfecto.

—Ve a por ella, deprisa —le dije—. Tenemos poco tiempo.

En cualquier momento, la brisa podía cambiar de dirección, y entonces los perros detectarían nuestro olor. Y lo más posible era que no reaccionaran de forma amistosa ante unos desconocidos.

OCHO

*J*ustin se perdió entre los árboles y yo me escondí detrás del tronco de un arce, a escuchar y esperar. Y a oler. Flotaba en el ambiente un aroma a grasa y a sal que me hizo pensar en beicon. ¡A lo mejor era beicon! Se me empezó a hacer la boca agua.

Se oyeron unos pasos sobre la hierba húmeda, a mi izquierda. Se abrió la puerta de una nevera. Me llegó un tintineo de cristales y el golpe sordo de la puerta al cerrarse. Apoyé la cabeza en la corteza del árbol. Si hubiéramos podido fiarnos de esa gente, les podríamos haber pedido que nos guardaran la vacuna para que se mantuviera fría, sin tener que preocuparnos más por si se nos terminaba la nieve.

Un segundo más tarde, la idea me pareció tan absurda que esbocé una mueca. ¿Quién no iba a traicionarnos sabiendo que llevábamos algo tan valioso?

Más allá de donde me alcanzaba la vista, se oyó una risa infantil y los perros volvieron a ladrar. Si la hora del desayuno de aquella gente era también la hora del desayuno para los perros, eso los mantendría distraídos.

En casa, en la isla, mis hurones, *Fossey* y *Mowat*, probablemente estarían preguntándose adónde se había ido todo el mundo. Esperaba que cuando se les terminaran las bolsas de comida que Leo había abierto para ellos, supieran encontrar la forma de salir de casa para buscar alimento.

En aquel momento, se oyó otro sonido a través de la verja y me quede petrificada: en el extremo opuesto del cercado, a alguien le había dado un ataque de tos. La tos se fue apagando y volvió a empezar. Se oyó el chirrido de unos goznes.

—¿Por qué Corrie puede jugar con *Rufus* todo el rato? —preguntó una vocecita aguda—. ¡Yo también lo quiero ver! Aquí dentro no hay nada que hacer.

A continuación se oyó un murmullo de conversaciones que no logré comprender y la voz de un hombre que decía:

—Tienes razón, Devon, ahora te toca a ti.

El hombre silbó, supuse que llamando a los perros para que entraran en el edificio donde tenían a aquel niño en cuarentena. Se oyó una puerta de madera.

El viento helado se me metía debajo de la bufanda. Así pues, el virus también había llegado hasta allí. ¿Qué precauciones estarían tomando? ¿Cuántas personas se habrían contagiado? Una razón más para no hablar con ellos cara a cara.

Oí otros pasos que se acercaban, esta vez a mi espalda: era Justin y entre las manos enguantadas sostenía la cizalla que había cogido en el cobertizo del cazador. Parecía lo bastante robusta como para cortar aquel alambre.

—Le he contado la idea a Leo, pero no lo he visto muy entusiasmado que digamos —murmuró al llegar a mi lado.

¿Porque le preocupaba que pudieran pillarnos? ¿O porque…, porque no aprobaba que robáramos a unos desconocidos? Una aguda punzada de dolor me recorrió todo el cuerpo y cerré los ojos. No iba a tenerme en cuenta que hiciera todo lo posible por mantenernos en marcha y con vida, ¿no? Leo sabía cuánto costaba sobrevivir en este mundo y no se me ocurría ni una sola alternativa que pudiera considerarse «buena». Recuperé la seguridad respecto a la decisión.

—Es nuestra mejor opción —dije. Y pensaba aprovecharla al máximo. Le pedí la cizalla a Justin.

—No, lo haré yo —dijo él.

—Yo soy más pequeña que tú —dije—. No necesito un agujero tan grande.

Justin solo me sacaba unos pocos centímetros, tenía un

cuerpo larguirucho y adolescente, pero era mucho más ancho de espaldas que yo y su abrigo abultaba más.

—Ni hablar —insistió él, hablando entre susurros—. Tú eres nuestra líder. Las misiones peligrosas en solitario no las lleva nunca a cabo el general. ¿Qué vamos a hacer si te pasa algo? No, iré yo. Si ves que se acerca alguien, tírame algo.

No se me ocurrió ningún argumento convincente y el tiempo apremiaba, de modo que no pude hacer más que ver cómo se alejaba. Palpé el suelo con la mano y cogí una piedrecita para poder lanzársela en el caso de que tuviera que alertarlo de algo.

Justin se agachó y atravesó el claro al acecho, como si imitara a un comando militar de algún videojuego. Al final iba a resultar que, haciendo el tonto con sus amigos, había aprendido algunas habilidades que nos podían resultar útiles. Al llegar junto a la verja, tiró de la tela metálica con los dedos y cogió la cizalla.

Empezó a cortar los alambres con chasquidos casi inaudibles. Fue avanzando y pronto hubo un buen boquete ovalado en la verja. Dentro del cercado, por lo menos hasta donde yo alcanzaba a ver, no había movimiento. Agucé el oído mientras Justin cortaba los últimos fragmentos de tela metálica y apartaba su improvisada puerta. El alambre rechinó levemente al doblarse y en la distancia se oyó un cazo que caía al suelo. Justin dio un respingo, pero no apareció nadie.

Contuve el aliento mientras atravesaba la abertura y los bordes metálicos se le clavaban en el abrigo. Y, de repente, ya estaba dentro. Cerré el puño con fuerza alrededor de la roca. Justin miró a un lado y a otro, y echó a correr hacia las latas de combustible.

Ya se estaba agachando para coger un par cuando un débil aullido rompió el silencio. Un gran danés dobló la esquina de la construcción de hormigón con un sonoro tamborileo de garras.

Me levanté de golpe. Justin agarró la lata que tenía más cerca, dio media vuelta y echo a correr hacia la verja.

93

—¡Eh! —gritó alguien. Se oyeron pasos detrás del perro y, al instante, apareció una mujer con un rifle—. ¡Alto!

Crucé el claro a toda velocidad y levanté el alerón de la verja. Justin metió sin querer un pie en un hoyo y perdió el equilibrio. La lata de gasolina se le escurrió entre los dedos y rebotó por el suelo. El gran danés soltó un gruñido, echando babas mientras recorría la corta distancia que lo separaba de su presa.

—¡Suelta la lata! —grité.

Justin hizo una mueca y pegó un brinco hacia delante. En un abrir y cerrar de ojos, pasó por debajo del alerón, que volvió a caer en su sitio. El perro derrapó y pegó una dentellada en el aire, justo en el lugar donde hacía un segundo había estado el brazo de Justin.

—¡He dicho alto! —bramó la mujer, levantando el rifle.

Cogí a Justin por el hombro y me lo llevé hacia los árboles. Noté cómo la pistola que llevaba en el bolsillo me golpeaba en las costillas, pero no confiaba lo suficiente en mi puntería. Además, si no nos largábamos de inmediato, al cabo de un minuto nos habrían superado en número.

Apenas nos adentramos en el bosque, un disparo resonó en el aire. Justin soltó un grito. Dimos un acelerón, buscando la protección de los árboles. El eco del disparo y los frenéticos ladridos del perro resonaban en mis oídos.

Por un segundo creí que lo habíamos logrado, que nos habíamos escabullido justo a tiempo. Pero entonces Justin se dejó caer contra el tronco de un árbol. Tenía una mancha de sangre en los vaqueros, por debajo de la rodilla.

La mujer del rifle estaba cada vez más cerca y el gran danés mordía con rabia el alerón de la verja. Me coloqué el brazo de Justin encima de los hombros y tiré de él bosque adentro.

Él avanzaba cojeando a mi lado, y soltaba un gemido cada vez que movía la pierna herida.

—Estoy bien —aseguró con un gruñido de dolor que parecía indicar justamente lo contrario.

—No, no lo estás —respondí, tragando saliva—. Pero vamos a salir de aquí y entonces nos aseguraremos de que sí lo estés.

Notaba el latido del corazón en la garganta. De pronto, el tiempo apremiaba, el disparo se habría oído a varios kilómetros a la redonda. Si los guardianes andaban cerca, se nos echarían encima en un abrir y cerrar de ojos.

Llegamos tambaleándonos al otro extremo del bosque y vimos a Anika, que nos esperaba en la mitad del campo. Nos hizo un gesto para que nos apresuráramos, mientras Leo vigilaba con la pistola a punto, junto al cuatro por cuatro.

—¿Qué ha pasado? —preguntó Anika, cogiendo el otro brazo de Justin.

—Perros de los cojones —murmuró Justin—. Ya casi la tenía; por lo menos me tendría que haber llevado una lata.

—Lo han sorprendido dentro de la verja —dije—. Y le han disparado en la pierna.

Anika esbozó una mueca de dolor. Justin le apartó la mano, pero no añadió nada más. Tenía la frente perlada de sudor, a pesar del frío.

—Arranca —le dije a Anika—. Nos tenemos que largar enseguida.

Ella asintió y echó a correr hacia la casa; se le había bajado la capucha y el pelo, lleno de reflejos, ondulaba al viento. Habló con Leo, que le entregó las llaves y se dirigió hacia la puerta del copiloto sin apartar la mirada del bosque que había a nuestras espaldas. Entonces torció los labios, con un mohín de descontento, y yo noté cómo se me hacía un nudo en el estómago.

Quien había dado el visto bueno a la idea de Justin de entrar en el cercado había sido yo. Y había dejado que fuera él quien entrara. Sabía lo sensibles que eran los perros a los olores y los ruidos extraños, tal vez tendría que haberme dado cuenta de que era demasiado arriesgado. Si la mujer hubiera apuntado un poco más arriba, Justin podría haber muerto, y todo por un par de latas de gasolina.

Cuando finalmente llegamos a la casa, Justin soltó un

95

suspiro de alivio. Lo ayudé a montar en la parte de atrás del cuatro por cuatro y me senté a su lado. Leo subió delante y cerró de un portazo, y Anika dio gas a fondo. Eché un vistazo a la carretera, pero no había rastro de perseguidores. Aún.

—Tenemos que deshacer el camino —dije—. Los de la subestación podrían tendernos una emboscada en la carretera, ahí delante. ¿Tienes el mapa, Leo?

—Aquí mismo —respondió.

Nos incorporamos a la carretera y Leo se puso a guiar a Anika. Me incliné sobre el respaldo del asiento para coger el botiquín del maletero.

—Déjame ver la pierna —le pedí a Justin.

Él se apoyó en la puerta, levantó la pierna herida y la apoyó en el asiento central. El coche dio un bandazo y Justin inspiró con fuerza entre dientes.

—Supongo que vamos a tener que sacar la bala, ¿no? —dijo con voz tensa.

—Ni hablar —contestó Leo antes de que yo pudiera responder—. Es mejor dejarla donde está. Cada vez que salíamos a cazar, mi padre me soltaba una clase sobre qué hacer en caso de accidente. Como empieces a hurgar en la herida, solo lograrás que se infecte. Lo importante ahora es detener la hemorragia.

Busqué las tijeras y corté la tela de los pantalones de Justin para que no le tocara la herida. La sangre corría por su pálida piel; apenas había empezado a salirle vello. Pero la herida era un corte, no un agujero: un tajo irregular que le atravesaba la pantorrilla. Y aunque debía de ser dolorosa, tampoco parecía excesivamente profunda.

—Yo diría que no hay bala —dije, con voz temblorosa—. Creo que solo te ha rozado la pierna.

—Bueno, supongo que eso es una buena noticia —respondió Justin, que cogió aire mientras yo le limpiaba la herida con una toallita antiséptica. Era la última que nos quedaba, pues las demás las habíamos gastado cuando Meredith se había cortado la mano.

—Lo siento —dije.

Él esbozó una mueca a modo de respuesta, con los labios apretados. Sujetando la toallita sobre la herida, intenté desenroscar un rollo de gasa, que a punto estuvo de caérseme de las manos cuando el coche se bamboleó en una curva abierta. Solo me llegó para darle cuatro vueltas a la pierna.

—Pásame las tijeras —dijo Justin. Cuando las tuvo en las manos, se cortó un trozo de la otra pernera del pantalón y se la ató alrededor de la pantorrilla, por encima del vendaje—. ¿Tú crees que bastará?

—Esperemos que sí —respondí.

Rebuscando dentro del botiquín, encontré otro rollo de gasa, pero me dije que era mejor que lo reserváramos para limpiar la herida y vendarla de nuevo más tarde. Eso si conseguíamos limpiarla sin antiséptico. Dudaba que la bala le hubiera provocado daños irreparables en la pierna, pero el corte más superficial se podía infectar. Nos quedaban un par de pastillas de jabón. Mejor eso que nada.

Además, solo tendríamos que cuidar de la herida hasta llegar al CCE. Los médicos del centro sabrían cómo tratar una herida de bala y tendrían antibióticos.

Eso, naturalmente, siempre y cuando llegáramos.

Experimenté una nostalgia repentina, tan intensa que se me llenaron los ojos de lágrimas. No sabía qué habría pensado Gav de mi plan y de su resultado, y no me importaba. Solo sabía que, si hubiera estado allí en aquel momento, me habría abrazado y me habría dicho que era increíble por haberlos llevado hasta allí, y a lo mejor yo me lo habría creído.

Entonces mi mente se acordó de sus últimos días, de cómo se quejaba porque lo hubiera arrastrado hasta allí y cómo me había rogado que volviéramos a casa. Se me hizo un nudo en la garganta. Una parte de Gav había creído que aquel viaje no valía la pena.

Pero si quería salir de aquella situación no me quedaba más remedio que seguir adelante.

—¿Habéis visto alguien más en la carretera? —pregunté justo cuando Anika volvía a girar.

97

—De momento no hay peligro a la vista —respondió. Justin se acomodó mejor en su asiento.

—Tómatelo con calma, ¿vale? —le dije, y él puso los ojos en blanco.

—Tendría que haber sido más rápido.

—Y yo no debería haber dejado que te arriesgaras sabiendo que había perros —respondí—. No ha sido culpa tuya.

Él hizo una mueca y se volvió hacia la ventanilla. Al otro lado del cristal iban pasando campos, bosques, casas y graneros. Leo dirigió a Anika hacia una carretera tortuosa que solo atravesaba pueblecitos. Mientras le vendaba la pierna a Justin habíamos logrado dar la vuelta otra vez y poner rumbo hacia el sur. Las carreteras estaban despejadas y el hielo de la noche anterior había dejado tan solo charcos sobre el asfalto. Sin nieve que nos ralentizara, a lo mejor lograríamos llegar a Atlanta esa misma noche.

Aunque no sin gasolina. Cuando hacía aproximadamente una hora que habíamos dejado atrás la subestación eléctrica, remontamos una pequeña colina y el motor renqueó. Se me cayó el alma a los pies.

—Mierda —murmuró Anika en voz baja. El ruido del motor se convirtió de nuevo en un ronroneo, volvió a renquear y finalmente se caló por completo.

Aprovechando la inclinación de la pendiente, logramos bajar con el cuatro por cuatro por un camino y llegar hasta la parte trasera de un silo oxidado. Salí al aire de media mañana y noté una vaga calidez sobre la piel. Nos habíamos quedado tirados, desprotegidos, en medio de unos campos de labranza que se extendían más allá de la falda de las montañas oscuras. Los campos estaban divididos por unas estrechas hileras de árboles, y la casa más cercana, una estructura achaparrada de ladrillo, situada al otro lado de la carretera, se encontraba a no menos de quince minutos a pie. Quedaban apenas unas pocas manchas de nieve que brillaban sobre el campo en barbecho.

En cuestión de una o dos horas se habrían derretido por completo.

—¿Qué diablos vamos a hacer ahora? —preguntó Anika caminando junto al cuatro por cuatro.

Justin asomó por la puerta abierta.

—No nos podemos quedar aquí esperando.

—No —dije. Teníamos que seguir adelante, de eso no había duda—. Vamos a tener que dejar el coche aquí, desde luego. O encontramos otro que funcione y nos vamos en ese, o encontramos gasolina y volvemos a por este.

—Llevémonos tantas cosas como podamos, por si al final no volvemos —sugirió Leo, que abrió el maletero.

Nos quedamos mirando la pila de provisiones en silencio. Nos habíamos llevado algunos de los trineos que habíamos utilizado, pero sin nieve sobre la que deslizarnos solo habrían sido un lastre. Tobias nos había dado dos mochilas del ejército con el resto de su equipo. Me puse sobre los hombros la que contenía la tienda y el hornillo de camping, e intenté no pensar dónde estaría Tobias ni en lo lejos que lo habíamos dejado.

Leo llenó la otra mochila con las botellas de agua y las latas de comida que aún nos quedaban de lo que habíamos sustraído. Cada uno se metió una linterna en el bolsillo de la chaqueta. Anika agarró las bolsas con las mantas. Justin había cogido el botiquín del asiento trasero y lo metió dentro del saco de dormir enroscado y se lo colocó a la espalda. Yo cargué con la neverita y dos de las latas que utilizábamos para extraer gasolina de los coches, y Leo cogió la radio con su funda de plástico. No iba a ser nada cómodo llevarla en brazos, pero la íbamos a necesitar para contactar con el CCE y recibir más instrucciones.

Justin sacó el rifle de caza que les habíamos robado a los primeros guardianes con los que nos habíamos enfrentado, lo cogió por el cañón y apoyó la culata en el suelo, a modo de bastón. Los colgajos de los pantalones oscilaban alrededor de sus pantorrillas. Teníamos jerséis y gorros extra, incluso dos abrigos de recambio, pero ningún pantalón que darle.

—Buscaremos en las casas por las que pasemos, ya encontraremos algo mejor para que te lo pongas —le dije.

Él se miró las piernas, como si no hubiera reparado en ello.

—Tampoco hace tanto frío —dijo. Pero mientras atravesábamos el campo, él caminaba con una cojera visible, la mano tensa sobre el rifle. Tras unos pasos apresurados, tenía ya la frente cubierta de sudor.

—Oye —le dije, cogiéndolo por el hombro—. Podemos ir un poco más despacio. Si fuerzas demasiado, vamos a tener que llevarte en brazos.

—Si quieres, te puedo llevar el saco de dormir —le propuso Leo.

Justin negó con gesto vehemente, pero aflojó el paso, cojeando mientras nos alejábamos por la carretera, camino a la casa más cercana. Agucé el oído por si oía llegar algún vehículo. Éramos como un grupo de patos heridos aleteando alrededor de un estanque, con la esperanza de que el perro cazador no se percatara de nuestro olor. Por lo general, los patos no salían bien parados de aquel tipo de situaciones.

Dejé que los demás se adelantaran un poco y me detuve a recoger lo que quedaba de una montaña de nieve y lo metí en la neverita. Al cerrar la tapa, me dije que podía ser la última vez que la llenara. Estábamos muy cerca, a unos pocos estados de Georgia, a medio día de carretera ahora que la nieve se había derretido. Y podía ser que la falta de gasolina echara todos nuestros planes por tierra.

Al acercarnos a la casa, vi que un árbol del jardín había caído sobre la parte trasera, seguramente durante una tormenta invernal. Las ramas habían roto las ventanas de la segunda planta y habían hundido el tejado.

En el garaje solo encontramos un banco de trabajo y olor a moho. Por el estado de la casa, asumí que era imposible que allí todavía viviera alguien, pero cuando nos acercamos a la puerta oímos un estornudo débil que salía del interior. Los cuatro nos quedamos helados e inmediatamente seguimos adelante, sin volvernos ni una sola vez a mirar.

Pronto empezó a dolerme la espalda por el peso de la mochila. Leo empezó a cambiarse la radio de brazo, cargándola ora con uno, ora con el otro. Anika hizo girar los hombros, con expresión de dolor. Justin seguía cojeando, con los dientes apretados y la mirada fija.

Mientras bordeábamos un campo de maíz arrasado, la brisa nos trajo un olor a podrido. Fruncí la nariz instintivamente. A lo mejor algo (o alguien) había muerto en aquel campo. Me concentré en los árboles de cicuta que delimitaban el siguiente campo, donde esperaba que pudiéramos dejar atrás aquel olor.

Nos encontrábamos ya a tiro de piedra de otra casa cuando un zumbido extrañamente familiar retumbó en el aire. Leo giró sobre sí mismo.

—Un helicóptero —dijo, y en ese preciso instante identifiqué el origen del sonido: una mancha negra visible en el cielo, hacia el norte. En el segundo que pasé observándola, la mancha dobló su tamaño: venía directamente hacia nosotros.

101

«Michael está mirando lo de los helicópteros», había dicho aquella voz por la radio.

—Los guardianes —dije, y me volví hacia los árboles—. ¡Tenemos que escondernos! ¡Rápido!

NUEVE

*E*chamos a correr hacia los árboles. Leo le tendió la mano a Justin, que esta vez no rechazó la ayuda. Debajo de las ramas de los árboles quedaba apenas medio metro de espacio para esconderse. Me puse en cuclillas y me resguardé ahí debajo con la neverita y la mochila. Anika se instaló a mi lado. A unos metros, los dos chicos ya se estaban refugiando debajo del árbol más cercano.

Me retorcí sobre el suelo húmedo y, apoyándome sobre los codos, asomé la cabeza. Mirando entre las ramas, distinguí el destello de la luz del sol en las ventanas del helicóptero, y el brillo azul y blanco del armazón. Parecía que no iba a pasarnos por encima, sino algo al oeste, aunque era difícil de decir. Además, no tenía ni idea de hasta dónde podían ver desde tan arriba. Seguí con la mirada la silueta del aparato, que iba aumentando de tamaño en el cielo.

—¿Vienen a por nosotros? —preguntó Anika. Estaba apoyada en el árbol e intentaba arrancar un puñado de agujas que se le habían quedado enredadas en un mechón de pelo.

—Creo que no —contesté—. Diría que no nos han visto. Pero hemos tenido suerte de estar tan cerca de los árboles.

Si nos hubieran sorprendido hacía un rato, mientras atravesábamos los campos, seguro que nos habrían visto.

—No se van a rendir —dijo ella, con voz trémula—. Lo sabía.

—No importa —respondí—. En cuanto lleguemos al CCE, no podrán hacer nada.

—Eso si llegamos antes de que Michael se pase a los tanques y los aviones sigilosos —murmuró ella.

Me incliné unos centímetros hacia delante para no perder el helicóptero de vista, y golpeé con el codo la pistola que llevaba en el bolsillo, que se me clavó en las costillas. Por un instante, me pasó una imagen por la mente: desenfundaba la pistola, apuntaba al helicóptero y lo veía estallar, envuelto en llamas. Uno de nuestros problemas volando por los aires, una victoria sobre los guardianes. Era una imagen ridícula, sacada de las películas, pero me proporcionó una satisfacción momentánea.

El helicóptero seguía avanzando. Al parecer volaba por encima de la autopista, que discurría a unos dos kilómetros de donde nos encontrábamos nosotros. De pronto, me vino a la mente el cuatro por cuatro. El corazón me dio un vuelco, pero entonces me acordé de que lo habíamos dejado oculto a la sombra del silo. Tampoco llevábamos tanto tiempo andando, de modo que debía de seguir escondido.

Finalmente, el helicóptero pasó de largo. El zumbido empezó a desvanecerse y yo me eché a un lado. Anika estaba vuelta hacia el sonido, y seguía toqueteándose el pelo que había conseguido desenredar.

—¿Sabes qué? —dijo—. Mis padres siempre me decían que mi vida era de lo más sencilla. Mis únicas preocupaciones eran las amigas, los novios y el colegio. Los dos, y también los padres de mi madre, tuvieron que vivir la guerra de Bosnia antes de lograr salir del país y emigrar a Canadá. —Hizo una pausa y frunció los labios—. Pero no creo que aquella guerra fuera peor que esto. Supongo que, en el fondo, tampoco he tenido tanta suerte…

Se rio sin rastro de humor. Ahí encorvada, con la espalda tensa y los ojos brillantes de miedo, me recordó la ardilla que había atrapado en una trampa de cartón que yo misma había construido cuando tenía diez años: me sentí tan culpable por haberle pegado un susto de muerte que la solté casi de inmediato.

103

En cambio, no podía culparme a mí misma por la horrible situación en la que nos encontrábamos en aquel momento. No era yo la que había dejado a Anika atrapada en aquella situación. De hecho, me encontraba igual de atrapada que ella. Por lo menos, estaba haciendo todo lo posible para un día poder vivir en un lugar mejor.

—Estás viva —aventuré.

—Sí —dijo ella—. Es verdad.

El rumor del helicóptero se desvaneció con la brisa. Esperé un minuto más y salí de debajo del árbol. Leo y Justin estaban haciendo lo mismo. Tenían la ropa cubierta de barro, como yo, pero los abrigos de invierno nos habían protegido de la mayor parte de la humedad.

—¿Estáis bien? —pregunté.

Los dos asintieron con la cabeza, pero Justin se quedó tendido en el suelo, con la mano encima de la rodilla de la pierna herida, mientras Leo se levantaba.

—Helicópteros —comentó Justin, volviendo la mirada hacia el lugar por donde había desaparecido el aparato—. Qué locura.

—Ya sabemos lo mucho que Michael quiere la vacuna —señalé, y agarré con más fuerza el asa de la neverita. En aquel mundo, una vacuna efectiva era un millón de veces más valiosa que la gasolina necesaria para hacer volar un helicóptero—. Vamos. Avanzaremos siguiendo los árboles, por si deciden volver.

Así pues, fuimos hasta la siguiente casa dando la vuelta alrededor de un campo de judías amarillento. Anika se retrasó hasta quedar a la altura de Justin. Cada vez que el terreno se volvía irregular le tendía la mano, tan rápido que él no tenía ni tiempo de protestar. Anika caminaba con expresión impasible, aunque, de vez en cuando, levantaba los ojos hacia el cielo.

En el garaje doble de la granja había una furgoneta abollada, con el capó abierto y sin ruedas: alguien la había desguazado para obtener piezas de recambio. Comprobé el depósito con la manguera, por si acaso, pero no me sorprendió descubrir que estaba vacío. La casa, en cambio, tenía la puerta abierta. Tras una rápida inspección, encontramos unos pantalones de color caqui para Justin, que solo le iban un poco anchos.

Al pasar junto a lo que en su día había sido un campo de heno, el viento cambió de dirección. El olor a podrido volvió, ahora con más intensidad, como si alguien hubiera dejado un restaurante grasiento de comida rápida pudriéndose bajo el sol.

—Pero ¿eso qué es? —preguntó Justin, a quien pareció sobrevenirle una arcada.

—Algo muerto —contestó Anika, que pareció a punto de marearse.

A mí también se me revolvió el estómago, pero proseguir la búsqueda en sentido contrario implicaría volver a cruzar el campo que acabábamos de dejar atrás. Por el lado positivo, mientras apestara de aquella forma, teníamos menos números de toparnos con otros saqueadores. Me cubrí la boca y la nariz con la bufanda.

Al llegar al borde del campo de heno, tuvimos que trepar por encima de una verja metálica. Leo y yo ayudamos a Justin. El campo contiguo era mayor que los que habíamos atravesado hasta aquel momento y estaba cubierto por una cosecha marchita, a causa del hielo, que no supe identificar. A cierta distancia, había varios cobertizos con paredes metálicas, pero ningún edificio que pareciera una vivienda.

—Son como instalaciones agrícolas, ¿no? —dijo Leo—. Supongo que podríamos encontrar algo útil.

A medida que nos acercábamos a los edificios, el hedor era cada vez más insoportable. Al final, olía como cien restaurantes putrefactos. Tosí debajo de la bufanda y me tragué la bilis que empezaba a notar en la garganta. Si los propietarios del negocio habían dejado algo interesante, ya estábamos tardando demasiado en encontrarlo.

Al llegar al primer edificio, una estructura larga, cubierta de pintura roja descascarillada, fui directamente hasta la puerta y tiré con fuerza. Quienquiera que hubiera estado trabajando allí, no se había tomado la molestia de cerrar con llave y la puerta se abrió de par en par con un chirrido. El pestazo me sorprendió como un puñetazo hediondo, y pasó directamente de los pulmones a la tripa. Me doblé sobre mí misma, aparté la bufanda y vomité los restos de mi última comida en el suelo cubierto de paja.

A la escasa luz del establo, distinguí varias filas de estrechas casillas metálicas en las que yacían los cadáveres descompuestos de lo que en su día habían sido cerdos. Tenían los ojos ciegos cubiertos de moscas, que devoraban sus cuellos demacrados, negros de podredumbre y cubiertos de heridas que debían de haberse provocado al intentar escapar a través de los barrotes.

Retrocedí y me sequé la boca. Me invadió una sensación de horror que pronto eclipsó la náusea. Los propietarios de aquella granja habían cerrado el negocio, o los trabajadores habían dejado de acudir al trabajo, y habían abandonado a todos aquellos animales sin comida, ni agua, ni esperanza de poder escapar.

¿Cuánto tiempo habrían logrado sobrevivir los cerdos, empujando los barrotes y mascando paja? Cerré los ojos e imaginé los sonidos que debieron de haber hecho mientras se rendían lentamente y morían.

Justin también echó un vistazo, pero se apartó inmediatamente.

—¡Puaj, qué asco! —exclamó, y se llevó el puño a la boca.

Anika se quedó atrás, con los brazos cruzados sobre el pecho y los labios fruncidos.

—Oye —dijo Leo, y me puso una mano en el hombro. Me incliné hacia él y me apartó el pelo de la cara—. Por lo menos para ellos ya se ha terminado... Ya no sufrirán más —dijo con un hilo de voz.

Asentí con la cabeza y me entraron ganas de hundirme entre sus brazos, pero sabía que nada podría consolarme mientras estuviéramos rodeados de aquel mal olor.

—No nos paremos aquí —me obligué a decir.

Apenas habíamos recorrido la mitad del establo cuando la resistencia de Justin cedió. Se metió detrás de un matorral y lo oímos vomitar, entre jadeos ahogados. Cuando volvió a unirse a nosotros, no quería mirarnos a los ojos.

—Qué estupidez —dijo Anika—. Si no pensaban volver, deberían haber soltado a los animales.

—Dudo que los propietarios de una granja tan grande vinieran muy a menudo por aquí —comenté—. Es posible que tuvieran varias granjas y que las dirigieran desde otro lugar. Y los trabajadores debían de tener miedo de meterse en un lío si la epidemia se terminaba.

—Pues tampoco habría sido tan difícil —opinó Leo—. La situación era tan caótica que nadie habría sabido quién había abierto los corrales.

—Es verdad, tienes razón —admití yo, que todavía notaba el agrio sabor del ácido estomacal en la boca. A lo mejor los cerdos no habrían sobrevivido al invierno de todos modos, pero, por lo menos, habrían tenido una oportunidad.

¿Cuántas otras granjas en todo el mundo se habrían convertido en ataúdes? Se me volvió a revolver el estómago. A veces tenía la sensación de que la gente había provocado tanta mortandad como el virus en sí.

De hecho, nuestro pequeño grupo tampoco estaba falto de culpa, ¿no? A lo mejor aquellas personas que habíamos dejado atrás en la carretera habían muerto congeladas. O tal vez el cazador al que habíamos dejado sin gasolina había muerto porque la que le quedaba no le alcanzaba para desplazarse al lugar donde solía cazar. A lo mejor le tendríamos que haber dejado un poco.

Pero si le hubiéramos dejado un poco, ¿habríamos llegado hasta allí, o nos habríamos quedado tirados en un lugar donde los guardianes nos habrían atrapado? Me mordí el labio. Teníamos que conseguir llevar la vacuna al CCE, eso era lo único que sabía con seguridad.

En cuanto dejamos atrás el establo, el hedor empezó a disminuir. A mano izquierda teníamos otra estructura idéntica, pero a mí me daba miedo encontrarme con un paisaje similar de cadáveres de vacas, cabras u ovejas. El inmenso edificio con techo de tejas marrones que teníamos ante nosotros, en cambio, era mucho más promete-

107

dor. Una gran puerta cuadrada sugería que dentro podía haber algo que se podía conducir.

Atravesamos un gran solar de cemento, con el repiqueteo del rifle en el suelo acompañando los pasos tambaleantes de Justin, y llegamos junto a la puerta del garaje. No había forma visible de abrirla, de modo que dimos la vuelta al edificio hasta que encontramos una puerta corriente, de tamaño humano. Estaba cerrada, pero había una ventana en la pared, a pocos pasos de distancia. Leo dejó lo que llevaba en las manos y cogió una piedra del suelo para romperla. Después de retirar los fragmentos de cristal que habían quedado adheridos al marco, lo ayudé a entrar y él abrió la puerta desde dentro.

—Creo que nuestro día acaba de mejorar considerablemente —dijo nada más abrir.

Entramos en un espacio inmenso y oscuro. Encontré un interruptor en la pared, junto a la puerta, pero cuando lo accioné no pasó nada. Todos sacamos las linternas.

108   Los haces de luz iluminaron marcos de acero y ruedas gigantescas, y contuve el aliento. Teníamos ante nosotros una gran colección de vehículos agrícolas. No sabía ni siquiera cómo se llamaban la mayoría de ellos, aunque imaginaba que en su día habían servido para sembrar, segar y procesar la cosecha.

Dimos la vuelta al garaje, con nuestros pasos cautelosos resonando entre las sombras. Los vehículos iban disminuyendo de tamaño a medida que nos acercábamos a la pared del fondo, donde había varios tractores apenas un poco mayores que un cuatro por cuatro. Lo que no había, en cambio, eran coches propiamente dichos. Yo ya me imaginaba que, teniendo en cuenta que allí no vivía nadie, no habría quedado ningún vehículo personal, pero me había hecho ilusiones de encontrar una furgoneta o una camioneta con la parte trasera abierta.

Mientras andaba pensando en todo eso, Justin se acercó cojeando a una puerta que había junto al último tractor. Descorrió el pestillo y la abrió.

—¡Vamos! —dijo.

Fuimos hasta donde se encontraba y el brillo combinado de nuestras linternas llenó el pequeño trastero. Colgando de unas alcayatas en la pared había varias decenas de llaves. Vimos una estantería llena de herramientas y un par de ruedas de recambio. Al lado había cinco bidones rectangulares, con símbolos de advertencia por material inflamable, y la palabra DIÉSEL impresa encima. Eran enormes, debían de contener unos trescientos litros cada uno.

Me puse eufórica, pero pronto volví a la realidad.

—El diésel no nos sirve para el cuatro por cuatro —comenté—. Funciona con gasolina normal. Si utilizamos el carburante que no toca, nos cargaremos el motor, ¿no?

—Es probable —dijo Leo con un suspiro—. Pero lo que hay aquí parece que tenga que funcionar.

—Y además tenemos las llaves —añadió Justin, señalando las alcayatas.

Eché un vistazo a los vehículos agrícolas a la escasa luz que entraba por las ventanas sucias. Los arados, las cosechadoras, los tractores... ¿A qué velocidad podían ir?

¿Qué otras opciones teníamos?

—Tendríamos que seguir buscando, a ver si encontramos gasolina o algún vehículo que podamos utilizar —dije.

Justin se encogió de hombros, pero, al dar la vuelta para regresar al garaje, su rostro se contrajo con una mueca; el dolor que sentía debía de ser tan intenso que no fue capaz de reprimirlo.

—Espera —dije—. No hace falta que vayamos todos, es mejor que tú te quedes aquí. Tu pierna te lo agradecerá.

—No creo que sea conveniente entretenernos demasiado tiempo por aquí —dijo Leo—. Podría haber otra gente interesada en este lugar.

—Es verdad —coincidí—. Os diré lo que vamos a hacer. Quiero echar un vistazo a lo que tenemos aquí, por si es lo único de lo que disponemos. ¿Podéis ir a comprobar rápidamente el resto de los edificios? Creo que quedan todos bastante cerca.

—Sí, cómo no —respondió Anika sin demasiado entusiasmo.

109

Leo agachó la cabeza.

—Estaremos atentos a si viene alguien. No os dejéis ver —nos aconsejó.

—No, claro —dije.

Me puso los dedos sobre el brazo y me dio un breve apretón. Examiné su mirada en busca de alguna pista que me permitiera interpretar cómo se sentía y para asegurarme de que no estaba decepcionado conmigo después de la debacle en el recinto cercado, pero solo lo vi tenso. Bueno, todos estábamos tensos, ¿no?

Pero, aunque ya lo sabía, cuando se volvió hacia la puerta noté un pinchazo en el pecho. Me llevé la mano al bolsillo de los pantalones, donde llevaba el cartón doblado: «Sigue adelante».

Vale, pero ¿cómo? ¿Qué habría hecho Gav? ¿Habría montado en un tractor y habría decretado que esa era la solución, o se habría sentido igual de abrumado que yo? Intenté imaginarlo allí, conmigo, pero lo único que me vino a la mente fue la imagen de su cara rígida justo antes de que lo cubriera con la sábana. Aparté esa visión, al tiempo que el dolor me hacía estremecer.

Gav había perdido la confianza desde que habíamos dejado la isla. Había intentado aparentarla, para mí, pero yo sabía que habría sido mucho más feliz si nos hubiéramos quedado en casa. Y, si lo hubiéramos hecho, seguramente seguiría vivo.

La puerta se cerró detrás de Leo y Anika, y Justin empezó a acercarse a uno de los tractores. Yo dejé mis remordimientos de lado y me centré.

—¡Oye! —le espeté—. Siéntate. Mira, en ese rincón hay una silla.

Hizo una mueca, pero, para mi sorpresa, no protestó. A lo mejor la pierna le dolía más de lo que había imaginado. Tendría que vigilarlo de cerca.

Me acerqué al tractor que Justin quería examinar. En la cabina había tan solo un asiento, pero quedaba espacio suficiente para que una persona se apoyara en el parabrisas trasero. Aun así, desde luego allí no podían ir cuatro, y menos aún con todas las cosas que llevábamos encima. Junto al tractor había otro del mismo tamaño. Empecé a andar de un lado a otro, con el ceño fruncido.

—Nos podemos llevar los dos —dijo Justin, que seguía nuestros movimientos con su linterna desde un rincón.

—Necesitaríamos el doble de combustible y haríamos el doble de ruido.

Él ladeó la cabeza.

—Nos podemos llevar ese remolque de allí. Dentro pueden ir dos personas y las cosas, con el tractor tirando de él.

El haz de su linterna iluminó lo que parecía una caja metálica con ruedas, más o menos de la misma longitud y anchura que el tractor, pero con una parte posterior un poco salida.

—Está totalmente abierto —dije—. Si vuelve a hacer frío...

Pero no es que ese fuera el problema, ¿no? El problema era que, a medida que avanzáramos hacia el sur, el clima sería cada vez más cálido. Si la temperatura exterior seguía subiendo, dudaba mucho que la nieve de la neverita fuera a durar más de diez o doce horas. Y ninguno de aquellos vehículos parecía capaz de cubrir ochocientos kilómetros, más o menos, en ese tiempo. Si las muestras de la vacuna se echaban a perder, nada de lo sucedido habría servido de nada.

Me sentí frustrada. Sabíamos adónde teníamos que ir. Y con un coche de verdad, con gasolina, habríamos estado tan tan cerca... En cambio, sin eso y con los guardianes pisándonos los talones, era como si Atlanta estuviera al otro lado del océano. ¿Por qué todo en aquel viaje tenía que ser tan complicado?

Le pegué una patada a una rueda, y como recompensa noté un intenso dolor en los dedos del pie. Los ojos se me llenaron de unas lágrimas que no tenían nada que ver con eso. Me alejé de la luz y me apoyé en el capó del tractor.

—¿Cuál es nuestro mayor problema? —preguntó Justin con timidez—. O sea, seguramente no vamos a encon-

111

trar nada que nos parezca perfecto, ¿no? ¿Qué es lo más importante?

Pensar en los detalles me ayudó a centrarme.

—Asegurarnos de que la vacuna se mantenga fría —dije— y de que no nos pillen los guardianes. Con ese helicóptero, nos pueden ver a sesenta kilómetros de distancia.

—O sea, que necesitamos pasar desapercibidos; circular por una carretera con árboles, que oculten la calzada. ¿No? Parece un consejo digno de Tobias.

Sí, era verdad. Dejé en el suelo las bolsas que llevaba y busqué la guía de carreteras. Cuando la encontré, la abrí sobre el suelo y estudié el mapa de todo el país. Las manchas verdes indicaban los bosques, con los parques nacionales y estatales. Había uno enorme, que empezaba en Virginia Occidental, bajaba hasta Virginia y avanzaba por toda la frontera entre Carolina del Norte y Tennessee, hasta llegar a Georgia, a poca distancia de Atlanta.

112 En la zona había pocos pueblos, y de pronto comprendí por qué: no se trataba solo de que hubiera bosques, sino de que también había montañas. Pensé en los inmensos sistemas montañosos que se elevaban al este. Las carreteras iban a ser tortuosas y difíciles, pero una mayor altitud significaba también más frío. Si todavía había un poco de nieve en la llanura, era posible que en las laderas de las montañas quedara mucha. ¡A lo mejor íbamos a encontrar nieve hasta llegar a Georgia! Y, en ese caso, no importaba que el viaje en tractor nos llevara varios días en lugar de uno.

—Que no se te suba a la cabeza —dije volviéndome hacia Justin—, pero eres un genio.

Él soltó una risita dolorida. Levanté los ojos, pero me di cuenta, aliviada, de que no era de dolor ni sufrimiento: simplemente, parecía estar triste. Bajó la mirada y la luz de su linterna reflejada en el suelo iluminó su rostro cetrino.

—Ojalá estuviera aquí —murmuró—. Ojalá no hubiéramos tenido que dejarlo atrás.

Se refería a Tobias.

—Sí —convine con un hilo de voz—. De haber tenido otra opción, no lo habría hecho.

—Ya lo sé, pero, aun así, me fastidia. Es que creo que nunca le demostré mi respeto. Por ejemplo, era increíble con la pistola, pero siempre me pareció que era un debilucho en todo lo demás. Cada vez que veía a alguien enfermo se ponía histérico… Pero, en realidad, no era un debilucho. Es evidente que cuando se trataba de huir de los guardianes sabía lo que se hacía. Y al final se sacrificó por nosotros, para no ser un lastre. Y ahora dime que eso no es ser valiente.

—Sí —repetí, y se me hizo un nudo en la garganta.

Justin se echó hacia delante y apoyó los codos en el regazo.

—También he estado pensando en mi madre —dijo—, y en cómo me largué para venir con vosotros. Pensaba que también yo me estaba comportando como un debilucho, allí en la colonia, escondiéndonos de cualquiera que parecía peligroso. Pero, a la hora de la verdad, no me atreví a contarle que me quería marchar. Me porté como un gallina, ¿no? Seguramente no entendió por qué lo hice. La nota que le dejé… no daba demasiados detalles.

—Tal vez fuiste un poco gallina —admití—. Pero nos has ayudado a proteger la vacuna, y eso es bueno. Has hecho mucho por la causa, Justin. Me alegro de que vinieras con nosotros —le aseguré, pero hasta que lo dije no me di cuenta de hasta qué punto lo pensaba de verdad. Cerré la guía de carreteras y me levanté—. Cuando vuelvas a la colonia, se lo podrás contar todo. Estoy segura de que lo entenderá.

—Eso si volvemos —puntualizó—. ¿Qué habría pasado si los del todoterreno nos hubieran atrapado? ¿O si la mujer del rifle me hubiera disparado en la cabeza en lugar de a las piernas?

—Pero no fue así —repliqué, con toda la firmeza de la que fui capaz—. Estamos haciendo lo que podemos. Y tú sobrevivirás a esa herida en la pierna.

113

Justin levantó la cabeza y me miró a los ojos. Nunca lo había visto tan serio.

—Sí, claro —dijo, y torció la boca con una sonrisa forzada—. Pero, si al final no lo logro, quiero saber que he sido más una ayuda que un estorbo. Yo también voy a hacer todo lo que pueda, ¿vale? Y si..., si no lo consigo, se lo cuentas a mi madre, ¿vale? ¿Le contarás por qué me marché y todo lo que he hecho?

—Sí, claro —contesté, devolviéndole la mirada.

Debía de estar aterrorizado para hablar de aquella forma, pero no se me ocurrió nada que pudiera decirle honestamente y que sirviera para aplacar su miedo.

Nos quedamos un minuto en silencio. Entonces golpeó con el rifle en el suelo y apuntó con él uno de los tractores.

—Bueno, entonces, ¿cuál nos llevamos? —preguntó, recuperando su bravuconería habitual.

Los estudié un instante. Seguía pensando que habría sido mejor disponer de un coche, pero dudaba mucho que Leo y Anika encontraran uno escondido detrás de un silo, con el depósito lleno y a punto para la marcha.

Aquello era lo mejor que teníamos, y lo íbamos a utilizar. Podíamos dirigirnos hacia las montañas y buscar un vehículo mejor por el camino. Y si no encontrábamos ninguno, podíamos seguir adelante con el tractor. Los que viajaran en el remolque iban a tener que abrigarse, pero nos podíamos ir turnando. Además, aquellas ruedas enormes nos vendrían muy bien si encontrábamos nieve en la montaña. Incluso viajando a velocidad de tractor por una ruta tortuosa, nos podíamos plantar en Atlanta en cuestión de días.

—Yo creo que este —dije, y di una palmadita en la parte trasera del que parecía tener la cabina más amplia—. Oye, ¿tú sabes enganchar un remolque?

Justin sonrió, esta vez con toda la boca.

—Estoy seguro de que nos apañaremos.

DIEZ

*C*uando Leo y Anika regresaron con la noticia de que no había más vehículos en la granja, yo ya había logrado arrastrar el remolque hasta el tractor que habíamos elegido, y Justin me había ayudado a amarrarlo al tractor. Les expuse el plan mientras metíamos todas nuestras existencias (excepto la neverita, que prefería tener más a mano) en el remolque. Ninguno de los dos protestó.

Había pensado que partiríamos hacia las montañas de inmediato, pero entonces vi que Leo se tambaleaba y se agarraba al costado del tráiler para no caer, después de lanzar su mochila dentro del remolque. Me di cuenta de que también a mí me pesaba la cabeza, y vi cómo Justin contenía un bostezo. No habíamos dormido desde que había sonado la alarma, la tarde del día anterior. Nos habían perseguido y disparado, nos habíamos enfrentado a una escena de lo más desagradable, y el hedor a podredumbre seguía flotando a nuestro alrededor, por no decir que normalmente haría ya horas que habríamos montado el campamento.

Tampoco recordaba cuándo habíamos comido por última vez, aunque sabía que hasta que lograra quitarme aquel olor a ganado podrido de la nariz no iba a poder tragar ni agua.

—Avanzaremos un poco y esperaremos a que anochezca —dije.

—Vale —respondió Anika, como para darse ánimos—. Los helicópteros no podrán vernos si está oscuro.

—Estaremos atentos a si vemos algún foco —dijo Leo sin demasiado humor.

Los bidones de diésel pesaban demasiado como para transportarlos, de modo que llenamos el depósito del tractor y las latas que nos habíamos llevado, así como una gran tina de plástico que encontré junto al remolque. Era imposible saber cuánto combustible íbamos a necesitar para el resto del viaje, pero el que teníamos parecía muchísimo. Probé los controles de la cabina y saqué el tractor a través de la gran puerta del garaje, que habíamos logrado abrir desde el interior. Anika pulsó el botón para volver a cerrarla y se metió en el remolque, junto a Justin. Volvíamos a estar en marcha.

Las enormes ruedas del tractor rechinaban sobre la carretera y avanzaban con una lentitud exasperante (el indicador de velocidad del salpicadero tan solo llegaba hasta los treinta y cinco kilómetros por hora), pero, aun así, era mucho más rápido que ir caminando. Al cabo de unos minutos, Leo bajó la ventana para dejar entrar la brisa.

—Bueno, por lo menos nos hemos librado del mal olor —dije.

—Algo es algo —respondió él, pero aún se le veía agotado.

Y lo estaba, por supuesto, pero yo no podía hacer otra cosa que seguir avanzando, aunque las palabras pugnaban por salir de mis labios.

—Lo que pasó en el campamento, cuando hemos tratado de llevarnos la gasolina… —dije—. No teníamos nada que ofrecer a cambio, no los conocíamos, se estaba haciendo de día y los guardianes… En fin, me ha parecido que era nuestra mejor opción.

—Lo entiendo —respondió Leo—. De haber sabido que iban a disparar contra Justin no lo habrías intentado, lo sé.

Pero yo necesitaba algo más que eso. No me bastaba con que lo entendiera, quería que, además, dijera que tenía sentido, que se daba cuenta de que era lo mejor que podía hacer dadas las circunstancias. Aún había un deje distante en su voz.

—Seguramente, Justin se alegra de tener una excusa para poder arrastrar una escopeta —añadió Leo, con una débil carcajada, y yo me relajé un poco. Estar tan tensa me estaba poniendo paranoica.

Al cabo de un rato, llegamos a una granja más pequeña, compuesta por una casa de madera y un garaje lo bastante grande como para meter el tractor y el remolque junto a un Chevrolet oxidado, que resultó tener el depósito vacío. Volví la mirada hacia la carretera y pensé en el cuatro por cuatro abandonado: ¿cuánto tiempo tardarían los guardianes en encontrarnos si lo descubrían ese mismo día?

Más que si circulábamos durante el día y volvía a pasar el helicóptero.

—Yo me encargo de la primera guardia —dije, e hice callar a Justin con un gesto cuando ya iba a protestar. No pensaba dejar que ni él ni Leo se sacrificaran y me dejaran dormir cuando, en realidad, era mi turno.

Pasé dos horas sentada entre las sombras, ante la ventana de la sala de estar, escuchando cómo el columpio oxidado del porche chirriaba con la brisa. El sol apareció en el cielo, ahora despejado, y yo me desabotoné el abrigo para disfrutar del calor. Durante unos minutos, después de mediodía, me pareció oír un zumbido metálico. Me puse tensa y contuve la respiración. Pero el sonido se desvaneció; tal vez me lo había imaginado.

Cuando se terminó mi turno, cambié posiciones con Leo y me metí en la tienda. No habría podido mantener los ojos abiertos ni aun queriendo. Mi mente se debatía entre sueños que se enfocaban y se desenfocaban, y se desvanecían sin previo aviso. Me desperté con un susto, con las pulsaciones aceleradas, incapaz de recordar lo que creía haber visto.

La tienda de campaña parecía estar extrañamente vacía. Se oía una respiración áspera, dormida, a mi derecha, pero el espacio de la izquierda estaba vacío. Entonces me llegó una voz susurrante a través de la tela de la tienda.

—¿Seguro? Porque no es lo que parecía.

117

Justin. A lo mejor lo que me había despertado no había sido un sueño. Quien le respondió fue Anika:

—¿Y qué parecía? No me estoy llevando nada, solo tengo encima las cosas que he encontrado yo. Puedes comprobarlo si quieres.

—No me refería a eso. Estás planeando largarte. Te he visto mirar hacia la puerta, como intentando decidir cuándo sería el mejor momento.

Mierda. La mano me salió disparada hacia la neverita, pero seguía allí, junto a mi cabeza. Aparté la manta y me asomé por la puerta de la tienda.

Anika se volvió hacia mí desde donde se encontraba, en el umbral entre la sala de estar y el vestíbulo de entrada. La brumosa luz del atardecer iluminaba las paredes. Justin estaba justo delante de la tienda, apoyado en la pierna buena. Me acerqué a él y me quedé mirando a Anika. Llevaba puesto el abrigo que había encontrado en Canadá, y no llevaba ninguna bolsa, ni colgando del hombro ni en la mano. Aun en el caso de que estuviera mintiendo, no podía llevarse gran cosa.

—¿Qué pasa? —pregunté.

—Esta, que planea escaparse —dijo Justin, señalando a Anika con la barbilla. Tenía los puños cerrados a los lados.

—No es verdad —protestó ella—. Vale, he mirado hacia la puerta varias veces. ¿Y qué?

—Te estaba observando —dijo Justin—. Y sé de qué hablo —añadió, e hizo una pausa—. Sé lo que se siente cuando te mueres de ganas de largarte de un sitio. Y esa es la cara que ponías.

Anika nos miró a los dos, alternativamente, y al final se encogió de hombros, a la defensiva.

—No te voy a negar que no estoy encantada con la situación, ¿vale? Sabía que los guardianes nos perseguirían, pero no sabía que iba a ser así. Y sí, es posible que haya pensado que me resultaría más fácil perderme de vista y pasar desapercibida si estuviera a solas. ¿Puedes culparme por ello?

—No —respondí, antes de que Justin pudiera reprochárselo.

El peso de mis responsabilidades me abrumaba. ¿Tenía que decirle que hiciera lo que creyera que era mejor para ella? ¿Debía intentar convencerla para que se quedara? ¿Sabía siquiera cuál de las dos opciones era más peligrosa? Por lo menos, si seguíamos juntos podríamos ayudarnos mutuamente. A solas, en cambio, si los guardianes descubrían su pista, se hacía daño o se contagiaba, no tendría a nadie.

Y nosotros no la tendríamos a ella.

El alerón de la tienda se apartó y Leo asomó la cabeza. Contempló la escena en silencio, enarcando las cejas.

—No te culpo —le dije a Anika—. Y no te obligaré a quedarte con nosotros si crees que estarás más segura a solas. Eso sí, yo preferiría que te quedaras. Durante los próximos días, vamos a necesitar toda la ayuda posible.

—¿De verdad me consideras tan buena compañía? —quiso saber ella—. Pero si prácticamente fui yo quien empujó a Tobias a marcharse, ¿o no? Al parecer tendría que haber…, no sé, fingido, porque él quería que…, yo qué sé. ¡Estaba enfermo! ¡Y aunque no lo hubiera estado, tampoco era mi tipo! ¿Qué queríais que hiciera?

Me faltó poco para echarme a reír: al parecer, todos nos culpábamos por la desaparición de Tobias. Si Anika hubiera estado allí cuando Justin vino a exponerme sus remordimientos, si hubiera podido ver lo que pensaba yo…

—Nadie cree que se marchara por tu culpa —dijo Leo poniéndose de pie.

—Fue tan culpa tuya como de todos nosotros —añadí—. Yo hablé con él justo antes de que se marchara, y Tobias no estaba enfadado contigo.

Un poco triste por cómo habían ido las cosas, eso sí, pero lo aceptaba.

—Es que no entiendo por qué os importa tanto si estoy aquí o no estoy —insistió Anika, como si no hubiéramos dicho nada—. Lo de velar por los demás…, como que no es lo mío. Tuve que dejar de preocuparme por los demás para sobrevivir.

Yo ya lo sospechaba, pero me descubrí protestando.

119

—Y, aun así, nos has ayudado —subrayé—. Nos trajiste las pastillas que mantuvieron a Gav sedado hasta que salimos de Toronto, y que impidieron que Tobias os contagiara a ti y a Justin. Nos conseguiste el coche. Condujiste, llevaste provisiones a cuestas y se te ocurrió una forma de impedir que los guardianes del todoterreno pudieran perseguirnos. No necesitamos más.

—¿De verdad no te importa lo que nos pueda pasar a los demás? —preguntó Justin, que parecía herido por sus palabras.

Anika dudó un momento.

—Es que no quiero que me importe, eso hace que todo sea mucho más difícil.

Bajé la mirada. Tal vez por eso había mantenido la distancia con ella y me había aferrado a mis sospechas: porque cuando alguien te importaba y lo perdías, era horrible. No podría haber salvado a Gav, pero a lo mejor si entre todos hubiéramos hecho un esfuerzo por demostrarle que lo queríamos con nosotros, podríamos haber salvado a Tobias.

Pero yo no había hecho ningún esfuerzo con Anika, era la verdad, y ahora ella quería marcharse. Cuando nos habíamos escondido debajo de los árboles, me había parecido que estábamos atrapadas en las mismas condiciones, pero no era cierto. Yo era inmune al virus, tenía una cosa menos de la que preocuparme. Tenía una conexión personal con aquella vacuna, a través de mi padre y de la isla, que me mantenía centrada en mi objetivo.

A lo mejor no había confiado en ella, tal vez todavía no confiaba del todo, pero sabía que no podía permitirme perder a otra persona. Y se lo tenía que demostrar. De pronto, me pareció evidente lo que tenía que responder.

—La vacuna —empecé—. No ha sido justo que vosotros dos fuerais vulnerables al virus mientras Leo y yo estábamos protegidos. Me tengo que quedar una muestra de reserva, por si acaso, pero aún tenemos tres. Podría administraros media a cada uno, eso aún os proporcionaría ciertas defensas.

Anika puso unos ojos como platos.

—¿En serio?

—Si te quedas con nosotros y trabajamos juntos hasta llegar al CCE —convine—. Me parece lo justo. Dudo que hubiéramos llegado tan lejos sin tu ayuda. Y sin la tuya —añadí volviéndome hacia Justin, que me miraba boquiabierto.

—Kaelyn tiene razón —intervino Leo—. Los dos merecéis estar protegidos tanto como yo.

Podían aceptar la vacuna y largarse de todos modos. Pero no se trataba de sobornarlos, sino de demostrarles lo mucho que me importaba poder seguir contando con ellos.

Justin fue el primero en salir de su aturdimiento.

—No —dijo, meneando la cabeza—. ¿Qué pasa si el CCE necesita todas las muestras que nos quedan? No voy a ser yo quien eche todo esto a perder.

Estaba muy pálido, como si las palabras que acababa de pronunciar lo hubieran asustado, pero al mismo tiempo su voz había sonado muy convencida.

121

—Maldita sea —soltó Anika, que se dejó caer contra el marco de la puerta. Tenía la cabeza vuelta hacia la tienda de campaña, donde estaba la neverita. Entonces me miró a mí—. Hablas en serio, me darías la vacuna…

—Si no pensara hacerlo, no lo diría.

—No sé ni qué estoy haciendo. He llegado hasta aquí, ¿no? ¿Adónde iba a ir yo sola? Es solo que… —empezó a decir, pero dejó la frase a medias—. ¿Sabes qué? Que estoy harta de vivir acojonada por culpa de esos tíos. A la mierda los guardianes, de momento aún no han logrado atraparnos. Quédate las muestras: si el crío este puede pasar sin la vacuna, yo también —aseguró, señalando a Justin con el pulgar.

Él se encogió al oír la palabra «crío», pero inmediatamente se le dibujó una sonrisa en los labios.

Sentí un gran alivio. No sabía hasta cuánto duraría su convicción, pero me hacía sentir bien. A la mierda los guardianes. Lo íbamos a conseguir.

—¿A quién le toca montar guardia? —pregunté.

—A la chavala esta —dijo Justin, señalando a Anika.

Ella puso los ojos en blanco, pero también estaba sonriendo.

—Pues tú deberías aprovechar para dormir un poco más —le dije—. ¡Y deja de cargar peso sobre esa pierna!

—Vale, vale.

Justin dio media vuelta y regresó a la tienda. Cuando se agachó, su rostro se contrajo con una mueca de dolor. Mi alivio se esfumó de golpe.

—Te duele más, ¿no?

—Estoy bien —dijo secamente, pero me fijé en cómo se sujetaba la pierna con torpeza mientras se metía dentro de la tienda.

Íbamos a tener que echarle un vistazo antes de marcharnos, a tratar de limpiar la herida. Pero ¿y si ya se le había infectado?

—Los del CCE se encargarán de ello cuando lleguemos a Atlanta, ¿no? —preguntó Anika, que también había dejado de sonreír.

—Sí —respondí. «Cuando finalmente lleguemos», pensé.

—La doctora dijo que nos pusiéramos en contacto con ellos si necesitábamos ayuda —comentó Leo—. A lo mejor podrían aconsejarnos algo que no sabemos.

—Buena idea —dije—. Intentaré dar con ellos. Vosotros volved a lo que se supone que tenéis que hacer. —Leo ya iba a protestar, pero le lancé una mirada de reprobación, aunque fuera fingida—. Necesitaré que estéis despiertos para conducir cuando oscurezca.

—Vale, pero tú asegúrate de descansar también un poco —respondió él—. Si no los encuentras ahora, lo podemos volver a intentar dentro de unas horas.

—No pasaré mucho rato intentándolo —le prometí.

Me llevé la radio a la segunda planta, donde el ruido no estorbaría el sueño de nadie. El edredón del dormitorio principal estaba arrugado y flotaba un olor a cerrado en el ambiente. No me costó nada imaginar a alguien tendido en la cama, apartando las mantas a medida que subía la fiebre. No había ningún cuerpo, pero un aire enfermizo llenaba la habitación. Me fallaron las rodillas. Fui al segundo dormitorio, que parecía un cuarto de invitados que no se utilizaba, y coloqué la radio encima del tocador del rincón.

Nada más descolgar el micrófono, noté cómo se me secaba la boca. Había hablado por radio antes, pero nunca había tenido que llamar. Durante un segundo, tuve la impresión absurda de que no iba a saber hacerlo.

Me sacudí aquella sensación de encima y accioné el interruptor. Justin había vuelto a dejar la frecuencia donde había estado la mañana del día anterior. Cogí aire y pulsé el botón de llamada.

—Busco a la doctora Guzman del CCE. ¿Hay alguien del CCE escuchando? Cambio.

Se oyó un zumbido. Empecé a pensar en otras cosas. ¿Cuáles eran las probabilidades de que los guardianes interceptaran nuestra transmisión? Bueno, de todos modos, no pensaba proporcionarle información sobre nuestra ubicación a la doctora.

Estaba ya a punto de levantarme a confirmar que me encontraba en la frecuencia correcta, según lo que había anotado en el diario de mi padre, cuando se oyó el crujido de una voz en el altavoz.

—Estoy aquí, Kaelyn —dijo la doctora Guzman, con su leve acento sureño—. ¿Tenéis noticias? ¿Estáis bien?

Parecía más preocupada que el día anterior. Supuse que había tenido ocasión de hablar con los otros científicos y que había tomado conciencia de lo que significaría disponer de una vacuna efectiva.

—Estamos... pasablemente bien —dije—. Quería hablar con alguien porque... no disponemos de demasiado material médico. ¿Qué es lo mejor que podemos hacer para impedir que una herida se infecte?

La doctora hizo una pausa.

—¿Qué tipo de herida?

—Han disparado contra uno de mis amigos —dije yo—. En la pierna. La bala le pasó rozando, conseguí detener la hemorragia, pero la herida está bastante abierta. La limpiamos tan bien como pudimos, que no es mucho.

—Vale —respondió ella adoptando un aire profesional—. Hiciste bien deteniendo la hemorragia. Si hay que coser la herida, podemos encargarnos de ello cuando lleguéis aquí. Mientras tanto, haz lo posible por mantener limpia la zona del vendaje. No sé de qué disponéis y de qué no. Si aún no está infectada, tendría que bastar con jabón y agua limpia, aunque yo la herviría primero. Y lavaos las manos antes de tocar la herida o las vendas.

No tenía ni idea de lo sucias que llevaba las manos cuando le había vendado la herida a Justin. Por suerte, había podido utilizar la toallita desinfectante.

—¿Y si se infecta? —pregunté—. ¿Qué hacemos?

—Una solución salina puede ayudar, sobre todo si ponéis la zona afectada en remojo. Si no tenéis sal a mano, podéis intentarlo con lejía diluida en agua, con una proporción de uno a diez. Le dolerá, pero eso debería matar las bacterias de la zona. Y que tu amigo utilice lo menos posible esa pierna.

Contuve una mueca pensando en los kilómetros que Justin había caminado aquella mañana. A partir de aquel momento, iba a obligarlo a pasar tanto tiempo sentado como fuera posible. Y si bien no estaba segura de si íbamos a encontrar demasiada sal (era posible que otros supervivientes se la hubieran llevado ya con el resto de la comida), dudaba mucho que alguien se hubiera dedicado a llevarse la lejía.

—Gracias —dije—. Nos ha sido de mucha ayuda.

—En cuanto lleguéis aquí os podremos proporcionar atención médica completa —aseguró con decisión la doctora Guzman—. ¿Cuántas personas sois exactamente en vuestro grupo?

—Cuatro —contesté.

—¿Y estáis cerca de la ciudad?

—Bueno —empecé a decir, consciente de que la respuesta no le iba a gustar—, la verdad es que hemos tenido que cambiar la forma en que viajamos, o sea, que vamos a tardar un poco más de lo previsto. Pero creo que todavía podemos llegar en cuestión de días.

—Vaya. Lamento oír eso —dijo. Se quedó un momento callada y me pareció oír que murmuraba algo entre dientes que no logré entender a causa de las interferencias—. Me encantaría poder mandar a alguien a buscaros, Kaelyn, de verdad que sí. Pero la situación aquí está bastante...

—No pasa nada —dije.

—No, sí que pasa. Necesitáis ayuda, y lo que hace esa gente, los que os dispararon, igual que los que golpean en nuestras paredes y montan guardia delante de nuestra puerta, no está bien. No podemos salir en algún vehículo sin que se den cuenta. Hace tres semanas uno de mis colegas salió para intentar ir a echar un vistazo al hospital, porque las líneas de teléfono no funcionan, y no logró avanzar ni dos calles. Rodearon el coche y... —Se le rompió la voz.

Me negué a imaginarme lo que le habría pasado. Me negué a preguntar si había logrado volver.

—Lo siento —dije.

—Ya. Bueno —añadió la doctora, y carraspeó—. Cuando los demás reciban la vacuna, lo lamentarán.

—¿Cómo? —pregunté.

—Vosotros concentraos en llegar sanos y salvos —dijo—. Tened mucho cuidado, ¿vale?

Me invadió una sensación de desasosiego. Parecía como si la doctora Guzman estuviera insinuando que iban a impedir que alguna gente pudiera tener acceso a la vacuna. ¿También personas que no habían hecho más que defender su propiedad, como la mujer de la subestación eléctrica? No me gustaba que hubieran disparado contra Justin, pero lo entendía.

¿Estaba sugiriendo que iban a castigar a la gente solo por protegerse? Pero si ni siquiera le había contado la historia completa.

—Lo haremos —dije, pero noté un nudo en el pecho.

—¿Puedo hacer algo más para ayudaros? —preguntó ella.

125

—No —me obligué a contestar—. Le agradezco todo lo que me ha contado. Intentaremos volver a ponernos en contacto con ustedes cuando estemos cerca de Atlanta.

—Hacedlo, por favor. No quiero que os pase nada. Cuidaos.

Pasé unos segundos escuchando el zumbido sin sentido de las interferencias y, finalmente, apagué la radio. La doctora Guzman era nuestra única esperanza de poder hacer llegar la vacuna al resto del mundo. Seguramente, no había querido decir lo que había dicho, todo había sido fruto de la frustración. Además, ¿por qué preocuparme por cómo iba a distribuir la vacuna el CCE cuando ni siquiera estábamos seguros de si íbamos a llegar hasta allí?

ONCE

*L*a noche siguiente, cuando empezamos a subir por las ondulantes laderas de las montañas, ya había renunciado a toda esperanza de encontrar un vehículo más rápido. Pero no nos podíamos quejar del tractor: sus robustas ruedas devoraban la carretera sin prisa pero sin pausa, incluso a medida que íbamos ascendiendo y la nieve volvía a cubrir la calzada. Había logrado convencer a Justin de que se instalara en el remolque, donde habíamos montado la tienda con el saco de dormir para protegernos del frío, cada vez más intenso. Aquella noche, cuando le había echado un vistazo, me había parecido que la herida debía de ser bastante dolorosa, pero la piel no presentaba las marcas rojizas típicas de una infección. Si se lo tomaba con calma, me dije, se recuperaría sin problemas.

Con el denso bosque protegiéndonos por todos lados, pasamos a conducir durante el día, cuando la luz del sol nos ayudaba a avanzar por las serpenteantes carreteras de montaña. En algunos lugares, la nieve había formado una gruesa capa que crujía bajo las ruedas. Intenté no obsesionarme con el rastro que dejaba el tractor: los guardianes iban a tener que seguirnos montaña arriba para dar con nuestra pista.

Durante el primer día volvimos a oír el zumbido del helicóptero en dos ocasiones. Aparcamos el tractor tan cerca de la calzada como pudimos y aguzamos el oído, pero, a través de las ramas que nos cubrían, solo vimos el cielo despejado. Si nosotros no veíamos el helicóptero, me dije, seguramente ellos tampoco podrían vernos a nosotros. En cualquier caso, era evidente que no pensaban rendirse.

Hacíamos turnos al volante y con los mapas, y alguno de nosotros iba siempre con Justin en el remolque. Leo conducía y Anika estaba apoyada en el cristal de la cabina, cuando de pronto vi una columna de humo que se elevaba hacia el cielo, unos kilómetros más adelante. Me incliné sobre la parte delantera del remolque, golpeé la parte trasera de la cabina y señalé el humo. Anika bajó la ventanilla.

—Hay un pueblo a unos ocho kilómetros, siguiendo por esta carretera —dijo—. A lo mejor encontramos a alguien con vida.

Observé el humo con recelo. Si Michael había llegado a Estados Unidos hacía poco más de un mes, difícilmente habría tenido tiempo de convencer a todos los supervivientes de este lado de la frontera, y dudaba mucho que los aislados pueblos de montaña se encontraran entre sus prioridades. Aun así, que los supervivientes locales no colaboraran con los guardianes no significaba que nos fueran a recibir amistosamente.

—¿Podemos tomar alguna otra ruta? —pregunté.

Anika estudió el mapa con el ceño fruncido.

—Más o menos. Pero tenemos que dar media vuelta y coger el desvío que hemos pasado hace como una hora.

—Pues lo haremos —dije—. Prefiero tardar un poco más que exponerme a que nos descubran.

—Me parece bien.

Durante la noche, dejamos la tienda en el remolque y cenamos apresuradamente un guisado enlatado. Al día siguiente, cruzamos Carolina del Norte y llegamos a menos de ochenta kilómetros de la frontera de Georgia. Pronto íbamos a tener que renunciar a la protección de las montañas, pero, a cambio, poco después podría dejar la vacuna en manos de los expertos. Estaba tan nerviosa que temblaba por dentro.

La noche había empezado ya a caer cuando vimos un

edificio. Era una pequeña iglesia. Pisé el freno. Leo se inclinó hacia delante y los dos miramos a través del parabrisas. Detrás de la iglesia había un edificio de hormigón achaparrado, con ventanas en la fachada, y varias casas más ocultas entre los árboles.

—Este pueblo no sale en el mapa —observó Leo—. Imagino que es demasiado pequeño.

No había humo y, aparte del rugido del motor del tractor, no se oía ningún sonido. Hubiéramos tenido que retroceder varias horas para evitar aquel lugar.

—Parece abandonado —dije—. Mantengamos los ojos bien abiertos.

Cuando nos acercamos más, distinguí un cartel encima de las ventanas del edificio de hormigón: THE PINES - ULTRAMARINOS Y COMESTIBLES. El cristal de la puerta estaba roto, pero aún se distinguían algunas formas encima de las estanterías.

—A lo mejor deberíamos parar y ver si encontramos algo que nos pueda resultar útil —sugerí.

—Ya que estamos aquí… —convino Leo.

Aparqué el tractor delante de la tienda y salí.

—No te muevas —le ordené a Justin cuando asomó la cabeza por la puerta de la tienda—. Solo vamos a echar un vistazo rápido.

Noté el crujir de esquirlas de cristal bajo mis pies, entre la nieve, y abrí la puerta tirando del picaporte abollado. Leo entró tras de mí y examinamos las estanterías. Bolsas de pan cubierto de moho verde; una lata de pepinillo en escabeche rota en el suelo; un congelador que llevaba siglos sin funcionar, con una caja de pizza solitaria que resultó estar vacía; cajas de mondadientes esparcidos por el suelo de uno de los pasillos. Cogí las dos pastillas de jabón que quedaban en un estante, me las metí en el bolsillo y señalé un bote de lejía para lavadora que había cerca de donde estaba Leo, pero toda la comida enlatada había desaparecido hacía tiempo.

—Bueno, con lo que tenemos, ya nos apañamos —dije, batiéndome en retirada. Eso contando con que no nos perdiéramos, o encontráramos las carreteras bloqueadas, o se nos estropeara el tractor.

—¡Eh! —exclamó Anika en el exterior, con un deje de pánico en la voz.

Se me aceleró el pulso y llegué corriendo hasta la puerta.

—¡Hola! —dijo una voz eufórica al otro lado del remolque.

Un hombre robusto, con el pelo blanco, se acercaba hacia nosotros por la calzada, agitando un brazo como si su presencia pudiera pasarnos por alto. Sonrió bajo la barba enmarañada, y entonces volvió la cabeza y estornudó. Tenía la nariz roja y llevaba unas pantuflas verdes empapadas por culpa de la nieve.

—¡No os vayáis! —gritó—. Tengo que hablar con vosotros. He estado tan solo… No he visto a nadie en mucho tiempo. ¿De dónde venís? ¿Estáis de visita? Supongo que no sabréis nada de Mildred, ¿no? Es que…

Se interrumpió y se estornudó en la mano, pero no por eso dejó de acercarse hacia nosotros.

—¡Alto! —le grité. Estaba a tan solo tres metros. A tres metros de Anika y Justin. Los dos se metieron dentro de la tienda, pero yo sabía que, en cualquier momento, a Justin se le iba a ocurrir una idea heroica. Además, cada vez que aquel hombre estornudaba y tosía, aumentaba el riesgo de contagio—. ¡No se mueva! —insistí, dando un paso al frente.

—No, no, no lo entendéis —respondió el hombre, sin detenerse.

No tenía ni idea del peligro que suponía, no era consciente de que podía matar a una persona solo respirándole cerca.

Como el tipo que había infectado a Gav.

Noté una opresión en los pulmones y, sin ni siquiera tomar una decisión consciente, me di cuenta de que tenía la pistola de Tobias en la mano.

—¡Alto! —repetí, apuntándolo.

Coloqué el pulgar encima del seguro. Al oír el clic del

fiador, el hombre aflojó el paso. Se había puesto pálido.

—Bueno, tampoco hace falta que os pongáis así. Yo solo...

Volvió a estornudar y yo di un paso hacia él, con los brazos en tensión.

—Largo —le dije—. Aléjese de nosotros, ¡ahora!

El hombre se detuvo a unos pasos de la parte de atrás del remolque. Se llevó los dedos a la barbilla y empezó a rascarse, mientras contemplaba la pistola con ojos llorosos.

—Solo quiero hablar —respondió con voz quejosa.

—¿Kaelyn? —dijo Justin, asomando la cabeza, pero yo no me atrevía a apartar la mirada.

—Pues nosotros no queremos hablar —le dije—. Queremos que nos deje tranquilos. Vuelva a su casa.

El tipo se quedó donde estaba, mirándome. Sentí un escalofrío y di un paso adelante, intentando lanzarle mi mirada más amenazante.

—¡Largo!

El hombre retrocedió un paso, estremeciéndose.

—No es justo —murmuró, y dio media vuelta—. Uno no puede ya ni tener una conversación amable. Me iba a disparar, ¿verdad? ¡A mí! Llevo toda la vida en este pueblo y te puedo asegurar que...

Sus divagaciones fueron bajando de volumen mientras se alejaba por la carretera, daba la vuelta a la iglesia y desaparecía de la vista. Suspiré y dejé caer los brazos a los lados, con tanto ímpetu que casi se me resbala la pistola entre los dedos.

—Kae —repitió Leo, y yo di un respingo. Miré a mi alrededor y él señaló el tractor con la cabeza, con expresión inescrutable—. En marcha. Conduzco yo.

—¿Se ha ido? —preguntó Anika desde el interior de la tienda.

—Sí —dijo Justin—. Kaelyn lo ha asustado. ¡Ha sido increíble!

Me volví a guardar la pistola en el bolsillo y me obligué a ir hasta el tractor y subir junto a Leo. Yo no me sentía increíble. Cuando hizo girar la llave en el contacto, oí una pregunta dentro de mi cabeza, tan fuerte que estuve segura de que él también la oía.

¿Qué habría hecho si no llega a dar media vuelta?

No habría pasado nada. Leo habría intervenido, o lo habría hecho yo. No tenía ninguna intención de dispararle, simplemente había hecho lo único que se me había ocurrido para hacer que se marchara. Y había funcionado, estaban todos a salvo.

Pero, entonces, ¿por qué me sentía tan mal?

Porque apretar el gatillo habría sido lo más fácil. De pronto me imaginé lo que debían de pensar los de la pandilla de la isla cuando disparaban contra personas contagiadas en medio de la calle: iban a morir de todos modos; tan solo estaban poniendo punto final al peligro.

Habría podido detener al virus con un solo dedo.

El problema era que ese hombre no era solo el virus; también era una persona, una persona cuyo único crimen consistía en haberse contagiado. Y lo había apuntado con la pistola sin pensarlo.

Ahora la carretera estaba totalmente cubierta de nieve, el sol se había ocultado debajo de las copas de los árboles.

—Deberíamos parar pronto —dije.

—En cuanto hayamos puesto un poco más de distancia —respondió Leo, asintiendo con la cabeza.

Condujimos en silencio durante, aproximadamente, una hora, hasta que el cielo empezó a oscurecer. Sin esperar confirmación, Leo acercó el tractor al arcén. Cuando salimos, se oía un rumor de agua lejano. Reinaba una maravillosa sensación de paz.

—Voy a llenar las botellas —dije.

Las cogí junto con el cazo y me alejé entre los árboles, por encima de la nieve. Bajé por una pequeña pendiente y encontré el arroyo, el primero que encontrábamos que era lo bastante caudaloso como para no haberse congelado del todo.

Casi me metí en el agua antes de verlo, pero atiné a levantar el pie cuando oí que crujía el hielo. Me arrodillé en una piedra cubierta de musgo e hice un agujero en el hielo con un palo; debajo corría el agua transparente. Me quité el guante para hundir los dedos y sentí un estremecimiento de frío. Parecía limpísima, pero, aun así, íbamos a utilizar una de las pastillas de purificación de agua de Tobias.

Ejecutar aquellos gestos simples me calmó. Me volví para coger la primera botella y me llené los pulmones de aire fresco. Estaba ya a punto de inclinarme hacia delante para hundir la botella en el agua cuando, de repente, un movimiento río arriba me llamó la atención.

A unos diez metros de donde me encontraba, medio oculta entre las sombras del anochecer, una silueta blanca y gris agachó la cabeza para beber del río. Sus orejas triangulares se agitaron mientras daba lengüetazos a través de un agujero en el hielo. Me lo quedé mirando, con miedo a parpadear, pensando que, en cualquier momento, iba a desaparecer y yo me quedaría con las ganas de saber si lo había visto realmente. Me invadió una sensación de asombro.

133

Era un lobo, más grande y con el pelaje más grueso que los coyotes que solía estudiar en la isla. Nunca había visto uno fuera de un zoológico. Y, hasta donde yo sabía, hacía décadas que nadie veía un lobo salvaje en Estados Unidos. Los cazadores se habían empleado tan a fondo que aquel animal casi se había extinguido.

Aunque podía ser que no fuera completamente salvaje. Sabía que había reservas, era posible que los trabajadores hubieran abierto las puertas en el momento en que había estallado la epidemia, para brindarles a los animales la posibilidad de sobrevivir. Aun así, tener la oportunidad de verlo, de compartir aquel arroyo con él, aunque fuera durante un segundo, me pareció un regalo.

Cambié la pierna de apoyo y una ramita crujió bajo mi pie. El lobo levantó la cabeza. Clavó aquellos ojos dorados en los míos a través de los árboles. Le sostuve la mirada, con el corazón a cien por hora y con ganas de disculparme por haberlo molestado. El animal me estudió durante un segundo, y entonces dio media vuelta sobre sus ágiles patas y se alejó trotando bosque adentro.

Mis dedos buscaron instintivamente un bolígrafo. Tenía que tomar nota de aquel momento, documentar cada detalle, cada movimiento que había hecho el lobo. Como si fuera a olvidarlo algún día.

Pero de pronto bajé de la nube. ¿Documentarlo para quién? Los que seguían vivos estaban demasiado ocupados sobreviviendo, y no les importaba lo que pudieran hacer ni los lobos ni ningún otro animal.

¿Cuánto tiempo hacía que no pensaba en la carrera en la que había soñado hasta el momento en que había aparecido el virus? ¿Cuándo había sido la última vez que había pensado en algo que no fuera llegar a Atlanta?

¿Y, de todos modos, de qué servía si, tal como había dicho Justin, no íbamos a lograr llegar tan lejos por mucho que me empeñara?

Apreté los dientes y hundí la botella en el agua helada. La llené rápidamente y me volví para coger la siguiente. Cuando hube terminado, con la bolsa de las botellas en un brazo y el cazo en el otro, mi mirada vagó de nuevo hacia el lugar donde acababa de ver al lobo.

Le importara a alguien o no, fuera yo a sobrevivir a los días siguientes o no, me alegraba de haberlo visto. Se me dibujó una sonrisa en la comisura de los labios.

Aún estaba sonriendo cuando remonté la ladera hasta el lugar donde habíamos aparcado el tractor. Leo estaba construyendo una montaña de ramas de más de un metro de altura, que en cuanto oscureciera por completo convertiríamos en una hoguera que calentaría la cena y a nosotros mismos. Al oír el sonido de mis botas, levantó la mirada.

Me devolvió la sonrisa, pero eso no borró el cansancio de sus ojos. Su forma de mirarme mientras me acercaba hizo que me sintiera como si yo fuera también un animal esquivo al que no esperaba ver.

Había descartado la idea de muchas formas distintas, pero ahí volvía a estar, aquella sensación de que había algo entre nosotros que no terminaba de funcionar. No me lo estaba imaginando, y no podía seguir ignorándolo, tratando de eludir la decepción o desaprobación subyacentes que intuía. Recordaba perfectamente lo que era caer en aquella trampa consistente en negarse a hablar, aquellos casi dos años de silencio tras un inmenso malentendido. Si mi mejor amigo tenía un problema con algo que yo había hecho, necesitaba saberlo de inmediato.

—Eh —le dije, dejando las botellas junto a la hoguera del campamento—. ¿Cómo te va?

—Todo parece ir muy bien —respondió él, irguiéndose. Entonces se volvió hacia el remolque, donde Justin estaba limpiando las pistolas (uno de los pocos trabajos que podía realizar sin los pies) y explicándole cada paso del proceso a Anika—. Pero creo que tendremos que encontrar más diésel pronto. He llenado el depósito y el barril está casi vacío. Calculo que nos queda más o menos medio día de carburante.

¿Medio día? Visualicé el mapa: probablemente aún podríamos llegar a Georgia, pero eso significaba que tendríamos que dejar la montaña y bajar a la civilización un poco antes de lo que habría querido. De vuelta al nido de avispas. Michael tendría a más gente en los aledaños de Atlanta que en ningún otro lugar.

En fin, ya nos preocuparíamos por eso cuando llegara el momento.

—Viene bien saberlo —dije—, pero no me refería a eso. Te preguntaba que cómo te va a ti.

—Ah —respondió él—. Estoy bien. Todo lo bien que se puede estar en estas circunstancias.

—Ya… Pero es que… Si algo te preocupara, me lo dirías, ¿verdad?

Leo volvió a sonreír, pero su sonrisa se desvaneció casi al instante. Se puso bien la gorra.

—Da igual —dijo—. En serio.

Aunque había intentado prepararme para lo que pudiera venir, sentí un escalofrío.

—¿Qué es lo que da igual? Habla conmigo, Leo.

135

—Es que no quiero que... —Hizo un gesto vago, como si no encontrara las palabras—. No te quiero juzgar. Por haberte llevado toda la gasolina en su día, por haberte colado en el campamento, por lo del hombre de hoy... Sé que lo estás haciendo todo por nosotros, para asegurarte de que salimos de esta. Ya lo sé.

—Pero... —pregunté bruscamente.

Él torció los labios.

—Pero ya sabes cómo me siento por lo que hice para volver a la isla. Y no me gusta que te vuelvas tan... tan hosca, supongo.

No le gustaba, no cuando actuaba de aquella manera. Hundí las uñas en las palmas de las manos, como si eso pudiera aliviar la punzada que me había provocado aquella confesión.

—¿Por qué iba a ser distinta a los demás? —pregunté.

—Antes lo eras —dijo él—. Te esforzabas por intentar ser mejor que la gente, incluso cuando esa gente nos quería matar.

—No he tenido muchas opciones, la verdad —protesté.

—Ya lo sé —admitió, pero ni siquiera me miraba a los ojos—. Lo que pasa es que yo no quiero que el mundo se convierta en un lugar así. Al llegar a la isla, no veía cómo podía uno salir adelante sin convertirse en una persona horrible, y de pronto me pareció que tú habías encontrado la fórmula, que no era imposible. Pero si no puedes ni tú...

Parpadeé, intentando no perder la compostura.

—No es justo.

—Ya lo sé. No estoy diciendo que hayas hecho nada malo, ni tampoco que seas una persona horrible. A lo mejor no sé ni qué estoy diciendo.

Aunque a lo mejor estaba diciendo exactamente lo que estaba diciendo. Tal vez, sin saber ni cómo, había vuelto a echar a perder nuestra amistad. ¿Cómo podía arreglarlo? No podía convertirme como por arte de magia en la Kaelyn optimista e ingenua que creía que podría proteger a todos sin mancharse nunca las manos, pero, al mismo tiempo, me horrorizaba la idea de seguir así adelante, con

Leo mirándome de aquella forma cada vez que yo tomaba una decisión difícil.

Me crucé de brazos y me abracé a mí misma. Todas las cosas que me había dicho me pesaban como si me hubieran puesto un yugo.

No era justo.

—Yo también querría que el mundo fuera distinto —le dije—. Y sigo pensando que la vacuna puede cambiarlo todo. Pero no puedes esperar que sea una persona perfecta. —En mi interior se arremolinaba un torbellino de emociones: el aguijón de la culpa se combinaba con una tristeza asfixiante y un frío resquemor de remordimiento—. Si quieres creer que las cosas van a mejorar, créelo por ti, no por mí.

—Kaelyn… —empezó a decir Leo. Había levantado la cabeza, pero yo no podía detenerme.

—Mientras íbamos hacia Toronto —dije—, y mientras estuvimos allí, Gav estuvo convencido de que no íbamos a encontrar a nadie y de que la vacuna no serviría de nada. Si se convenció de lo contrario y vino con nosotros, fue por mí. Y yo no pude salvarlo; ni siquiera lo pude salvar a él. ¿Tienes idea de lo duro que es eso para mí? No tendría que haber dejado que me siguiera de esta forma, y no puedo dejar que eso vuelva a suceder, Leo.

Se me quebró la voz y volví la cara, con las mejillas encendidas de vergüenza.

Pero era la verdad, ¿o no? Gav me había seguido como si yo fuera una especie de luz en la oscuridad, cuando, en realidad, no lo era. Yo era simplemente yo, y cometía errores, caía en el barro y no siempre era un dechado de bondades. Y ese era justo el peso con el que tenía que cargar: saber que Gav se había marchado de la isla por mí, que había muerto por mí. Por eso no podía responsabilizarme de las decisiones de nadie más.

—Kae —dijo Leo, y noté sus pasos sobre la nieve, a mis espaldas. Me puso una mano sobre el brazo y me volví automáticamente hacia él. Entonces me abrazó y puso la cabeza junto a la mía—. Lo siento —me dijo al oído—. Lo siento mucho. Tienes razón, ya sé que estás haciendo lo que puedes. No quería dar a entender que es tu responsabilidad salvarnos a todos. Lo siento.

—No te quiero perder también a ti —murmuré, hundiendo la cara en la suave tela de su abrigo.

—No me perderás —dijo—. No me voy a ir a ninguna parte. Ni me lo he planteado, te lo prometo. Y si a veces me agobio con las cosas que tenemos que hacer, es mi problema. Ya me apañaré.

La tensión que me había embargado se disipó y me hundí entre los brazos de Leo. Su abrazo era tan cálido y su cuerpo tan sólido que no quería separarme de él. Noté su pulso en mi barbilla, que tenía apoyada en su clavícula. De pronto, tomé conciencia también de mi pulso y me dio un vuelco el corazón al notar cómo me acariciaba el pelo, y cómo su barbilla me frotaba la mejilla. Solo tenía que volver la cabeza para besarlo.

Sentí el impulso antes de que tuviera tiempo siquiera de considerar la idea. Habría estado bien. De hecho, ya había estado bien cuando me había besado en su día, hacía semanas, aunque yo me había negado a sentirlo. Hacía una eternidad que no experimentaba nada parecido.

La idea cruzó por mi mente durante un segundo, pero enseguida noté un nudo en el pecho.

Se suponía que era Gav a quien debería haber estado besando. ¿Él había muerto por mí y yo ya estaba pensando en sustituir su cariño por el de Leo? No habría sabido decir por qué, pero aquella idea me pareció aún más horrible que haberlo traicionado mientras aún vivía.

Leo bajó los brazos y yo di un paso hacia atrás, apartándome de su abrazo.

—No pasa nada —dije. Lo miré a los ojos, de color marrón oscuro bajo la luz menguante, y tuve que apartar la mirada.

—¿Seguro que estás bien? —preguntó—. Lo siento de veras, Kae. Nada va a cambiar lo importante que eres para mí.

Seguía mirándome con una mezcla de preocupación,

afecto y no quería saber qué más. ¿Qué habría pensado él durante nuestro largo abrazo? ¿Qué esperanzas debía de haber concebido porque yo le había dado pie a ello? Noté el aguijonazo de otro tipo de culpa en el estómago.

—No pasa nada —repetí—. Solo me he agobiado un poco, pero estoy bien.

Durante un incómodo momento nos quedamos ahí, sin saber qué decir.

—Creo que vamos a necesitar queroseno para encender esto —comentó entonces, señalando la pila de leña.

Asentí.

Entonces él se marchó hacia el tractor y yo me quedé allí, hecha un lío, con todos aquellos sentimientos que no sabía cómo desenredar.

DOCE

Con la aguja del indicador de combustible cada vez más baja, al día siguiente por la mañana descendimos de las montañas. No quería demorar la búsqueda de combustible como había hecho con el cuatro por cuatro. Finalmente, habíamos llegado a Georgia, nos encontrábamos a unos ciento cincuenta kilómetros al noreste de Atlanta y, de todos modos, habríamos tenido que abandonar los bosques al cabo de poco.

A medida que fuimos bajando de cota, la nieve fue desapareciendo, hasta que al final nos encontramos circulando por una carretera totalmente seca. Sentada en el remolque, con Justin, me desabroché la chaqueta y aparté su manta, contemplando los árboles que iban pasando más allá del alerón de la tienda.

—¿Crees que la vacuna aguantará hasta que lleguemos al CCE? —preguntó.

—Eso espero.

Había llenado los laterales de la nevera con nieve antes de que esta desapareciera. En un tramo de carretera despejado, el tractor podía recorrer ciento cincuenta kilómetros en cinco horas. Eso, naturalmente, asumiendo que halláramos combustible pronto. Y que a nosotros no nos encontrara nadie.

Justin se removió en el asiento, inquieto.

—A lo mejor deberíamos probar suerte con la radio —sugirió—. Por si pescamos a los guardianes hablando por la zona.

Dudaba mucho que fuéramos a tropezarnos con una transmisión precisamente en aquel momento, pero me dije que así, por lo menos, Justin tendría algo que hacer. Debía de haberle resultado muy duro quedarse sentado con la pierna inmóvil durante el largo viaje a través de las montañas. Toda su energía acumulada se dejaba notar en la brusquedad de sus gestos.

—Buena idea —dije.

Mientras preparaba el aparato y empezaba a rastrear el dial, observé el cielo y las carreteras adyacentes, aguzando el oído. La radio transmitía solo interferencias y el único motor que se oía era el nuestro. Justin soltó un suspiro y volvió a guardar el aparato. El bosque había dejado paso a unos campos amarillentos a nuestra derecha.

—¿Qué te parece? —preguntó Anika, señalando un granero que teníamos ante nosotros a través de la ventanilla abierta.

—Vamos a echar un vistazo —dije.

Leo metió el tractor en un caminito que conducía a la granja y se detuvo ante una verja cerrada con cadena. Bajamos de un salto y pasamos por encima de la verja, mientras Justin se quedaba vigilando desde el remolque. La puerta del granero estaba abierta, pero dentro no había ni vehículos ni depósitos de combustible, y el pequeño garaje contiguo estaba igualmente vacío.

Cuando ya estábamos regresando al tractor, oímos un rumor que se acercaba por el cielo. Se trataba de un helicóptero, procedente del sur. Me detuve en seco. Detestaba verme separada de las muestras de la vacuna, pero el granero que había a nuestras espaldas nos quedaba mucho más cerca. Leo y Anika echaron a correr tras de mí, al tiempo que yo esprintaba hacia el edificio. Cuando al final llegué, resollaba pesadamente. Los demás entraron conmigo. Eché un vistazo a través de la puerta.

El helicóptero pasó zumbando un minuto más tarde, sin aminorar la marcha. Era azul y blanco, como el que habíamos visto antes, pero no sabía si era el mismo, o parte de una flota que Michael había conseguido en alguna

141

parte. Miré hacia el tractor. Justin había sido lo bastante inteligente como para esconder la tienda en el remolque. Visto desde arriba, habría parecido un vehículo abandonado más. Si habíamos logrado escondernos en el granero antes de que nos vieran, estábamos a salvo.

El aparato viró hacia el oeste. Aguardé un instante, pero no lo vi dar la vuelta. Cuando se hubo perdido de vista, me sequé el sudor de la frente y salí al exterior.

—Va a ser mucho más difícil pasar desapercibidos ahora que hemos salido del bosque —dije, mientras me dirigía apresuradamente hacia el tractor—. Mantened los ojos bien abiertos.

—Todavía no se han rendido, ¿eh? —murmuró Justin, asomando por la entrada de la tienda cuando subí al remolque.

—No —dije yo—. Ni creo que lo hagan.

Leo y Anika intercambiaron posiciones en la cabina del tractor, y el motor arrancó con un chisporroteo que pareció retumbar por todo el campo. Di un respingo, pero en cuanto arrancamos el petardeo se convirtió en un leve gruñido. Leo se asomó por la ventana.

—Esta carretera cruza un pueblo, dentro de unos kilómetros —dijo—. En el mapa parece bastante pequeño. Podemos intentar esquivarlo, pero nos llevaría tiempo.

Lo último que quería era tener que pasar más tiempo del imprescindible en aquellas carreteras desprotegidas, pero entonces me acordé del viejo que se acercó corriendo con sus zapatillas, sorbiéndose los mocos y rogando nuestra atención, en el último pueblo por el que habíamos pasado. Me estremecí.

—¿Tú qué crees? —le pregunté.

Leo dudó un instante.

—Creo que prefiero que me vean unos desconocidos a que lo hagan los del helicóptero, si esas son las opciones que tenemos.

—Tienes razón —dije—. Vale, pues pasaremos por el pueblo.

Me levanté y me acerqué a la parte delantera del remolque para echarle un vistazo a los edificios que iban apareciendo. El lugar no era tan pequeño como la aldea de las montañas, pero, aun así, no dejaba de ser una calle principal bordeada por los tejados grises de lo que parecían edificios comerciales, y un puñado de calles con casas de tejas azules y rojizas que salían de esta. Estábamos demasiado lejos para distinguir nada en concreto, pero tampoco parecía que hubiera nadie. Al llegar a lo alto de la última colina, gozamos de una visión de conjunto de todo el pueblo y logramos distinguir una figura amarilla en medio de un amplio aparcamiento.

—Eso es un autobús escolar —dije—. Ahí, a un par de manzanas de la calle principal. Esos funcionan con diésel, ¿no?

—Creo que sí —respondió Leo.

—Pues vayamos a echar un vistazo —dijo Anika.

Asentí y volví a sentarme. Justin salió de la tienda y se apoyó en el costado del remolque, vigilando el bosque que había junto a la carretera. Yo vigilaba el paisaje al otro lado. Pasamos ante lo que parecía un huerto y una pequeña granja donde nos detuvimos un instante, pero solo encontramos la carcasa oxidada de un coche y una casa que, por el aspecto y el olor, parecía ocupada por mapaches.

—¡Allá vamos! —exclamó Anika cuando pasamos junto al cartel de entrada al pueblo. Lo habían partido por la mitad y solo quedaba la parte inferior, que anunciaba que la población era de 2630 habitantes. El número actual era mucho menor, estaba segura de ello.

Al pasar ante una ferretería, al límite de la ciudad, me metí la mano en el bolsillo y saqué la pistola de Tobias. Por desagradable que me hubiera resultado el enfrentamiento en el otro pueblo, la amenaza de la pistola había dado resultado.

—Dentro de unas cuantas calles, gira hacia la izquierda —le grité a Anika—. El autobús no estaba lejos.

Las ruedas aplastaron la rama de un árbol que había caído en medio de la carretera. Sopló una ráfaga de viento y los postigos de un apartamento situado encima de una tienda se abrieron y se cerraron. Las tiendas estaban todas oscuras, y la mayoría de las puertas colgaban de los goznes.

Anika giró en la siguiente esquina y el remolque la siguió traqueteando. Las casas de la calle principal parecían igualmente deshabitadas, con las ventanas negras y la pintura desconchada. Me pareció ver algo que se movía detrás de la barandilla de un porche, pero escruté la oscuridad con la mirada mientras avanzábamos y no apareció nada. A lo mejor había sido un pájaro, o una ardilla, o un trozo de basura arrastrado por la brisa. O a lo mejor me lo había imaginado.

Nos acercábamos al siguiente cruce, buscando ya el aparcamiento con la mirada, cuando, de pronto, el tractor frenó en seco.

—Pero ¿qué es eso? —murmuró Anika, y yo asomé la cabeza por el lateral del remolque.

Una figura oscura avanzaba al otro lado de las verjas de las casas, hacia nosotros. Por un instante, creí que se trataba de un enorme perro que se había perdido, pero entonces salió de debajo de la sombra de un árbol y vi la cabeza redonda, oscura, con el hocico claro, y aquel cuerpo voluminoso, que se balanceaba con cada paso.

Era un oso. No era muy grande para ser un oso, pero, aun así, calculé que pesaría más del doble que yo. Tenía las ijadas gruesas, pero el pelaje marrón oscuro presentaba lo que parecían costras de sangre reseca. A lo mejor había tenido que marcharse del bosque tras una pelea territorial y había acudido a aquel pueblo por si podía pescar algo, ahora que la gente había desaparecido.

Anika no levantó el pie del freno mientras el oso pasaba junto al tractor. Justin se inclinó hacia delante y el animal nos miró a uno y a otro, alternativamente, aunque no buscaba pelea. Nos observó durante un breve instante y siguió avanzando hasta dos casas más abajo, donde se detuvo a olisquear un envoltorio de comida rápida que había quedado atrapado en las ramas de un seto.

—¿Tenemos que preocuparnos? —preguntó Leo.

—Los osos pardos no suelen ser agresivos con las personas —dije—. En principio, mientras no lo molestemos, debería dejarnos tranquilos.

—Bueno, en cualquier caso, me alegro de que hayamos salido en direcciones opuestas —comentó Anika.

Seguimos calle abajo. Media manzana más adelante, atisbé el cartel de un colegio.

—¡Ahí está! —dije señalándolo.

Dejamos el tractor delante del edificio de ladrillos de dos plantas. Tenía forma de ele y estaba construido alrededor de una plaza de hormigón, cubierta de líneas correspondientes a diversos juegos infantiles. Entre el patio y el edificio, un callejón conducía el aparcamiento que había visto desde la colina, donde se encontraba el bus escolar. Una pesada barrera bloqueaba el acceso desde la calle.

—Id vosotros a echar un vistazo —dijo Justin, que cogió el rifle—. Yo protegeré nuestras cosas.

Me metí la pistola en el bolsillo, cogí las latas y la manguera que usábamos para hacer sifón, y salí del remolque al tiempo que Leo y Anika bajaban de la cabina del tractor. Pasamos por debajo de la barrera y corrimos por el callejón hasta el aparcamiento. Las hojas muertas giraban sobre el cemento, pero, aparte de eso, solo se oía el crujir de nuestras botas.

Cuando llegamos junto al bus, Leo cogió la manguera y yo empecé a abrir la tapa de la lata. La metió dentro del depósito mientras Anika iba a dar la vuelta a la escuela para ver si había más vehículos. Regresó al cabo de poco, negando con la cabeza, justo en el momento en que Leo se quitaba el extremo de la manguera de la boca y lo metía dentro de la lata, que ya esperaba abierta. Escupió sobre el cemento y un líquido negro empezó a circular por la manguera hasta el interior del recipiente.

—¡Ve a buscar el bidón, rápido! —le grité a Anika, presa de una súbita euforia.

Preparé la segunda lata para que Leo pudiera cambiar la manguera inmediatamente en cuanto la primera estuviera llena. Sin embargo, antes de que el combustible lle-

145

gara arriba del todo, el flujo de carburante se convirtió en un goteo y, finalmente, se interrumpió. Leo extrajo la manguera, limpió el extremo e intentó reanudar la succión, pero, al cabo de un minuto, se rindió, con el ceño fruncido.

—Bueno, algo es algo —dije con una jovialidad fingida.

Anika había llegado al tractor y yo le hice un gesto para que se quedara allí.

Mientras volvíamos por el callejón, me fijé en los edificios que teníamos alrededor, preguntándome si había alguna posibilidad de que encontráramos otro vehículo diésel u otro vehículo nuevo con el que pudiéramos cubrir los ciento cincuenta kilómetros que nos quedaban en tan solo unas horas, en lugar de en varias. Yo tenía ya la mente puesta en Atlanta cuando se oyó un crujido metálico calle abajo.

Leo y yo nos quedamos helados. A continuación, oímos un gruñido, un grito ahogado y unos pasos apresurados.

Pasé corriendo por debajo de la barrera y metí las latas en el remolque. Justin se había levantado y Anika estaba junto a la puerta del tractor.

—¡Nos vamos! —grité.

Justin señaló algo que quedaba fuera de mi campo de visión.

—El chaval…

Un niño delgaducho, que no tendría más de cinco años, cruzó la calle a todo correr y enfiló la acera, directo hacia nosotros. Entonces vi por qué: el oso corría tras él, ganando velocidad con cada paso, reduciendo cómodamente la distancia. De sus pulmones salió otro gruñido.

El niño miraba por encima del hombro, con el miedo pintado en la cara. De pronto tropezó en una grieta de la calle y cayó de rodillas al suelo, con un chillido. El animal se preparó para saltarle encima. Yo me lancé hacia allí instintivamente, pero Leo fue más rápido que yo.

Raudo y veloz, cogió al crío del suelo y se dio media vuelta. En ese mismo instante, el oso aterrizó sobre la acera, entre ellos y el tractor. Anika pegó un grito y se apoyó en la puerta.

Leo giró sobre sí mismo y echó a correr a través del patio del colegio, con el niño colgado del cuello. El oso salió tras ellos.

Leo se había entrenado para ser bailarín, no velocista, pero, aun así, era rapidísimo. Había recorrido ya la mitad del patio cuando por fin comprendí adónde se dirigía. Había un gran cubo metálico junto a la pared del colegio, más o menos del tamaño de un contenedor.

Al llegar tiró de la tapa, pero esta no quiso abrirse. Así pues, Leo dejó al niño encima del cubo y se encaramó tras él. La tapa traqueteó con su peso. Empujó al niño contra la pared justo en el momento en que el oso frenaba en seco. El animal los miró y se alzó sobre las patas traseras con un jadeo enojado. Hizo un par de intentos de alcanzarlos con la zarpa. Al ver que no llegaba, lo intentó desde un costado.

Entré en el patio, con el corazón desbocado. Subirse al cubo metálico habría sido una buena idea si el oso se hubiera rendido, pero lo que había sucedido en realidad era que Leo había quedado acorralado. Echó un vistazo al techo, que quedaba por lo menos cinco metros por encima de su cabeza. Demasiado alto.

Justin bajó del remolque y llegó junto a mí cojeando, pero antes de que yo pudiera protestar se oyeron más pasos en la acera, calle abajo. Me di la vuelta, buscando la pistola dentro del bolsillo.

Una mujer con el mismo pelo rojizo que el niño se acercaba corriendo hacia nosotros, seguida por un hombre anciano, un chico de veintipocos y una niña preadolescente. La niña llevaba una pistola que parecía de plástico: era una carabina de aire comprimido. De pronto comprendí lo del chasquido y por qué el oso perseguía al niño: debían de haberle disparado.

El grupo se detuvo a pocos metros de nosotros, en la esquina del edificio de la escuela. Al ver la escena del patio, la mujer se llevó la mano a la boca.

—¡Ricky! Oh, Dios mío...

El chico joven nos fulminó con la mirada a Justin y a mí.

—No deberíais haber venido por aquí —nos recriminó.

Me pareció un comentario tan fuera de lugar que me lo quedé mirando un buen rato sin encontrar las palabras.

—No es culpa nuestra que hayáis disparado contra el oso —repuse finalmente.

—Ricky ha salido porque ha oído vuestro motor —replicó el chico—. No debería haber estado fuera de casa.

—Pues a lo mejor tendríais que haberlo vigilado un poco mejor —dijo Justin, que le devolvió la mirada.

—Esa maldita bestia lleva tres días rondando por el pueblo, pero solo se ha convertido en un problema cuando habéis llegado vosotros —murmuró el viejo.

Abrí la boca, pero se me había hecho un nudo en la garganta. El oso se abalanzó contra el cubo de metal e intentó alcanzar las piernas de Leo y del niño con la zarpa. Entonces se dejó caer de nuevo al suelo y empezó a rondarlos, con los músculos del dorso y el lomo en tensión. Era posible que, si creía que valía la pena intentarlo, lograra subir al cubo de un salto.

Leo acercó el niño hacia él y pareció calcular a ojo la distancia que los separaba del muro de la escuela, pero a mí me daba la impresión de que el oso se les echaría encima en cuanto bajaran al suelo.

—No importa por qué ha sucedido —dije—. Tenemos que sacarlos de ahí.

—Le volveré a disparar, y esta vez lo haré bien —aseguró la niña, que se apartó los rizos negros y levantó la carabina.

—¿Con ese juguete? —preguntó Justin, que se inclinó hacia delante y cogió el rifle del suelo, pero yo lo agarré del brazo.

—¿Crees que es fácil matar a un oso de un solo disparo? Si solo lo hieres, se va a poner aún más furioso.

Si Leo, con su experiencia como cazador, había considerado que no era buena idea utilizar la pistola, tampoco quería que Justin se pusiera a disparar.

—¿Y cuál es tu brillante plan? —preguntó el chico joven.

No tenía ninguno. Solo sabía que, aunque el oso hubiera perdido su miedo natural a los seres humanos, solo quería presas fáciles, pequeñas y débiles. Si sospechaba que se enfrentaba a un peligro real, renunciaría a luchar.

Así pues, teníamos que convencerlo de que éramos peligrosos, de que tenía que marcharse. Si nos acercábamos a él y hacíamos mucho ruido, todos juntos… Entonces me volví hacia la gente del pueblo y se me amontonaron los pensamientos. Hasta donde sabíamos, uno de ellos podía estar contagiado, y Justin y Anika no tenían protección alguna contra el virus, ni siquiera nuestras improvisadas mascarillas. Por otro lado, también existía la posibilidad de que aquellos desconocidos se nos echaran encima en cuanto rescatáramos al niño.

Al otro lado del patio, el niño soltó un gemido. Leo le susurró algo, demasiado flojo como para que yo pudiera oírlo, y me acordé de lo que había dicho la noche anterior: «No quiero que el mundo se convierta en un lugar así». Tragué saliva.

149

Yo tampoco lo quería. No quería tener que sentirme como una criminal tan solo por haber cruzado un pueblo, ni preguntarme contra quién iba a tener que disparar. Y, desde luego, no deseaba vivir en un mundo donde permitíamos que dos personas murieran devoradas porque estábamos paralizados por el miedo que sentíamos los unos por los otros. Cerré los puños dentro de los bolsillos.

—Tenemos que asustarlo para que se largue —dije—. Hemos de parecer grandes, ruidosos y amenazantes. Que se convenza de que no le vale la pena quedarse por aquí. ¡Vamos!

Les hice un gesto. La mujer miró al niño (asumí que era su hijo), me miró a mí, y empezó a acercarse, pero entonces se detuvo en seco. El joven tenía la frente arrugada y el viejo retenía a la niña entre los brazos.

Muy bien. Les íbamos a demostrar cómo se hacía.

Le hice un gesto a Justin y nos dirigimos hacia el lateral de la escuela sin esperar a comprobar si nos seguían o no. La culata del rifle golpeaba en el suelo, junto a mí, mientras Justin hacía lo que podía por no quedarse atrás. Intentando hacer el menor ruido posible, me pegué a la pared y me detuve al llegar a la altura del oso. Este se volvió un momento hacia nosotros, pero inmediatamente volvió a concentrarse en Leo y el niño.

—¡Eh! —le grité con todas mis fuerzas. Levanté los brazos y empecé a patear el suelo—. ¡Eh, largo de aquí! ¡Andando!

—¡Que te pires! —gritó Justin, golpeando con el rifle en el suelo y blandiéndolo hacia donde estaba el oso—. ¡Vamos, mueve el culo!

El animal se volvió hacia nosotros y retrocedió unos pasos. Durante un segundo, creí que lo habíamos logrado, pero entonces nos enseñó los dientes y soltó un gruñido.

—¡Oye, bola de pelo, date el piro! —gritó una voz, y la niña con la carabina de aire comprimido llegó al lado de Justin. Agitó los brazos y le enseñó los dientes.

Al cabo de un momento, llegó también el joven, que pateó el suelo con sus zapatillas deportivas y soltó un rugido sin palabras.

—¡Déjalo en paz, monstruo! —gritó la madre, que apareció entre nosotros.

La mujer se golpeó los muslos con las manos y yo empecé a patear con los pies en el suelo de nuevo, y todos levantamos la voz en una cacofonía de gritos e insultos. El oso nos observaba, indeciso, con el pelo erizado. Entonces di un agresivo paso hacia delante, alzándome tanto como pude, y el animal dio media vuelta. En un abrir y cerrar de ojos, el oso atravesó el patio del colegio y se perdió calle abajo, entre las sombras.

TRECE

—¡Síííí! —gritó la niña, y todos los demás echamos a reír, liberando la tensión.

Aunque el corazón aún me iba a cien por hora, me reía tanto que me dolían las mejillas. Leo puso el niño en los brazos de su madre y bajó del cubo metálico, vino directamente hacia mí y me dio un fuerte abrazo.

—Las inesperadas ventajas de tener una mejor amiga obsesionada con los animales —dijo, pero, a pesar de su tono de voz, me di cuenta de que un temblor le recorría todo el cuerpo.

Le devolví el abrazo en un gesto que no me resultó en absoluto embarazoso: se trataba tan solo de una muestra de la inmensa gratitud que sentíamos los dos por haber logrado salir de aquella situación tan difícil.

—Tú también has reaccionado muy rápido —comenté—. Si no llegas a salir corriendo, no sé qué le habría hecho al niño….

—Ya —dijo él, casi sorprendido, como si se le hubiera olvidado cómo había terminado en aquella situación—. Seguramente, tendría que haber reaccionado de otra forma, pero el oso se nos echaba encima tan rápido que me he quedado en blanco. No quería que se enfadara.

—Bueno, te has apañado bastante bien. Y tampoco creo que la madre del niño se vaya a quejar.

Cuando Leo y yo nos separamos, la mujer estaba junto a nosotros, con el niño abrazado a su pierna.

—Gracias —dijo, y dudó un instante—. No sé qué más añadir, le has salvado la vida.

Leo se sonrojó débilmente.

—Kaelyn ha tenido tanto mérito como yo —señaló, pero se le había iluminado la mirada.

—Seguramente, a partir de hoy, el oso evitará acercarse por esta parte del pueblo —comenté.

—Bien —intervino el viejo en tono brusco, pero entonces añadió—: Por lo menos ahora sabremos qué hacer si causa más problemas. Gracias a vosotros.

—Parece que lleváis tiempo viajando —dijo la mujer—. ¿Os apetece quedaros a comer con nosotros?

—¡Sí, os tenéis que quedar! —exclamó la niña dando saltitos y dirigiéndonos una sonrisa radiante.

El viejo inclinó la cabeza. El chico aún fruncía el ceño, pero no protestó.

Experimenté una súbita excitación. Ahí estábamos, hablando como la gente solía hacerlo en su día, antes de la gripe cordial y de los guardianes. No como enemigos, no atenazados por las sospechas y las amenazas, sino simplemente como... seres humanos.

Casi se me había olvidado lo que se sentía al sonreírle a un desconocido, o al invitar a alguien a compartir una comida. Cosas totalmente normales que, al mismo tiempo, proporcionaban el sentimiento más increíble del mundo.

Y eso era justo lo que yo quería. Podía sobrevivir sin ordenadores, ni centros comerciales, ni comida procesada. Pero ¿qué sentido tenía sobrevivir si no podíamos volver a comportarnos como gente normal los unos con los otros? Trabajar en armonía, compartir los recursos y conseguir mucho más de lo que podíamos hacer a solas.

Si me lo hubieran preguntado unos días antes, no habría sabido decir si aquello podía volver a suceder. De hecho, habría respondido que me parecía bastante improbable. Pero, en aquel momento..., en aquel momento veía motivos de esperanza por todas partes.

Me recreé en aquella felicidad durante unos segundos más, hasta que la realidad se impuso. A pesar de lo mucho que quería quedarme allí y alimentar aquella sensación de normalidad, todavía teníamos que preocuparnos por la gripe cordial y por los guardianes. Y también por llevar las muestras de la vacuna a Atlanta mientras aún estuvieran frías.

Eso sí, nada nos impedía regresar cuando nuestra misión hubiera terminado.

—Me encantaría —le dije a la mujer—. Pero, en realidad, tenemos un poco de prisa.

Hice una pausa. Detesté no poder explicar por qué, así como saber que, si me lo preguntaban, iba a tener que mentir. De momento, proteger la vacuna tenía prioridad por delante de todo lo demás.

Por suerte, la mujer no hizo preguntas. Le dio una palmadita en el hombro a su hijo y a continuación dijo:

—Pues quiero hacer algo por vosotros. Os puedo preparar unos bocadillos para que os los comáis durante el camino. Tengo una barra de pan recién horneada.

—Eso sería genial —dijo Justin.

Yo asentí en silencio. El estómago me retumbó ante la idea de comer algo fresco después de tantos meses alimentándonos a base de productos enlatados y precocinados. Podíamos esperar unos minutos.

La mujer sonrió y se alejó por la acera, con su hijo ante ella. El viejo los siguió. El hombre tenía la piel tan oscura como clara la tenía la mujer, por lo que dudaba que estuvieran emparentados. Y, no obstante, a juzgar por la forma en que el hombre le susurró algo al oído del niño y cómo este le devolvió una sonrisa, imaginé que había adoptado algo así como el papel de abuelo. Cuando perdías a tu familia real, terminabas formando una nueva con las personas que te quedaban.

Eché un vistazo a las personas que ahora conformaban mi familia. Leo me dirigió una sonrisa y se alejó unos metros por la calle para echar un vistazo al lugar por donde se había marchado el oso.

Anika se había acercado donde estaba el chico y había logrado que este abandonara su expresión arisca. El chico se volvió hacia ella, enarcando las cejas. Anika se agitó el pelo encima de los hombros, con uno de aquellos gestos astutamente despreocupados, y lo miró a través de sus largas pestañas.

—Pues sí —dijo, y dio un golpecito en el capó del tractor—. A través de las montañas. No es el coche de mis sueños, pero se ha portado como un campeón.

A mi lado, Justin no les quitaba el ojo de encima. Vi como se le enrojecía el cogote, debajo de la coleta despeinada, e hice chocar mi codo con el suyo.

—Relájate, hombre —le dije en voz baja—. Solo hablarán durante cinco minutos.

El rubor se le extendió a las mejillas.

—No, no estaba... —empezó a decir, pero entonces bajó la mirada—. Ya sé, ya sé.

Anika no perdía el tiempo: como respuesta a una pregunta que no oí, le dio al chico una palmada en el brazo.

—Bah, no creas que me costaría mucho. Soy más dura de lo que parezco. No, el problema es que nos estamos quedando sin combustible. Necesitamos diésel, por eso hemos ido directos al bus escolar, pero estaba prácticamente vacío —dijo, e inclinó un poco la cabeza.

No me sorprendió que el chico aprovechara la ocasión para dárselas de héroe.

—Oye, pues podríais ir a echar un vistazo en casa de Murphy —sugirió señalando hacia el oeste—. Queda a poco menos de un kilómetro a las afueras de la ciudad, junto al río. Murphy era camionero, estoy seguro de que aún tiene el camión aparcado delante de su casa, pero hace tiempo que se marchó con unos amigos. Podéis aprovechar cualquier cosa que dejara.

Anika murmuró en tono coqueto algo así como que no quería llevarse nada que él y el resto de la gente del pueblo pudieran necesitar más tarde, a lo que el chico se apresuró a responder que no había ningún problema. En ese momento, la niña de la carabina de aire comprimido volvió la cabeza hacia mí.

—¿De dónde sois? —preguntó.

Parecía hambrienta, no de comida, sino de información. Necesitaba que alguien le transmitiera confianza. No se parecía a ninguno de los adultos que habíamos visto, por lo que asumí que su familia biológica debía de haber desaparecido. De hecho, y tal como estaban las cosas, era posible que con once o doce años te tocara ya ser el adulto.

—Del norte —dije; no sabía cuánta información le podía proporcionar.

—Ajá —dijo ella—. Debéis de haber pasado mucho frío ahí arriba. El invierno aquí no ha sido particularmente duro. Aunque se nos terminó la gasolina, hemos conseguido apañarnos... Eso sí, no ha sido nada divertido.

—Ya... —dije yo.

Anika soltó una carcajada ante un comentario del chico, y yo le envidié aquella habilidad para entablar conversación con desconocidos. Pero ¿qué le dices a una niña que seguramente ha perdido a sus dos padres, y tal vez también a sus hermanos y a todos sus amigos, en cuestión de unos meses?

—Está muy bien que os ayudéis unos a otros —logré añadir—. Así es como nosotros hemos logrado llegar hasta aquí.

—Sí, supongo que sí —respondió la niña, frunciendo el ceño con escepticismo, pero por fortuna no tuve que preocuparme por añadir nada más, pues la mujer regresó con una bolsa de plástico en las manos.

—Muchísimas gracias —dije al tiempo que cogía la bolsa.

La mujer había envuelto los bocadillos con papel de cocina, pero, aun así, me llegó el olor a pan recién horneado. Se me hizo la boca agua.

—Es lo menos que podía hacer —dijo—. Espero que logréis llegar sanos y salvos a vuestro destino.

Anika saludó al chico y montó en el tractor. Yo me acerqué a Leo y a Justin, les di sus bocadillos y subí junto a ella.

—Asumo que sabes adónde vamos, ¿no? —le dije.

—Brendan ha estado encantado de ayudarnos —respondió ella, y me dirigió una sonrisa radiante.

155

«Lo ha hecho por nosotros», me dije de repente. Había utilizado sus encantos para sonsacarle aquella información, para que nosotros y las vacunas pudiéramos llegar a nuestro objetivo.

A pesar de las quejas que había expresado tres días antes, era evidente que le importaba nuestra misión. Esperaba que fuera fiel a su promesa de seguir con nosotros, con independencia de lo que nos esperara al llegar a Atlanta. Empezaba a parecer que formaba parte del grupo; parte de aquella familia improvisada.

Comenzamos a comer juntas nuestros bocadillos, mientras Anika guiaba el tractor hasta la carretera y enfilaba hacia el otro extremo del pueblo. El pan estaba ligeramente ahumado, como si lo hubieran cocido en un horno de leña (suponía que ese era el caso), pero tenía la corteza crujiente y la miga blanda, y estaba relleno de ensalada de atún. Aquel bocadillo llenaba más que cualquier otra cosa que recordara haber comido recientemente. Y se me había olvidado lo maravillosa que podía ser la mayonesa. Me lo terminé enseguida. Mientras lamía las migajas de los dedos, apareció ante nosotros una casa destartalada. Aparcado en un patio polvoriento, entre la casa y el río, vimos un camión con la trasera descubierta.

Aparcamos junto al camión y bajamos todos a la vez. La brisa que nos recibió no era invernal, pero sí lo bastante fría como para que notara cosquillas en la piel, debajo del abrigo abierto. Las nubes avanzaban por el cielo, ocultando el sol.

—¿Alguien ve las llaves? —pregunté, y de pronto nos imaginé avanzando por la carretera a una velocidad normal.

Justin miró dentro de la cabina del camión y negó con la cabeza. Yo le indiqué que se quedara junto al tractor, a lo que accedió con un suspiro exagerado. Los demás fuimos a echar un vistazo a la casa. La puerta estaba abierta y, dentro, una capa de polvo lo cubría todo. Pero, o bien el propietario esperaba volver y se había llevado las llaves, o bien las había escondido. En todo caso, nuestra búsqueda resultó infructuosa.

De todos modos, tardaríamos solo unas horas, me recordé mientras volvíamos a salir. Había empezado a soplar un viento húmedo, que nos mojaba la cara, y las nubes eran cada vez más oscuras. Era hora de marcharnos.

Una vez más, Leo se encargó de la manguera del sifón. En cuestión de segundos, el combustible ya fluía del depósito del camión. En cuanto las latas estuvieron llenas, metió la manguera directamente en el depósito del tractor. Mientras tanto, Anika y yo rodeamos la casa para ver si dábamos con un bidón vacío. Encontramos un cobertizo con un montón de herramientas, pero ni rastro de carburante. En la orilla de un angosto arroyo gris había un desvencijado embarcadero, con una barca de aluminio amarrada en un rincón. Dentro solo vimos los remos. Me agaché y hundí una mano en el río: el agua estaba extremadamente fría.

Anika empujó levemente la barca con la punta de la bota.

—En fin —dijo—, parecía que había mucho diésel en el camión.

—Creo que tendremos más que de sobra —aventuré yo.

Cuando volvimos, Leo aún estaba llenando el depósito del tractor. Me apoyé en el lateral del remolque para buscar botellas de agua vacías que rellenar, y en aquel preciso instante me llegó un peculiar chirrido a los oídos. Me acerqué a la esquina de la casa y miré hacia la carretera.

Una pequeña figura en una bicicleta descendía por la pendiente a toda velocidad, procedente del pueblo. Me di cuenta de que era la niña con la que había estado hablando, su pelo rizado oscilaba al viento. Salí a recibirla y ella se detuvo junto a la casa con un derrape.

—Viene alguien —dijo, jadeando—. En un todoterreno militar blanco. Aún estábamos en la calle. Os acababais de marchar cuando han aparecido armando un gran follón. Nos han preguntado si habíamos visto a un grupo de personas en un tractor. Les hemos dicho que no, pero no paraban de insistir. No sé si los hemos convencido. Me ha parecido que era mejor venir a avisaros antes de que se presentaran aquí. Daban un poco de miedo.

Ni siquiera había terminado de hablar cuando oímos el rugido de un motor a lo lejos. Un vehículo blanco se acercaba por la carretera por la que habíamos venido. Se me paró el corazón. Habían mencionado el tractor, eso quería decir que los del helicóptero debían de habernos visto en la granja y habían mandado a otra unidad a buscarnos.

—Gracias —le dije a la niña—. ¡Y ahora vete, antes de que te pillen también a ti!

La niña asintió y se marchó a toda velocidad en la bicicleta.

—¡En marcha! —gritó Justin, aferrado al lateral del remolque, cuando volví junto al tractor.

—¡Un momento! —exclamó Anika, pálida—. Su coche es mucho más rápido que el tractor.

—Es nuestra única opción —repuse, y se me aceleró el pulso. Tenía razón. ¿Y si nos escondíamos?

En cuanto me di la vuelta, Leo ya había sacado una bolsa del remolque y estaba señalando hacia el embarcadero.

—¡No, tenemos otra opción! —dijo—. La barca. Si vamos por el agua, no nos podrán seguir.

El motor del todoterreno sonaba ya demasiado cercano. No había tiempo y no se me ocurría ningún plan mejor. Cogí la neverita y varias mantas.

—¡Agarrad todo lo que podáis, vamos!

Atravesamos corriendo el patio, hacia el río. Me metí en la barca y me hice a un lado para dejar sitio a los demás. El bote osciló y se hundió peligrosamente en el agua bajo el peso de las provisiones que habíamos logrado rescatar. Se oyó el ruido de las ruedas al detenerse sobre gravilla al otro lado de la casa. Me peleé con la clavija con la que habían amarrado la barca al muelle. Estaba oxidada. Anika se inclinó junto a mí y cortó la cuerda con su cuchillo de caza.

Solté la argolla y la barca se alejó de inmediato del embarcadero. La corriente nos arrastró rápidamente río abajo, hasta donde terminaba el jardín de la casa y empezaban las sombras de la maleza que cubría la orilla. Oímos que el motor se apagaba y que se cerraban unas puertas. Me agarré con fuerza al respaldo del asiento. Entonces el río describió un meandro, y el jardín y el muelle se perdieron de vista.

CATORCE

*D*urante un buen rato fui incapaz de hacer nada más que no fuera examinar las orillas del río. No estaba convencida de que hubiéramos logrado escapar. La corriente nos arrastraba con fuerza por entre las rocas que asomaban en la superficie del agua, mientras dejábamos atrás largos tramos de bosque. El viento agitaba las ramas cubiertas de brotes, que chocaban entre sí.

Cuando me pareció que la amenaza de los ocupantes del todoterreno era ya lo bastante lejana, logré recuperar el aliento y empecé a hacer inventario.

—¿Qué habéis conseguido llevaros? —pregunté.

—Las botellas de agua y el botiquín —contestó Anika, acurrucada al fondo de la barca…

—Una bolsa de comida y el rifle —dijo Justin, sentado frente a ella.

—La radio —añadió Leo, que iba delante de mí, y puso una mano encima de la funda de plástico—. Y también la mochila con la tienda.

Yo había cogido la vacuna y un par de mantas. Allí no hacía tanto frío, de modo que podríamos apañarnos sin el saco de dormir. Aparte de eso, las latas de combustible que habíamos llenado tampoco nos servirían de mucho sin el tractor.

Levanté los ojos y me pregunté hacia dónde nos llevaría exactamente el río, pero el cielo estaba cubierto de nubes, tan gris como la superficie del agua.

—Yo creo que vamos hacia el sur —dijo Leo—. Aunque no me he podido fijar en todos los giros.

Entonces caí en la cuenta de que sí nos habíamos dejado algo importante: la guía de carreteras. Estaba en el salpicadero del tractor. Podía verla perfectamente, pero eso me servía de bien poco.

Noté cómo me caía una gota de agua fría en el pelo. Levanté los ojos y me cayó otra en el ojo. En cuanto me la sequé, empezó a lloviznar.

—Lo que faltaba —refunfuñó Justin.

Me puse la capucha del abrigo, aunque el grueso relleno me provocaba un calor sofocante. Los demás hicieron lo mismo. La lluvia repiqueteaba sobre el fondo de la barca. Pronto, íbamos a tener que empezar a achicar agua. O abandonar la barca.

Cuanto antes saliéramos del río, más les costaría a los guardianes volver a encontrarnos. Solo de pensar lo cerca que habíamos estado de caer presos, me daban escalofríos, a pesar del abrigo. Si la niña del pueblo no hubiera acudido a avisarnos, o no hubiera venido tan rápido, no habríamos tenido opción alguna.

Cogí uno de los remos que había apoyados sobre la proa.

—Busquemos un lugar donde podamos amarrar y reorganizarnos. Aún podríamos pasar de largo de Atlanta.

—Trae —dijo Leo, alargando la mano, y le pasé el otro remo.

Entonces me senté de frente, doblé las piernas y sujeté el remo encima del agua. La lluvia goteaba por el borde de mi capucha.

Pasamos varios minutos durante los que no vimos más que árboles. Entonces apareció un claro en la orilla derecha, con un pequeño embarcadero que se adentraba en el agua y un columpio oxidado sobre el césped. Lo señalé con la mano y Leo asintió con la cabeza. Hundimos los remos en el agua para acercar la barca a la orilla. Al principio, la corriente se resistió y puso a prueba mis brazos, pero, a medida que nos fuimos acercando a la orilla, la fuerza del agua disminuyó. Llegamos junto al embarcadero justo a tiempo para agarrarnos donde este terminaba.

No había nada con qué atar la barca, de modo que la sujeté con las manos mientras los demás descargaban las provisiones.

—¿Tú crees que la tendríamos que soltar? —preguntó Justin cuando terminamos.

Estudié un instante la destartalada embarcación: no era nada del otro mundo, pero nos había ido de maravilla. Y, por el momento, era lo único que teníamos. La idea de deshacernos del único medio de transporte del que disponíamos no me hacía ninguna gracia.

—Nos la quedaremos, pero hay que esconderla —dije.

Leo, Anika y yo sacamos la barca del agua y la metimos debajo de las anchas ramas de un pino, al borde del claro, donde nadie podría verla, a menos que estuviera casi encima. Justin ya había echado a andar hacia la casa que había al otro lado del jardín cubierto de maleza. Cogimos los bártulos y salimos tras él, con la cabeza gacha para resguardarnos de la lluvia.

La puerta trasera interior estaba abierta de par en par, como si quienquiera que hubiera ocupado la casa por última vez se hubiera olvidado de cerrarla, y el cerrojo de la puerta exterior saltó fácilmente cuando Justin le pegó un buen tirón. Nos apelotonamos todos en el vestíbulo trasero, donde nos quitamos las chaquetas empapadas, y acto seguido nos adentramos sigilosamente en la casa, pistolas en mano. Nos recibieron tan solo el polvo y la oscuridad. Pegada a la puerta de la nevera había una nota escrita con letra apresurada:

Me he llevado a Bridget al hospital.
Nos vemos allí.
S.

Había un largo caminito de acceso, que salía de la parte delantera de la casa y se perdía entre el bosque, hacia una carretera que quedaba oculta. Imaginé que la persona a quien había escrito «S» habría seguido sus instrucciones, y que ni ellos ni Bridget habían vuelto.

Examiné la encimera y las mesas de la cocina buscando algún sobre que pudiera proporcionarnos alguna pista acerca de la dirección de la casa, pero la familia era muy ordenada y no encontré nada que nos sirviera. En el comedor había un archivador de acero muy prometedor, pero los cajones estaban cerrados con llave.

Justin suspiró y entró en la sala de estar con su rifle.

—Bueno, por lo menos sabemos que tenemos que seguir avanzando hacia el sur, ¿no?

—No estoy muy seguro de hacia dónde queda el sur —confesó Leo.

—Si hubiéramos cogido la guía... —empecé a decir, pero no terminé la frase. Lamentarnos no iba a servir de nada—. Solo necesitamos saber dónde estamos. La dirección, el nombre del pueblo más cercano, lo que sea. Seguramente podríamos hablar con el CCE por radio y que nos dieran señas para llegar a Atlanta desde aquí. Pero, para eso, antes tenemos que saber dónde es «aquí».

—Seguro que habrá un buzón al final del camino de acceso —dijo Justin—. Es posible que esté cerrado, pero por ir a echar un vistazo no perdemos nada. Y, si no, habrá algún cartel en la carretera. Iré a echar un vistazo.

Cogió un paraguas del perchero que había en el vestíbulo trasero.

—Con tu pierna... —protesté, pero él hizo una mueca.

—Ya está mucho mejor —me aseguró—. Normal, teniendo en cuenta que llevo tres días sentado sin hacer nada. No sufras por mí.

Me dirigió una mirada tan decidida que no supe decirle que no. Seguramente no le vendría nada mal desahogarse un poco. ¿Quién sabía qué ideas raras se le ocurrirían si pasaba demasiado tiempo convencido de que no contribuía lo suficiente a la causa?

—Es mejor no dejar a nadie solo, ¿no? —comentó Anika—. Iré con él y me aseguraré de que no se caiga. Vosotros dos podéis seguir inspeccionando la casa.

—Eso —dijo Justin, envalentonado al ver que contaba con una aliada, y se dio unos golpecitos en la muñeca—. Es posible que tengamos que andar un rato si tenemos que encontrar una señal, pero no tardaremos más de una hora.

—Vale —dije—. Pero si podéis volver antes, mucho mejor.

—Y tened los ojos bien abiertos —añadió Leo—. Ahora los guardianes saben que andamos por aquí.

Justin nos dedicó un breve gesto de despedida. Anika fue a por los abrigos y, cuando regresó, Justin le dio otro paraguas.

—Tardaremos menos de una hora —repitió—. Con suerte, mucho menos.

Se dirigieron hacia la puerta.

—Vamos a ver qué encontramos en la primera planta —le propuse a Leo.

Cogí la neverita, pero, al notar mi mano cálida sobre el mango de plástico, me detuve. Así pues, a lo mejor pasaría aún una hora o incluso más antes de volver a enfilar la carretera. Además, no teníamos forma de saber cuánto tardaríamos en encontrar otro vehículo, o si no encontraríamos ninguno y tendríamos que llegar a Atlanta a pie. ¿Cuánto tiempo iba a aguantar la nieve que había metido en la nevera aquella mañana?

—Pero antes dame un segundo —añadí. No había visto ninguna puerta que llevara al sótano. ¿A lo mejor en el jardín? Cualquier lugar subterráneo sería más fresco.

Contemplé el jardín desde el vestíbulo trasero, pero no vi rastro de ninguna puerta entre la hierba. Posé la mirada en la superficie ondulada del río. Al meter la mano, hacía un rato, el agua estaba tan fría que me había provocado aguijonazos sobre la piel. Seguramente el río bajaba directo de las montañas, alimentado por el deshielo.

Me arrodillé y abrí la nevera para asegurarme de que las libretas de papá estaban metidas dentro de la bolsa de plástico impermeable. Entonces cerré la tapa y tiré de los cierres para comprobar su resistencia. No creía que el agua fuera a filtrarse a través del precinto de goma de uso industrial, pero si lo hacía no quería que afectara el contenido.

Atravesé corriendo el jardín y llegué al embarcadero. Junto a la orilla, el agua no tenía más que unos palmos de profundidad. Hundí la nevera y esta salió flotando a la superficie. Entonces me fijé en que entre los postes de madera que sujetaban el embarcadero parecía quedar el espacio justo. Moviendo la nevera un poco de un lado a otro, logré encajarla entre los postes y hundirla lo suficiente para que quedara prácticamente oculta por el embarcadero. Cuando me levanté, la nevera no era más que una silueta clara bajo el agua moteada por la lluvia. Miré a ambos lados del río: nadie me había visto elegir aquel escondrijo.

Sin embargo, mientras regresaba a la casa noté un vacío entre las manos. Allí las muestras se conservarían frías, me dije, y yo podría volver corriendo a por ellas en cuanto decidiéramos marcharnos. Los peces no nos las iban a robar.

Al entrar en la casa, me encontré a Leo esperándome en la cocina.

—He vuelto a comprobar toda la planta baja, y nada —dijo enarcando las cejas, como preguntándome qué tal me había ido a mí.

—Yo he hecho lo que tenía que hacer —dije—. A ver qué hay en la planta de arriba.

Registramos el baño y los tres dormitorios del primer piso, miramos en armarios, cajones y mesitas de noche. En un cuarto amarillo con las paredes cubiertas de pósteres de planetas y nebulosas había una papelera llena de pañuelos usados. «Bridget», pensé. Me sorprendí a mí misma preguntándome qué edad tendría y aparté el pensamiento de la mente.

En el dormitorio principal encontramos varios panfletos de complejos turísticos de playa mexicanos, pero nada local. Leo señaló una trampilla que había en el techo de un armario.

—¿Quieres comprobar el desván? —preguntó.

—Supongo que no perdemos nada —dije—. A lo mejor

hay cartas antiguas o papeles de la declaración de la renta.

Así no habríamos dejado ni un solo sitio donde mirar. Eché un vistazo a mi alrededor, buscando una silla o algo donde subirme.

—Espera, que te ayudo —dijo Leo—. Y si tenemos que subir para coger algo, he visto una escalera de mano en el vestíbulo trasero.

Se metió las camisetas entre los pantalones, levantó una pierna para que subiera y me ofreció la mano. Noté una oleada de calor. Me obligué a cogerle los dedos sin dudarlo, con los ojos fijos en la trampilla. Cuando subí sobre su rodilla, Leo me cogió por la cintura. Ignorando el latir acelerado de mi corazón, empujé la puertecilla y me asomé por la abertura.

Me recibió una nube de polvo. Estornudé y se me llenaron los ojos de lágrimas. Hasta donde logré ver, el desván era un espacio diminuto donde solo íbamos a encontrar bolas de polvo y telarañas. Volví a estornudar y bajé.

166

—No hay nada —dije mientras Leo se incorporaba. Le había caído parte del polvo sobre el pelo negro y se lo sacudí con la mano—. Ups, perdón —añadí.

—Sobreviviré —respondió él, y medio sonrió—. Ya tendría que estar acostumbrado. ¿Recuerdas cuando se te metió entre ceja y ceja ir a echar un vistazo al desván de mi casa?

—Oh, Dios —dije, y me cubrí la cara al recordarlo, abochornada—. No puede ser que después de tantos años aún me eches la culpa de eso. ¿Qué tendríamos? ¿Siete años? Además, fue tan idea mía como tuya.

—No, no —insistió él riéndose—. Yo te dije mil veces que mis padres me tenían prohibido subir ahí arriba, pero tú estabas convencida de que había algún animal que esperaba a que lo descubriéramos.

—¡Pero es que se oían unos arañazos en tu cuarto! —protesté—. Era una hipótesis razonable.

—Pues creo que mi madre no se tragó la explicación cuando encontró su ropa tirada por el suelo y a nosotros atascados bajo el tejado.

—Bueno, pues perdóname por haberte arruinado la infancia —le solté.

Le di una palmada en el hombro, pero él se apartó y me cogió la mano antes de que pudiera repetir el gesto.

—¡Pero qué dices! —preguntó—. Sin ti me habría aburrido mucho más.

El destello pícaro de su mirada me devolvió a aquellos años, cuando aún éramos pequeños, una época anterior a las discusiones, los silencios y las epidemias. Cuando Leo abordaba cada desafío como si fuera una aventura y no un obstáculo. No había visto aquel destello demasiado a menudo durante los últimos meses, y no pude evitar devolverle la sonrisa. Pero entonces su expresión cambió y su mirada adoptó una intensidad que me provocó un aleteo en el estómago.

Ya me había dirigido aquella mirada antes. En el garaje de casa, justo antes de besarme.

Le solté la mano y salí del armario, retrocediendo hasta llegar a los pies de la cama. Leo no se movió, pero notaba su mirada fija en mí.

—Lo siento —dije—. Es que…

—No pasa nada.

Pero sí pasaba. Desde que habíamos salido de Toronto, habíamos logrado sobreponernos a la sensación embarazosa que nos producía el silencio que rodeaba nuestros respectivos «cuelgues», pero no podía seguir fingiendo que no estaban ahí. Y tampoco podía fingir que no sabía lo que estaba pasando.

De pronto, había aparecido Gav…, y tal como había aparecido, se había marchado. Aunque no del todo. Mis dedos acariciaron el borde del pedazo de cartón que llevaba en el bolsillo.

—A lo mejor nos vendría bien hablar del tema —dijo Leo rascándose la nuca. A pesar de que intentaba quitarle hierro al asunto, su voz sonaba tensa—. No te voy a mentir, ya sabes lo que siento por ti, eso no ha cambiado. Pero nunca te obligaré a hacer nada que no quieras. A mí me basta con que seamos amigos. No hay ningún problema.

167

—No eres tú —dije sentándome en la cama—. La que actúa de forma extraña soy yo.

—Si estuvieras enfadada, no te culparía —dijo.

Levanté la cabeza.

—¿Enfadada? ¿Contigo? ¿Por qué?

—¿Por aceptar la vacuna aunque Gav no la quiso? ¿Por sobrevivir? En fin, que lo entendería.

Imaginé a Leo poniéndose enfermo y me entró el pánico.

—Por supuesto que no estoy enfadada por eso —repuse—. ¿Tú sabes lo asustada que estaría si no supiera que por lo menos tú estás a salvo? Lo que me gustaría es que él se hubiera tomado la vacuna, no que no te la hubieras tomado tú.

Él bajo la mirada y pareció tomarse mucho tiempo antes de pronunciar las siguientes palabras.

—Pero no se trata solo de eso —dijo finalmente, titubeando—. Querría haber hecho más. Cuando Gav estaba enfermo, digo. Era un buen tipo y te hacía feliz. Se notaba. Y a lo mejor debería haber hecho algo más. Cada vez que pienso en lo que sucedió, me parece que no hice lo suficiente. Y entonces me pregunto si fue por algún motivo…

No soportaba oírlo hablar de aquella manera.

—Leo —lo corté—. No sigas. Tú no tienes más culpa de que Gav enfermara que yo, y desde el momento en que se contagió ya no podíamos hacer nada al respecto. Nunca, jamás se me ha pasado por la cabeza echarte la culpa a ti, te lo prometo. Por raras que sean las cosas entre nosotros, no es por eso. Es solo que la situación es… complicada.

Una parte de mí quería olvidarse de los problemas, ahuyentar la preocupación y la culpa que le nublaban el semblante; abrazarlo y decirle que me importaba tanto como yo le importaba a él. Pero, otra parte de mí, todavía mayor, me lo impedía.

Mi corazón había sufrido tanto las últimas semanas… ¿Sabía acaso lo que quería? ¿Qué era real y qué no? ¿Leo me atraía porque estaba reviviendo mi viejo enamoramiento, o porque ahora que Gav se había marchado él estaba ahí, ayudándome y consolándome, y yo no tenía a nadie más?

Aunque, en realidad, no tenía por qué estar con nadie. Seguramente, lo mejor para mí era estar sola en esos momentos, aunque solo fuera porque todavía conservaba el recuerdo del cuerpo inerte de Gav tan claro en la memoria como si lo hubiera visto hacía apenas unos minutos. El nudo de pena que me constreñía el pecho apenas se había aflojado.

Aunque lo que sentía por Leo fuera real, no le podía hacer eso a Gav. Si se hubiera enterado de que lo había olvidado tan rápido…

Y entonces, en un segundo, todo eso dejó de importar, porque nos llegó el sonido de un motor a través de las paredes.

Me levanté de un salto y me acerqué a la ventana. Una furgoneta marrón se acercaba hacia la casa a través del caminito de acceso.

QUINCE

*L*os guardianes que habían atravesado el pueblo conducían un todoterreno, pero eso no significaba que no pudiera haber otro grupo siguiéndonos. Me mordí el labio. Leo se acercó y se colocó al otro lado de la ventana.

—¿Qué quieres que hagamos? —preguntó.

—No lo sé.

Podíamos salir corriendo e ir hacia la barca, pero eso habría significado dejar atrás a Justin y a Anika, marcharnos sin ellos y que, al volver, se encontraran a los guardianes esperándolos.

No podía hacerlo. No podía dejar a nadie más atrás.

—Tenemos que defendernos —dije, y me preparé para la respuesta de Leo—. Podemos esperarlos junto a la puerta de la casa, y, si entran, retenerlos aquí. No tenemos que hacerles daño, solo encerrarlos en una de las habitaciones. Eso, claro está, siempre y cuando no contraataquen. Si contraatacan…

—En ese caso, haremos lo que tenemos que hacer —dijo Leo, asintiendo con la cabeza, y me clavó la mirada—. Tenemos que prepararnos por si llega el momento.

Experimenté un alivio momentáneo que, nada más sacar la pistola de Tobias del bolsillo, se tornó en aprensión. De pronto, la idea de pegarle un balazo en la cabeza a uno de esos guardianes, que hasta hacía nada me resultaba bastante atractiva, me repelía. Aun así, si tenía que morir alguien, prefería que fuera uno de ellos que uno de nosotros.

Bajamos corriendo por las escaleras y atravesamos el vestíbulo. Leo se colocó a la izquierda de la puerta, pistola en mano y el cuerpo tenso. Yo apoyé la espalda en la pared, al otro lado de la puerta, y empuñé la pistola con fuerza. ¿Y si eran más que nosotros? ¿Y si ya se habían topado con Justin y Anika en la carretera y se los habían llevado como rehenes?

El motor del vehículo se detuvo. Se abrieron las puertas y oímos pasos sobre el camino. Entonces nos llegó una voz familiar a través de la puerta.

—Te digo que soy mejor conductor que todos vosotros juntos. ¿Qué importa tener el permiso o no, hoy en día?

Solté un soplido y bajé la pistola. Leo sacudió la cabeza.

Cuando abrí la puerta, Justin y Anika estaban subiendo las escaleras del porche. Justin se volvió hacia mí, con una sonrisa de oreja a oreja.

—¡Mira lo que hemos encontrado!

—Hay una carretera justo después de aquella curva —explicó Anika, señalando el camino—. Y a unos diez minutos a pie en esa dirección hay otra casa. Allí encontramos el coche. Las llaves estaba dentro de casa y tiene el depósito medio lleno.

—Perfecto —dije, y mi angustia se desvaneció: aquello era exactamente lo que necesitábamos—. ¿Habéis averiguado dónde estamos?

—Según las señales que hemos visto, unos kilómetros al este de un lugar llamado Clermont —respondió Justin, que entró cojeando en la casa apoyándose en el rifle. De pronto, la culata resbaló sobre la alfombra del vestíbulo y Justin dio un traspié, pero Anika lo agarró del brazo.

—¿Ves? Por eso no te he dejado conducir —dijo con una dulzura inaudita. Tenía toda la atención fija en él.

Cuando Justin se volvió hacia ella con el ceño fruncido, los labios de Anika esbozaron una sonrisa.

—Supongo que será mejor que siga apoyándome en ti, entonces —soltó Justin, que la rodeó con los brazos.

Ella seguía sonriendo, y por primera vez me pregunté si en algún momento la coquetería de Anika se había con-

171

vertido en algo más que una simple broma. A lo mejor la diferencia de edad dejaba de importar tanto cuando no sabías cuánto tiempo más ibas a seguir vivo.

La idea me provocó un extraño acceso de tristeza y fui aún más consciente de que Leo estaba ahí mismo, al otro lado del vestíbulo.

—Clermont —repetí, obligándome a aterrizar.

Intenté imaginar la guía de carreteras, el mapa de la zona al norte de Atlanta, pero el nombre no me sugería nada. No sabía si teníamos que ir hacia el este o el oeste. Si empezábamos a dar vueltas intentando encontrar el camino correcto, lo único que lograríamos era gastar la poca gasolina que teníamos y darles ocasión a los guardianes de pescarnos.

—A ver si puedo ponerme en contacto con el CCE —dije—. La doctora Guzman nos pidió que intentáramos hablar con ellos cuando estuviéramos cerca de Atlanta.

Los demás me siguieron a la sala de estar. Leo sacó la radio de la funda y la colocó encima de la mesita del café. Fuera había empezado otra vez a llover, y las gotas repiqueteaban sobre la marquesina del porche.

Cuando pulsé el botón de llamada, me pareció que las interferencias eran más fuertes que la última vez. No obstante, la doctora Guzman respondió a mi llamada y su voz sonó alta y clara.

—¿Kaelyn?

—Sí —dije—. Nos hemos desviado un poco, pero ya casi estamos allí.

—¿Qué ha pasado?

—Nada, estamos bien —dije—. Pero los que nos persiguen casi nos atrapan esta mañana. Hemos perdido la guía de carreteras, no nos la hemos podido llevar. Creo que estamos cerca de Atlanta, solo necesitamos saber qué camino tomar desde aquí.

—En eso os puedo ayudar —aseguró—. ¿Estáis todos bien? ¿Y la vacuna?

—Está todo bien, es solo que nos hemos perdido —insistí—. Pero creo que nos tenemos que poner en marcha cuanto antes, no sé lo cerca que pueden estar.

O si habrían interceptado aquella transmisión y se formarían una idea aún más clara de nuestro paradero.

—Cómo no, cómo no. Un momento que coja el mapa... —Se alejó del micrófono y se oyó un crujido—. Oye —dijo cuando regresó—, os voy a dar direcciones también para que podáis llegar hasta el centro cuando estéis en la ciudad. Las tenéis que seguir al pie de la letra. En cuanto os encontréis dentro de estas paredes, estaréis a salvo, pero hasta entonces... Me encantaría que hubiera una forma más fácil de enviaros a alguien, pero, aunque lográramos sacar un coche sin que nos hostigaran, seguro que lo seguirían. Y si atrajéramos a esa gente hacia vosotros, no sé hasta qué punto os podríamos proteger. No disponemos de los medios necesarios para abarcar tanto y mantener el centro seguro al mismo tiempo.

Michael sabía adónde nos dirigíamos. Seguramente había estado esperando nuestra llegada a Atlanta desde hacía ya tiempo.

—¿Ha empeorado la situación? —pregunté—. Dijo que había gente que intentaba entrar a la fuerza.

—Es... —empezó a decir, pero se interrumpió y respiró hondo—. Todo irá bien. Conseguiremos que lleguéis hasta aquí. A la larga, no hacen más que perjudicarse a sí mismos. ¿Dónde estáis?

Me acordé de sus comentarios de hacía un par de días sobre quién iba a recibir la vacuna y quién no, y se me puso la piel de gallina. Pero no era el momento de abordar el tema.

—Estamos al este de un lugar llamado Clermont —dije—. Cerca de un río.

—Clermont... ¡Ah, estáis muy cerca! ¿Y dices que disponéis de un vehículo?

—Sí, estamos preparados para marcharnos.

—Perfecto. En ese caso, es posible que dentro de unas horas estemos hablando cara a cara. Dirigíos hacia Clermont y coged la 129 hacia el sur. Allí veréis señales de Atlanta. Si podéis, no dejéis la...

Lo que dijo a continuación quedó ahogado por el estallido de las puertas, que se abrieron súbitamente.

173

—¡Que no se mueva nadie! —gritó una voz en cuanto nos levantamos.

El micrófono se me escurrió de entre los dedos y cayó al suelo. Antes de que tuviera tiempo de estirarme para coger la pistola que había dejado encima del sofá, junto a nosotros, dos hombres y una mujer entraron corriendo en la sala de estar, desde el vestíbulo de la entrada, y me encontré ante los cañones de dos escopetas.

Los cuatro nos quedamos helados. Se me secó la boca. Ahí estaba. El momento que tanto había estado temiendo acababa de llegar y me había pillado completamente desprevenida.

—¿Kaelyn? —preguntó la doctora Guzman a través del altavoz de la radio—. ¿Estás ahí, Kaelyn?

El más corpulento de los dos hombres le hizo un gesto con la cabeza al otro, un chico delgado no mucho mayor que yo, que, sin dejar de apuntarme, se agachó y apagó la radio. La mujer se colocó detrás de Anika. Leo se llevó la mano al costado, pero el tipo corpulento (el líder del grupo, supuse) se percató de sus intenciones. Dio un paso hacia delante y le arrebató la pistola que se había colocado debajo del cinturón. Luego cogió la mía de encima del sofá. Tenía el pelo negro y mojado y la piel ambarina perlada por culpa del agua. Las mascarillas que llevaban los tres estaban empapadas de humedad. Debían de haber llegado caminando bajo la lluvia, por eso no los habíamos oído.

—Coged eso también —indicó el hombre, señalando el rifle que había a los pies de Justin.

La mujer lo apartó con el tacón y lo mandó al comedor de un puntapié. A continuación, cacheó a Anika con la mano que le quedaba libre y le quitó el cuchillo de caza antes de registrar a Justin. La mujer enarcó una ceja al ver la pistola de bengalas que encontró en el bolsillo de su abrigo, y la tiró donde había caído el cuchillo. El otro tipo nos cacheó a Leo y a mí.

Cuando hubo terminado, el líder movió su escopeta y nos fue apuntando uno a uno.

—¿Dónde está? —preguntó—. ¿Dónde está la vacuna?

La mirada de Justin escudriñó la sala y buscó la mía. No lo sabía. No lo sabía ninguno de ellos, me dije. Yo solo quería que las muestras se conservaran frías, pero involuntariamente había logrado esconderlas.

—¡Ya no la tenemos! —exclamó Anika—. Nos la quitó una gente. Logramos huir por los pelos.

Anika chilló: la mujer le había tirado del pelo y le puso la pistola en la sien.

—¿Sí? ¿Seguro? —le dijo.

Justin levantó una mano para intentar socorrerla, pero el chico joven lo apuntó con la escopeta; bajo aquella luz escasa, su pelo rojizo y mojado parecía sangre reseca. El líder me clavó la escopeta en las costillas, aunque tenía la vista fija en Anika.

—Se me hace difícil creerte —dijo—. ¿A lo mejor si les pego unos tiros a tus amigos lograré refrescarte la memoria?

Anika se estremeció. No me pareció que aquella fuera la respuesta que había estado esperando. Entreabrió los labios y soltó una bocanada temblorosa, y me di cuenta de que buscaba las palabras necesarias para entregarles la vacuna. Pero no podía. Y nuestros captores no tenían ni idea. Podían matarme para obligarla a hablar, pues no eran conscientes de que yo era la única persona que tenía la respuesta.

Se me aceleró el pulso. Podía decirles eso, pero entonces les harían daño a los demás para obligarme a hablar a mí. Mientras creyeran que podían prescindir de alguno de nosotros...

Justamente por eso, teníamos que hacerles creer que nos necesitaban a todos.

Me di cuenta de que movía los labios cuando la idea apenas se había formado en mi mente.

—No os conviene hacer esto —indiqué—. Si disparáis contra alguno de nosotros, nunca encontraréis lo que estáis buscando.

Tres pares de ojos hostiles se volvieron hacia mí.

175

—¿Se puede saber de qué hablas? —gruñó el líder.

—Hay más de una muestra —dije, intentando ordenar mis pensamientos de forma coherente—. Y libretas de notas con información sobre cómo reproducir la vacuna. Siempre que nos detenemos en algún lugar, cogemos una parte cada uno y la escondemos sin decir nada a los demás. Nos necesitáis a todos, o Michael no va a estar nada satisfecho.

El tipo, que tenía el pelo canoso, se puso tenso ante la sola mención del nombre de su jefe. La mujer soltó un resoplido.

—Pues a mí me parece una estupidez.

—Puede ser —dijo Leo—, pero es la verdad. ¿O acaso creéis que confiamos lo suficiente en los demás como para pensar que ninguno de nosotros se largaría con todo si pudiera? Todos queremos nuestra parte de la recompensa.

—Sí —añadió Justin—. Yo no pensaba arriesgarme a que uno de estos se pirara y me dejara con las manos vacías. La única solución era que cada uno guardara una parte.

El líder nos miró uno a uno. Imaginé que no le costaría demasiado imaginarse a sí mismo desconfiando de sus colegas.

—Registra la casa —le dijo al otro tipo—. Y si han escondido algo, encuéntralo.

El pelirrojo se alejó arrastrando los pies y la mujer dio unos golpecitos en la frente de Anika con el cañón de la pistola.

—Y si no lo encuentra, les pegaremos una paliza hasta que canten. Es muy fácil.

Anika se encogió.

—Ni hablar —dije. Una cosa era que Anika hubiera colaborado con nuestro equipo y otra que fuera a soportar que la torturaran por nosotros. Aunque, en realidad, ella tenía tanto que perder como yo, Justin o Leo—. No somos estúpidos. En cuanto encontréis lo que estáis buscando, nos mataréis. Me podéis hacer tanto daño como queráis: mi idea es seguir viva.

—Yo no he llegado hasta aquí para nada —soltó Leo, en voz baja pero firme.

—Ni yo —añadió Justin levantando la barbilla.

Anika los miró y se irguió.

—Preferiría morir antes que contaros algo, capullos.

La mujer le pegó un golpe con la pistola en la cabeza, y la agarró cuando trastabilló. Anika soltó apenas un grito ahogado y se llevó los puños a las sienes. Justin se puso tenso y le brilló un destello de rabia en la mirada.

—Un momento, Marissa —dijo el líder cuando la mujer iba ya a levantar otra vez la pistola—. Déjame pensar.

El tipo frunció el ceño, y yo me dije que seguramente había esperado podernos intimidar más fácilmente. Pero no sabía por lo que habíamos pasado antes de llegar hasta allí.

—Lo último que supimos de vosotros fue que erais seis —dijo al cabo de un momento—. ¿Dónde están los demás?

Gav y Tobias. Apreté los dientes con fuerza.

Marissa suspiró y escurrió el agua de lluvia que se le había acumulado en la larga trenza.

—El informe decía que uno de ellos estaba enfermo, ¿no? Seguramente ya esté muerto a estas alturas.

—¿Y el otro? —preguntó el líder, que nos fulminó con la mirada.

Nos limitamos a devolvérsela y él frunció los labios. Muy bien, que se preocupara por eso en lugar de buscar la vacuna.

Dios, cómo me habría gustado que Gav y Tobias estuvieran ahí. O, mejor aún, fuera de la casa, pensando una estrategia para derrotar a esos matones. Ellos habrían sabido cómo plantarles cara. Yo había conseguido mantener al grupo con vida, pero no tenía ni idea de qué debía hacer para sacarlo de aquella situación. Aunque uno de nuestros captores cometiera un error y nos brindara una oportunidad, dudaba que alguno de nosotros fuera lo bastante hábil como para desarmarlo y coger ventaja.

Íbamos a tener que esperar y ver qué oportunidades se

177

nos presentaban; mientras estuviéramos vivos, teníamos una oportunidad.

—Tiene gracia —dijo Marissa secamente.

El líder se volvió hacia ella.

—A ver qué nos trae Connor. Si encontramos la vacuna, ya no necesitaremos hacerlos cantar.

El otro tipo bajó por las escaleras al cabo de unos minutos; obviamente, no había encontrado nada. A juzgar por el polvo que le cubría el anorak, parecía que había subido a la azotea.

—Ni siquiera sé qué estoy buscando, Chay —se excusó el chico, que, a diferencia de los otros dos, hablaba con acento sureño. Sería un recluta local, me dije—. A lo mejor debería llevarme a uno de ellos.

—Seguramente te desarmarían en cuanto te perdiéramos de vista —se burló Marissa.

—Ve a echar un vistazo fuera —dijo Chay—. Y date prisa.

Connor se marchó, murmurando en voz baja. Cuando la puerta trasera se cerró a sus espaldas hice un esfuerzo por no perder la compostura. ¿Se le ocurriría mirar debajo del embarcadero? Me concentré en respirar regularmente («inspira, espira») mientras contaba el paso de los segundos.

—¿Por qué no les disparamos a todos en las rodillas, a ver si entonces son tan gallitos? —preguntó Marissa cuando llevábamos lo que parecía una hora esperando.

—¿Y si no hablan? —dijo Chay—. Morirán desangrados y entonces Michael nos matará. Joder.

—Pues deja que sea él quien decida qué hacer —propuso Marissa—. Nosotros ya hemos hecho nuestra parte, los hemos encontrado. No es culpa nuestra que estén pirados.

—¿Lo vas a llamar y se lo vas a contar tú?

—¿Y si nos los llevamos con nosotros? Entonces el problema será suyo. Seguro que alguno de esos médicos inútiles sabrá de alguna forma para torturarlos «sin riesgo».

—Sí, seguro que Michael estará encantado —le espetó Chay—. Oye, haz el favor de callarte, ¿vale?

A pesar del miedo, experimenté un pequeño destello de victoria en mi interior. Ellos tenían las pistolas y la fuerza, pero no habían logrado derrotarnos. Mientras no encontraran la neverita, teníamos el control.

Connor volvió a entrar en la casa por la puerta principal, totalmente empapado.

—No hay ni vacuna, ni libretas, ni nada —informó—. ¿Quieres ir tú a echar un vistazo?

—A lo mejor debería hacerlo —dijo Chay—. Ven aquí y no cometas ninguna estupidez.

Connor desenfundó la pistola y ocupó el lugar de Chay, que se marchó. Un minuto más tarde empezó a volcar los muebles de la primera planta; los golpes nos llegaban a través del techo. Al cabo de un rato volvió a bajar y empezó a vaciar los armarios de la cocina, con estruendo de cazuelas y platos rotos. Finalmente, salió de casa por la puerta trasera.

Cuando volvió, solo por el portazo que pegó ya me di cuenta de que tampoco había tenido éxito. Entró en la sala de estar con expresión sombría.

—Muy bien —dijo—. Si os gustan los jueguecitos, podéis jugar con Michael. A ver si os lo pasáis tan bien.

DIECISÉIS

Se me tensaron todos los músculos del cuerpo. Allí, en aquella casa, tal vez contáramos con cierta ventaja, pero en el terreno de Michael teníamos poco que hacer.

Además, marcharse de la casa implicaba dejar atrás la vacuna. Creía haberla encajonado bien debajo del embarcadero, pero ¿y si se la llevaba la corriente? ¿Y si alguien pasaba por allí y la veía?

Nuestros captores aún estaban debatiendo los detalles.

—¿Van a caber todos en el todoterreno? —preguntó Connor.

—Tienen un coche ahí fuera, lo podemos coger —dijo Marissa—. Es una furgoneta, seguro que va a la velocidad que te gusta a ti, Connor. ¿Quién tiene la llave?

Tendió la mano hacia los cuatro, pero no nos movimos. Cerré los puños con fuerza para intentar evitar el temblor de mis brazos.

—A ver —dijo Chay—, os voy a contar cómo va esto. Si nos dais la llave, podéis viajar cómodamente en los asientos de atrás; si no, os meteremos en el maletero del todoterreno. Vosotros mismos.

—¿Y si preferimos quedarnos aquí? —preguntó Justin—. Si Michael quiere hablar, que venga a vernos.

Chay se volvió hacia Connor.

—Ve a por las esposas.

Connor salió por la puerta delantera y, al cabo de un momento, volvió a entrar con una bolsa de lona que imaginaba que habrían dejado en el porche. Por su mirada me pareció que sonreía debajo de la mascarilla. Sacó un par de esposas de la bolsa y se las pasó a Chay. Antes de que yo pudiera procesar lo que estaba pasando, Chay ya me había cerrado una alrededor de la muñeca izquierda.

Mi cuerpo reaccionó automáticamente: me aparté de un tirón y alejé el otro brazo de su alcance. Mientras me retorcía el hombro, Leo se abalanzó sobre él. En aquel instante, me pareció que podíamos tener una oportunidad.

Pero entonces Chay descargó la culata de la pistola sobre la cara de Leo. Este se tambaleó, agarrándose la nariz mientras la sangre le cubría los labios y la barbilla. Justin hizo un gesto como para acercarse a nosotros, pero Connor lo detuvo con un puntapié en la pierna herida. En cuanto cayó al suelo, le clavó el codo en la espalda. Anika soltó un grito, pero antes de que pudiera dar un paso Marissa la cogió del pelo.

Yo le lancé una patada a Chay, pero este me esquivó, me dio la vuelta y me agarró por la otra muñeca. Sin darme tiempo ni a parpadear, me puso la segunda esposa y me arrojó contra el sillón. Choqué de forma dolorosa, pues tenía las manos atadas a la espalda.

—Vais a venir con nosotros, lo queráis o no —dijo Chay, que al parecer ni se había inmutado—. ¿Alguien quiere cambiar de opinión?

Lo vi claro: no podíamos hacer nada contra ellos. Y si no teníamos más remedio que acompañarlos, por lo menos quería poder ver adónde nos llevaban. Y, por ese motivo, no quería decir nada, para que no notaran que yo era la líder del grupo.

Levanté la cabeza e intenté captar la mirada de Anika. Marissa la había colocado de lado y le había puesto otras esposas. Me volví hacia los demás. Connor estaba arrodillado encima de Justin, que seguía tendido en el suelo. Leo, que se había llevado la manga a la cara para detener la hemorragia, se percató de mi mirada de desesperación.

—Dales la llave, Anika —dijo, con la voz quebrada por el dolor.

Había empezado a salirle ya un moratón marrón sobre el pómulo derecho y tenía la nariz levemente torcida. Temblé de cólera. ¿Y si Chay le había hecho daño de verdad? ¿Entonces qué? ¿Iba a patearle el trasero como no había sido capaz de hacerlo hacía un minuto, cuando todavía tenía las manos libres? Cerré los ojos y mi rabia se evaporó tan rápido como había llegado. Seguíamos vivos, pero estábamos indefensos. Lo mejor sería no provocarlos para que no se encarnizaran aún más.

—No puedo —contestó Anika, con un tintineo de esposas—. Las llevo en el bolsillo de delante.

Marissa se las cogió.

—Tú irás con Connor —le dijo Chay—. Creo que yo me puedo encargar de estos dos críos a solas.

Connor levantó a Justin, que se tambaleó al tiempo que intentaba apoyar todo su peso sobre la pierna sana. Tenía los ojos peligrosamente desorbitados. Me retorcí hasta que logré incorporarme y le toqué el tobillo bueno con la puntera de la bota.

—Eh —le dije.

«Tranquilo», quise añadir. O, más concretamente: «No hagas que te maten». Aquel era uno de esos momentos en los que las heroicidades no nos iban a hacer ningún bien. Justin me miró y seguramente mi expresión fue lo bastante elocuente. Su rabia se desvaneció, como si, de pronto, hubiera caído en la cuenta de lo que yo ya había comprendido: lo mejor que podíamos hacer, dadas las circunstancias, era seguirles la corriente.

—Veo que vosotros dos sois muy amigos, ¿por qué no viajáis juntos? —dijo Connor, que empujó a Justin y me hizo un gesto para que me levantara. Eso hice, tambaleándome pero sin quejarme. Chay esposó a Leo—. Coged todas sus cosas —les ordenó a los demás, al tiempo que agarraba la radio—. Michael lo querrá ver todo.

Recogieron nuestras bolsas y nos obligaron a salir bajo la lluvia. Chay indicó a Leo y a Anika que caminaran ante él y se los llevó por el camino de acceso apuntándolos con la escopeta. Marissa abrió las puertas de la furgoneta, y nos metió a Justin y a mí a empujones en la parte de atrás. Justin dio un respingo cuando pisó con el pie malo, pero no abrió la boca.

—A Michael todo esto no le va a hacer ninguna gracia —murmuró Connor mientras se sentaba detrás del volante.

Marissa se dejó caer en el asiento del copiloto y se volvió de lado para poder tenernos controlados.

—Eso es problema suyo —señaló, y nos dirigió una sonrisa malévola.

Nada más llegar a la primera curva del caminito, vimos el todoterreno blanco. Chay nos hizo un gesto con la mano y se puso en marcha ante nosotros. Connor lo siguió hasta la carreterita por la que Justin y Anika debían de haber caminado no hacía ni media hora.

Miré por la ventana, atenta a señales y puntos de referencia: necesitábamos saber cómo volver hasta allí. Al cabo de un momento, me fijé en Justin y vi que estaba haciendo lo mismo. «Perfecto», pensé mientras volvía a mirar por la ventana. Era mejor contar que los dos pudiéramos recordar cosas sobre cómo volver hasta aquella casa.

Mientras tuviera algo en lo que concentrarme, no me iba a costar mucho ignorar el dolor que se propagaba desde la parte trasera de mi cabeza. Así no tendría que pensar en todas las formas que se le podían ocurrir a Michael para sonsacarnos la información que quería. O, mejor dicho, para sonsacármela a mí. Porque bastaba con que alguno de los demás se viniera abajo y admitiera que yo lo había escondido todo para que el asunto quedara reducido exclusivamente a mí.

A pesar de mis esfuerzos, empezó a revolvérseme el estómago. ¿De cuánto tiempo disponíamos antes de que todo aquello dejara de importar? Ahora el agua del río estaba helada, pero el clima se iría calentando. Las muestras sobrevivirían unos días, tal vez una semana. ¿Era razonable esperar que fueran a durar más que eso?

Tenía los brazos doblados a la espalda. Me dolían. Los

183

minutos se nos escurrían entre las manos. Finalmente, el bosque dejó paso a un puñado de pueblecitos separados entre sí por pequeños campos de labranza. Connor seguía el todoterreno de cerca. Chay conducía deprisa y me pregunté cómo estaría Leo. ¿Qué complicaciones podían derivarse de una nariz rota?

Pasamos una serie de campos abandonados, luego otro pueblo y dos granjas. Chay giró primero a la izquierda y luego a la derecha. La lluvia había amainado, pero el cielo todavía estaba demasiado nublado como para que se distinguiera el sol.

Cuando el todoterreno finalmente redujo la marcha, tuve la sensación de que habían transcurrido por lo menos dos horas. El coche tomó una carretera serpenteante que salía de la autopista y la siguió hasta llegar a una verja de tela metálica. Detrás de la verja había un camino que zigzagueaba entre pastos y que, finalmente, iba a dar a una serie de edificios de ladrillo y hormigón. Una mujer con una radio colgando de la cintura salió de la cabina de control que había al otro lado de la verja y habló un rato con Chay antes de abrir la verja. Connor siguió el todoterreno hacia el interior del complejo.

Un descapotable rojo, que relucía como si lo acabaran de encerar, se nos acercó a toda velocidad por el camino. Al vernos, el conductor detuvo el vehículo. Frenó en seco, pero las ruedas no derraparon.

—Nathan —gruñó Marissa—. Como se puede ser tan fantasma.

Connor bajó la ventanilla para oír qué pasaba. El tipo del descapotable estaba inclinado hacia el todoterreno, con el pelo castaño peinado hacia un lado y una sonrisita burlona en su rostro infantil.

—¿Ya vuelves con el rabo entre las piernas? —le preguntó a Chay—. Llegas antes de lo previsto, ¿estás seguro de que lo has intentado?

Chay respondió en un tono de voz que sugería que a él Nathan le caía igual de mal que a Marissa.

—No solo lo he intentado, sino que hemos atrapado a

los fugitivos —respondió—. Se los llevamos a Michael ahora mismo.

Los ojos entrecerrados de Nathan recorrieron el lateral del todoterreno y se fijaron en la furgoneta. Yo me oculté detrás del asiento del piloto, pero su mirada glacial me dio escalofríos. De pronto, comprendí que nos podrían haber capturado de maneras mucho peores. Y que podrían haberlo hecho personas mucho peores.

—Así pues, tienes a los chavales —observó Nathan volviéndose hacia Chay—. ¿Y qué hay de la vacuna?

—De una forma o de otra nos conducirán hasta ella —respondió Chay—. Además, ¿qué le has traído tú a Michael últimamente?

Subió la ventanilla antes de que Nathan pudiera responder y pisó el acelerador. Mientras nos acercábamos a los edificios, el descapotable dio marcha atrás y giró sobre sí mismo. Entonces nos adelantó y cortó a Connor justo antes de acceder al aparcamiento. Entramos detrás de Nathan y nos detuvimos en medio de una colección de vehículos diversos, entre los que había camiones de transporte y, sorprendentemente, varios coches patrulla.

—¿Qué demonios es este lugar? —preguntó Justin. No parecía esperar una respuesta, pero Connor se la dio de todos modos.

—Un centro de entrenamiento regional de la policía —dijo—. Michael sabe cómo elegir sus escondrijos.

—Cierra el pico, Connor —soltó Marissa. Se le tensaron los hombros, apagó el motor y se guardó la llave en silencio.

Nos obligaron a salir del vehículo a punta de pistola, mientras Chay forzaba a hacer lo mismo a Leo y Anika. Leo se puso a mi lado.

Nos llevaron hasta el edificio más cercano, una ancha estructura de dos plantas de hormigón parduzco. Nathan entró delante de nosotros. Con su elegante traje azul marino, parecía que se dirigiera a una reunión de empresa y no a encontrarse con el nuevo señor de la guerra del continente.

185

—Nosotros hacemos todo el trabajo y él corre para ser el primero que se lo cuenta a Michael —murmuró Marissa en cuanto la puerta se cerró a sus espaldas.

—A Michael le dará lo mismo quién le dé la noticia —dijo Chay—. Lo que le importará será que nosotros los hemos encontrado mientras él les sacaba brillo a los tapacubos de su coche.

—Habría sido mejor si también hubiéramos conseguido la vacuna —intervino Connor.

—Gracias —respondió Chay en tono cáustico—. No se me había ocurrido.

Un hombre y una mujer, los dos con rifles a la espalda, dejaron de hablar y levantaron la mirada cuando entramos en el vestíbulo.

—Eh, ¿qué traes ahí, Chay? —preguntó la mujer enarcando las cejas.

—Una entrega de primera categoría para el jefe —respondió Chay—. Os apetecerá ver esto. ¿Está donde siempre?

—Que yo sepa, sí.

Los dos nos siguieron a través del ancho pasillo. La mujer metió la cabeza en varias de las salas contiguas. Detrás de las puertas atisbé una hilera de mesas llenas de montañas de munición a medio clasificar, un destello de sartenes colgadas en lo que parecía ser una cocina, y varias estanterías llenas de lo que podía ser ropa, o tal vez sábanas. Cada vez que la mujer volvía a salir al pasillo, un par de figuras más se unían al grupo, entre murmullos. Algunos de ellos parecían tener más o menos nuestra edad, pero todos, sin excepción, nos miraban como si fuéramos alienígenas. Uno dijo algo que debía de ser un chiste, porque los demás se rieron, con una camaradería y una cordialidad que me habría resultado de lo más reconfortante si no hubiera sabido que el chiste éramos nosotros.

Flotaba en el ambiente un olor extraño, salubre, como a salsa de carne mezclada con aceite de motor. A medida que nos conducían hacia las entrañas del edificio, me fijé en la luz artificial que brillaba en los paneles del techo. Tenían electricidad y eran lo bastante listos como para no malgastarla: solo uno de cada tres paneles estaba débilmente iluminado.

Por lo que había dicho Anika, no podía hacer mucho tiempo que Michael se había instalado allí, pero era evidente que sabía cómo organizarse con rapidez. Me pregunté cuántas de aquellas personas debían de haber venido con él desde el norte y a cuántas habría reclutado en la zona durante las últimas semanas.

Chay se puso al frente del grupo y abrió unas puertas dobles.

—Hala, adentro —dijo.

El sonido de nuestras botas sobre el suelo de madera resonó con fuerza dentro de la gran sala, casi tanto como el latido de mi corazón. Estábamos en un gimnasio. En una esquina había dos tipos que se fintaban mutuamente, entrenando a boxeo. En el alto techo había una maraña de tuberías que zigzagueaban entre unos ventiladores inmóviles, y en el extremo opuesto, bajo el marcador apagado de la pared, un ancho escritorio de roble. Detrás de este, sentado en una butaca de piel, vimos a un hombre que estudiaba algo que tenía extendido encima de la superficie reluciente.

Tenía que ser Michael.

Chay nos empujó hacia el escritorio. Justin tropezó, y Marissa lo cogió del brazo y lo arrastró hacia delante. Cuando estuvimos más cerca, el hombre de la butaca de piel levantó la mirada de lo que entonces vi que era un mapa.

Si Nathan había corrido a comunicarle la noticia, Michael tenía que saber quiénes éramos, pero, aun así, su reacción fue despreocupadamente insulsa. Me dio un escalofrío. Lo que para nosotros era una situación de vida o muerte, para él parecía no ser más que una distracción momentánea. Nos estudió con sus ojos oscuros y se pasó el pulgar por la barba cuidada que le cubría la mandíbula y que presentaba el mismo tono, entre rubio y grisáceo, que los bucles de la frente. Entonces se reclinó en su sillón

187

y dobló las manos sobre el regazo. Iba ataviado con una chaqueta deportiva que ocultaba su torso, pero por su forma de moverse me di cuenta de que todas las protuberancias de su cuerpo eran puro músculo. Se movía como un león.

No había previsto ni el escritorio ni aquel control frío de la situación. Aunque, pensándolo mejor, después de ver el operativo coordinado y disciplinado que había montado para buscarnos por aquel país y por el nuestro, tal vez debería de haberlo hecho.

Su falsa cortesía tampoco me servía de consuelo. Había un revólver con la culata de madera encima del escritorio, a un lado, como un recordatorio para cualquiera que se acercara, y que no necesitaba tenerlo en la mano para disparar si decidía hacerlo.

Hasta que Connor tiró de mí para que me detuviera, a metro y medio del escritorio, no me percaté de la presencia de Nathan, que nos observaba apoyado en una estantería metálica de color blanco situada a nuestra derecha, junto a la pared del gimnasio. Sonreía, como si aquello lo divirtiera. Las estanterías que tenía a sus espaldas estaban llenas de gruesos libros de tapa dura.

Sin embargo, no era el único que pululaba por allí. En un rincón había también dos hombres con sendas pistolas enfundadas en el cinto, y en el lado opuesto vi a una chica con lo que parecía una ametralladora colgando del hombro.

No paraban de entrar guardianes. A nuestro alrededor se había reunido ya una pequeña multitud. Sin embargo, todos mantenían la distancia y nadie cruzaba una línea roja que había en el suelo del gimnasio, ante la mesa de escritorio. Ni siquiera Nathan. Era como si la «oficina» de Michael tuviera paredes invisibles.

Leo hizo chocar disimuladamente su hombro contra el mío. Me volví hacia él y casi se me para el corazón. Detrás de él, en medio de los espectadores que habían acudido a ver cómo nos entregaban, vi un rostro conocido.

Drew. Entreabrí los labios, pero logré contenerme antes de que se me escapara su nombre. Aparté los ojos de la mirada preocupada de mi hermano. No podía revelar que lo conocía. Ya nos había ayudado a escapar de los guardianes en dos ocasiones; no quería ni imaginarme qué castigo recibiría si Michael se enteraba.

Pero ¿qué hacía allí? Cuando habíamos hablado por última vez, Drew estaba en Toronto. ¿Había pasado los últimos diez días ayudando a los guardianes a localizarnos?

Al parecer, Michael había terminado ya de juzgarnos.

—¿De qué se trata, Chay? —preguntó con voz grave, glacial.

—Son ellos, Michael —dijo Chay, que dio un paso al frente—. Los de la vacuna. Los hemos capturado junto al río, donde imaginaba que estarían.

Michael le sostuvo la mirada.

—No recuerdo haberte pedido que trajeras a los chicos —dijo.

—Bueno… —Chay nos miró primero a nosotros y luego más allá, supuse que a Marissa. Al ver que esta no iba a ayudarlo, se irguió un poco más—. No hemos conseguido encontrar la vacuna. Dicen que han dividido los materiales, que cada uno sabe dónde está una parte y que no piensan hablar. No sé ni si está en la casa donde los hemos pillado… Connor y yo hemos mirado por todas partes, pero no hemos encontrado nada. Me ha parecido que preferirías encargarte tú de terminar de resolver el asunto.

La expresión de Michael no cambió demasiado (una leve contracción de las cejas, una mueca casi imperceptible con los labios), pero me dio la sensación de que habría preferido que Chay encontrara la vacuna por sí mismo. A continuación, volvió a fijarse en nosotros.

—Incluso en el nuevo mundo, continúan siendo los adolescentes quienes crean la mayoría de los problemas —dijo, y miró a Chay—. ¿Solo eran cuatro?

—Creemos que el enfermo debió de palmarla por el camino —intervino Marissa, y yo tuve que morderme la lengua ante aquella frívola mención a Gav—. No hay rastro del chaval blanco alto.

Michael se dio unos golpecitos en el labio.

189

—Si no me equivoco, el equipo de Huan abatió al «chaval blanco alto» cerca del lugar donde les pincharon las ruedas.

No pude controlar mi reacción ante aquella información. Tobias estaba solo, desarmado, en el bosque, y seguramente bajo los efectos de los sedantes. Y los guardianes del todoterreno debían de haberle disparado como a un animal. Me encogí y traté de deshacerme de aquella imagen. Cuando volví a abrir los ojos, Michael nos miraba, asintiendo con la cabeza.

—¿De verdad queréis alargar esto? —preguntó—. Solo habéis visto un pequeño avance de lo feas que se os pueden poner las cosas.

—Aquí te esperamos —dijo Justin—. No nos vas a sacar nada.

Aunque el que había hablado había sido Justin, Michael se volvió hacia mí. A lo mejor me había mirado de reojo, o tal vez habíamos revelado de alguna otra manera que yo estaba al mando del grupo. Michael se echó hacia delante, con los codos encima de la mesa, y me clavó la mirada.

—Esta es tu gente, ¿verdad? —preguntó—. Los has traído hasta aquí. Cualquier cosa que les suceda, todo su sufrimiento, será culpa tuya.

Noté cómo se me erizaba la piel, pero me esforcé porque no me temblara la voz.

—Si hablo será aún peor, porque entonces ya nos podrás matar —dije—. No somos idiotas.

—Todo esto sí es una idiotez —comentó Nathan en tono burlón, apartándose de la improvisada estantería—. No entiendo a qué viene tanto hablar. Traedme un cuchillo, un cigarrillo, unos alicates... y manos a la obra. No hay más que mirarlos —dijo, pasando junto a nosotros. Ahora que lo tenía cerca, me fijé en las arrugas en las comisuras de los ojos y la boca, que indicaban que era bastante mayor de lo que parecían indicar sus rasgos infantiles. Pasó un dedo por la mandíbula de Anika, le dio un golpecito en la barbilla a Leo y se volvió hacia Michael—.

Cinco minutos, diez como mucho, y estarán sacando espumarajos por la boca, deseosos de revelar cualquier secreto.

—Gracias por tu consejo, Nathan —dijo Michael con voz serena—. Me lo pensaré.

—¿Qué hay que pensar? —insistió Nathan—. Déjamelos ahora y tendré la vacuna antes de que se ponga el sol.

Michael no respondió enseguida, pero, de pronto, su serena expresión se volvió fría y calculadora. Se me ocurrió que, a diferencia de Nathan, Michael se había mostrado increíblemente vago en sus amenazas, como si no estuviera muy seguro de qué hacer. A lo mejor nunca había tenido que organizar una sesión de tortura. Hasta aquel momento, me dije, había podido ignorar o matar a cualquier persona que se hubiera interpuesto en su camino y que no se hubiera inclinado ante sus sobornos o amenazas. Seguramente éramos los primeros a los que se enfrentaba que tenían algo que no podía conseguir en ningún otro lugar.

Pero aunque la propuesta de Nathan me revolvía el estómago, también me parecía la forma más evidente de resolver la situación. Además, las palabras de Nathan suponían también un desafío: si Michael rechazaba su sugerencia sin proponer otro plan, iba a mostrarse débil e indeciso. Se levantó, con la mirada aún clavada en Nathan, y yo me preparé mentalmente para oír cómo aceptaba la propuesta.

191

DIECISIETE

Nunca sabré qué habría dicho Michael, porque antes de que pudiera hablar se oyó un grito infantil procedente del pasillo. Todas las cabezas, incluida la mía, se volvieron hacia la puerta, justo a tiempo para ver cómo un gato atigrado entraba en el gimnasio. Mientras este echaba a correr pegado a la pared, apareció en la puerta una niña desgarbada con una tupida coleta. Al ver a la multitud reunida ante la mesa del escritorio, se paró en seco y se puso colorada. Un hombre de pelo canoso apareció corriendo tras ella, jadeando. El gato se detuvo junto a la estantería y se volvió a mirarlos. Agitó la cola hacia delante y hacia atrás, con el pelo erizado.

La niña se le acercó lentamente, pero tenía los ojos fijos en Michael. Se apartó un rizo que había escapado de su coleta y se lo colocó detrás de la oreja.

—Perdona, papá —se disculpó, con una voz que sonó demasiado madura para su edad, teniendo en cuenta que no tendría más de nueve o diez años—. Ya sé que estás trabajando, no quería que se me escapara… Pero es que corre mucho.

«Papá.» Me quedé mirando a Michael como si pudiera haber alguna duda de con quién hablaba. Sus labios esbozaron una sonrisa de medio lado.

—Ahora mismo estoy ocupado, Samantha —dijo con una dulzura que me sorprendió aún más—. El gato no se irá a ninguna parte. ¿Por qué no vuelves a tu cuarto con Nikolas? Te iré a ver cuando tenga un mejor momento.

Samantha se acercó un poco más al felino.

—Podría escaparse del edificio —insistió—. ¿Y si termina en el aparcamiento y alguien la atropella?

—Es culpa mía —afirmó el hombre del pelo canoso, que imaginé que era Nikolas—. Camille ha encontrado el gato en el jardín y lo ha traído para Sam. No esperábamos que echara a correr así.

Samantha dio un paso más, pero el gato salió por patas y se escabulló por debajo de una estantería con balones de baloncesto. La niña se puso en cuclillas y le dirigió una mirada anhelante.

—No le quiero hacer daño —dijo, y se le quebró la voz—. ¿Por qué no deja que la cuide?

Por primera vez desde que Chay y los demás habían entrado en la casa, me encontraba ante un problema que sabía cómo solucionar.

—Dale algo de comida —le sugerí precipitadamente, sin darme tiempo a pensarlo dos veces y refrenar el impulso—. Una lata de atún o de salmón, si tienes. Pero, si quieres que confíe en ti, vas a tener que dejar que sea ella la que se acerque.

Samantha se irguió y se me quedó mirando con sus ojazos marrones. Vi cómo se fijaba en las esposas, en la extraña pose y en la cara magullada de Justin. Frunció el ceño.

—¿Quiénes son? —le preguntó a su padre.

—Una gente con la que es muy importante que hable —respondió Michael, al tiempo que Nikolas ponía una mano sobre el hombro de la niña—. Ve a echar un vistazo al almacén, a ver si encuentras una lata de atún. Y entonces espera hasta que yo te diga. El animal debe de estar aún más asustado con tanta gente.

—Vale —contestó la niña, agachando la cabeza.

Nikolas se llevó a la niña del gimnasio. Michael no se volvió hacia nosotros, sino hacia Nathan. El señor Impecable se había desinflado visiblemente con la aparición de la niña, pero levantó la afilada barbilla.

—Bueno, ¿qué? ¿Vas a hacer algo con ellos? —le preguntó a Michael.

—Primero voy a dejar que pasen un rato reflexionando sobre las opciones de que disponen —dijo. Nathan abrió la boca para protestar, pero Michael lo cortó en seco—. ¿Sabes qué obtendrías con el tipo de tortura que propones? Desvaríos absurdos de personas que están tan desesperadas porque no son capaces ni de pensar. Llevamos semanas esperando echarle el guante a la vacuna y no pienso tirarlo todo al traste por tu impaciencia. Descubriremos lo que necesitamos saber.

»Chay, Marissa, Connor, llevadlos a las celdas —añadió—. Quiero guardias de vigilancia, dos personas a la vez, en turnos de cuatro horas. Si alguno de ellos decide hablar, avisadme inmediatamente por radio. Por lo demás, pasaré cuando termine —dijo. A continuación, hizo un gesto dirigido a los curiosos—. Y los demás, volved al trabajo. Sé que todos tenéis algo que hacer.

194

No me di cuenta de que nuestro interrogatorio había terminado hasta que Connor tiró de mí para que lo siguiera. Junto con Leo, nos empujó para que camináramos ante él; detrás iba Chay junto a Anika; Marissa cerraba la marcha, con Justin cogido del brazo. Me dieron ganas de girarme e intercambiar una última mirada con Drew, que seguía en medio de la multitud, pero conseguí reprimir el impulso. No sabía qué pintaba allí mi hermano, no tenía ni idea de qué había estado haciendo desde que habíamos hablado por última vez, pero era nuestra mejor opción para salir de allí y no pensaba ponerla en riesgo.

El grupo de Chay se nos llevó por unas escaleras que daban a un pasillo subterráneo de color beis, iluminado de forma aún más débil que el pasillo de la planta superior. Al doblar una esquina nos encontramos ante tres celdas con rejas. En cada una había una papelera de plástico y nada más.

—Las chicas en una, los chicos en la otra —ordenó Chay.

Marissa y Connor nos obligaron a entrar a empujones.

—¿Les dejamos las esposas puestas? —preguntó Connor.

—Atadlos a los barrotes —ordenó Chay—. ¡Uno a uno!

Yo tenía los brazos tan entumecidos que no habría podido plantar cara ni aun queriendo. Connor me quitó la esposa de la mano derecha y la cerró alrededor de uno de los barrotes verticales que formaban una pared entre las dos celdas. Cuando nos tuvieron a todos atados, Chay cerró las puertas de la celda con una llave que se guardó en el bolsillo.

—Tú y yo nos encargaremos del primer turno —le dijo a Connor—. Marissa, busca a uno de tus amigos y vuelve dentro de cuatro horas.

Salieron todos al pasillo y oímos el eco de los zapatos de Marissa sobre el suelo de hormigón mientras se alejaba. Pero entonces vi el hombro de Chay, que asomaba por la puerta. Fingían que nos dejaban solos, pero estaban atentos a lo que pudiéramos decir.

—Vaya mierda —dijo Justin, que se sentó en el suelo. Tenía las esposas atadas a una barra horizontal, que le quedaba a la altura de la cintura, por lo que debía mantener la mano levantada.

Apoyó el codo en la rodilla. Moví los hombros hacia delante y hacia atrás, intentando aliviar los pinchazos que notaba en los músculos. Traté de concentrarme en eso para no pensar en los posibles horrores que Michael podía estar tramando contra nosotros en aquel preciso instante.

Leo estaba atado en el lado opuesto de la misma pared que yo. Apoyó la cabeza en los barrotes, por la parte de la mejilla no magullada. Me estiré y logré por poco acariciarle los dedos.

—¿Estás bien? —le pregunté.

—Supongo que no tengo nada roto —dijo—. Todavía puedo respirar, podría haber sido mucho peor. Aunque duele, eso sí —confesó, y se llevó la mano libre a la mejilla—. Voy a tener que evitar sonreír durante un tiempo.

—De todos modos, no tenemos demasiados motivos para la alegría —dije.

—No sé. Yo me alegro bastante de no tener cerca al energúmeno ese de Nathan. Y... lo que hemos visto en el gimnasio...

Drew.

Leo me miró y bajó la voz.

—Solo tenemos que esperar el momento oportuno.

—Sí —dije, pero no pude añadir nada más.

¿El momento oportuno? Aunque tuviéramos a Drew de nuestro lado, nuestra situación parecía desesperada. Estábamos esposados por detrás de unos barrotes, y rodeados de decenas de personas que se habrían alegrado de vernos morir de no ser por la información que creían que teníamos. No necesitábamos un momento oportuno, sino varios. Uno tras otro. Y los necesitábamos antes de que Michael lograra vencer nuestra resistencia.

Parpadeé con fuerza y me aferré a la serenidad forzada que me había permitido llegar hasta allí.

—Oye —dijo Leo, que se acercó a mí, pasó una mano por encima de la otra y cogió la mía—. No es todo culpa tuya. Estamos juntos en esto.

Casi sin querer, solté una carcajada histérica.

—Eso no hace que me sienta mucho mejor, la verdad. Apuesto a que preferirías mil veces haberte quedado en la isla.

—No —aseguró él, impertérrito—. Me alegro de haber venido.

—¿Cómo puedes decir eso?

Leo no respondió inmediatamente.

—Ya sabes que, cuando llegué a casa, estaba jodido, presa del sentimiento de culpa por todas las cosas horribles que había tenido que hacer para volver... Pero he dispuesto de mucho tiempo para pensar y para hacerme a la idea de cómo están las cosas —dijo, y me cogió la mano con más fuerza—. Esta mañana le he salvado la vida a un niño. Así de fácil. A lo mejor ha sido una manera de empezar a compensar todas las cosas odiosas que he vivido. Se nos presentan, todo el tiempo, ocasiones de hacer cosas así, cosas buenas. Tú has tenido una cuando has hablado con la hija de Michael, y se nos presentarán más. No pienso rendirme aún.

—Vale —dije, y mi desesperación retrocedió unos centímetros.

Drew había acudido a nuestro rescate antes, y tenía que confiar en que volvería a hacerlo. O que entre todos sabríamos encontrar la forma de salir de aquel desastre, como habíamos hecho tantas veces antes. Si no confiábamos en que íbamos a tener una oportunidad, lo mejor que podíamos hacer era rendirnos en aquel preciso instante.

—¿Qué creéis que va a hacer Michael? —preguntó Justin.

—No lo sé —respondí, aunque mentalmente había imaginado ya un montón de posibilidades desagradables. Ante mí, Anika estaba sentada en el suelo, con la espalda apoyada en los barrotes y las rodillas encogidas—. ¿Tú tienes alguna idea? —le pregunté.

—Solo sé que no será nada bueno —aseguró—. Fijaos en este lugar y en cuántas personas ha logrado reclutar. Ya os lo dije, el tío sabe lo que tiene que hacer para conseguir lo que quiere —añadió con un escalofrío—. Y coincido con lo que ha dicho Leo sobre Nathan. Ojalá alguien le pegara un tiro.

—Parecía que a Michael no le habría importado hacerlo —observó Justin.

—Es posible —dijo Leo—. Pero si te libras de todas las personas dispuestas a encargarse del trabajo sucio, al final te toca hacerlo a ti.

No estaba convencida de que Michael fuera a decidir permanecer con las manos limpias. Nos había perseguido a través de todo el continente para conseguir la vacuna y no iba a rendirse justo ahora.

Me senté sobre el frío cemento e intenté apartar aquellos pensamientos de la mente. Para relajarme un poco, en la medida de lo posible, y estar más fuerte cuando, al final, Michael apareciera.

El tiempo iba pasando, pero la luz del sótano no cambiaba. No tenía ni idea de cuánto hacía que estábamos ahí

197

abajo, hasta que se oyeron pasos en el pasillo y los guardias intercambiaron unas palabras antes de darse el relevo. Cuatro horas. Tenía hambre y me rugía el estómago, que me recordaba que no había comido nada desde el bocadillo de aquella mañana. Anika se pasó la lengua por encima de los labios.

—Eh —gritó, dirigiéndose hacia la puerta—. Necesito hablar con alguien.

Marissa asomó la cabeza, frunciendo el ceño.

—¿Qué quieres?

Anika se levantó y se acercó tanto como pudo a la parte delantera de la celda. Tenía la cabeza inclinada y los hombros caídos, con aspecto sumiso.

—Me preguntaba si nos podríais traer un poco de agua.

—¿Ahora pides favores?

—Ya me hago a la idea de que no se trata de que estemos cómodos —dijo ella, en el mismo tono tranquilo que había utilizado cuando nos habíamos conocido, después de seguirnos hasta el piso de Toronto—. Y es evidente que tienes que hacer tu trabajo. Pero seguramente es preferible que Michael no nos encuentre deshidratados del todo.

El ceño fruncido de Marissa no cedió ni un ápice y volvió a salir al pasillo sin decir una sola palabra. Creía que la táctica de Anika no había funcionado, pero, al cabo de un minuto, oí el crujir de una radio al otro lado de la pared. Un tercer par de botas se unió a los de los dos guardias y Marissa asomó por la puerta con una botella de agua en la mano.

—Es el agua que os corresponde hasta mañana —dijo—. Para todos. Espero que sepáis compartirla.

Tiró la botella entre los barrotes y volvió a salir. Anika intentó cogerla, y finalmente utilizó el pie para acercarla hasta donde se encontraba. La abrió y tomó un largo trago que me hizo darme cuenta de lo seca que tenía la boca. Cuando volvió a poner el tapón y me la pasó, casi llena, sonreía.

—Gracias —le dije, agradecida.

—No, gracias a ti —respondió ella, que me miró a los ojos antes de apartar la mirada—. Por intervenir cuando me han acorralado en la casa, me refiero… No sé qué habría hecho, la verdad.

Aquello parecía casi una confesión. Tomé un trago de agua, pero se me había hecho un nudo en el estómago. Lo único que nos mantenía con vida, a ella y a los demás, era no hablar. Solo podía esperar que no lo olvidara, con independencia de lo que Michael nos tuviera preparado.

DIECIOCHO

*J*usto después del segundo cambio de guardia, las luces del vestíbulo se apagaron un poco más. Dormir parecía misión imposible: tenía las piernas doloridas del contacto con el cemento, y después de tanto tiempo esposada me daban espasmos en los brazos. Mi estómago era un nudo de hambre, pero finalmente el agotamiento pudo más que la angustia y sucumbí al sueño. Me desperté sobresaltada por un ruido de pasos justo delante de la celda.

Distinguí dos siluetas junto a la puerta. Levanté la mirada, agotada, y me desperté de golpe. Una de las dos siluetas era Drew.

Se me aceleró el corazón, pero me obligué a clavar la mirada en la pared contra la que dormía apoyada Anika, como si lo que sucedía ahí fuera me trajera sin cuidado. Los observé de reojo. Mi hermano estaba cara a cara con el guardián que había entrado con él, un tipo fornido y pecoso, más o menos de la misma edad que Drew. En la celda contigua, Leo se revolvió.

—Sí, tranquilo —le dijo Drew a su compañero, y le puso una mano encima del brazo—. Dame cinco minutos.

El tipo frunció las cejas, pero asintió en silencio y salió. Lo oí alejarse por el pasillo e intercambiar unas palabras con alguien que había allí. Drew se volvió hacia la celda. Yo me levanté y me coloqué ante él. La cabeza me dio vueltas.

Hacía cuatro meses de la última vez que había hablado

con Drew en persona, pero, al verlo, casi me pareció que habían pasado cuatro años. Había cumplido los diecinueve a principios de aquel mes, pero la mirada de desconfianza que desprendían sus ojos lo hacía parecer mucho mayor. También estaba más delgado, el jersey le colgaba sobre los hombros estrechos y se le marcaban los pómulos en la cara. Su piel marrón claro había adquirido un tono grisáceo.

—Casi lo logras, Kaelyn —murmuró—. ¡Estabas tan cerca! He hecho todo lo que he podido.

Todas las dudas que pudiera tener sobre sus lealtades se desvanecieron de golpe. Me moría de ganas de abrazarlo a través de los barrotes. Llevaba tanto tiempo separada de mi familia de verdad que me parecía un milagro tenerlo allí, vivo y más o menos coleando.

—¿Nos puedes sacar de aquí? —le pregunté entre dientes.

—No inmediatamente —dijo, acercándose más a los barrotes y sin subir el tono de voz—, pero lo voy a intentar. Será complicado, tengo que resolver varios aspectos logísticos.

—Disponemos de poco tiempo. Las muestras de la vacuna… No sé durante cuánto tiempo se van a conservar frías en el lugar donde las he dejado.

Él asintió en silencio.

—Ya lo había pensado.

—Y Michael… —empecé a decir, pero no encontré las palabras para expresar lo asustada que me sentía debajo de la máscara de estoicismo que intentaba adoptar.

—Tengo que resolver varias cosas —repitió Drew—. No se trata solo de sacaros de la celda, también vais a necesitar un coche y alguna forma de impedir que puedan seguiros de inmediato. Creo que sé cómo lograrlo, pero tengo que planificarlo un poco.

Yo no había pensado en tantos detalles. Si nos conseguía un coche, podíamos volver a la casa, recoger la vacuna y plantarnos en Atlanta en cuestión de horas.

Atlanta, donde seguramente Michael tenía a un ejército de guardianes rodeando el CCE.

—Nuestra radio —comenté—. La gente que nos trajo aquí la cogió. La necesitaremos para hablar con nuestro contacto en el CCE. Iba a contarnos cómo llegar hasta ellos de forma segura, pero no tuvo ocasión de hacerlo.

—Eso no será muy difícil —aseguró Drew, sonriendo de medio lado—. Soy algo así como el especialista en radio. Cuando nos enteramos de que veníais hacia aquí y oímos que llamabais pidiendo apoyo, Michael me dejó acompañarlo justamente porque había demostrado mis capacidades técnicas con la radio. Me habría gustado poder hacer algo para que no se llegara a esta situación.

Se quedó callado y, durante un momento, no pudimos hacer nada más que mirarnos mutuamente. Estaba allí de verdad. Sabía que estaba vivo desde que habíamos hablado por primera vez por radio, pero, hasta aquel momento, no me había convencido de que era real.

—Drew —dije—, vendrás con nosotros, ¿verdad? Si logramos llegar al CCE, allí estaremos seguros.

Él dudó un instante y se volvió hacia la puerta y hacia aquel chico pecoso, que acababa de contarle un chiste al otro guardia, que se reía. La expresión de mi hermano me resultaba de lo más familiar, pero, aun así, tardé un momento en recordar dónde la había visto antes. En la cara de Justin y en la de Tobias, cuando miraban a Anika.

Y en la de Leo, a veces, cuando me miraba a mí.

—Oh —dije.

Drew se ruborizó.

—Zack es buen chaval —dijo—. No estaría con los guardianes si Michael no hubiera «reclutado» a su madre, que es doctora. Pidió que lo trasladaran aquí para que pudiéramos estar juntos. Incluso ha mentido por mí, para que pudiera bajar a veros.

—¿Sabe de qué estamos hablando?

—No.

—O sea, que los eliges a ellos —dije, intentando conservar la calma—. ¿Te quedarás con Michael y los guardianes en lugar de venir conmigo? Ya no los necesitas, Drew. En cuanto el CCE empiece a producir la nueva vacuna, el poder que aún tenga Michael importará bien poco.

Casi podía entender que Drew se hubiera unido a ellos, para sobrevivir y mantenerse al corriente de lo que sucedía, pero ¿cómo podía preferir quedarse con ellos?

—No se va a rendir tan fácilmente —dijo él—. ¿Y si volvéis a necesitar mi ayuda? No puedo dejar tirado a Zack, Kae. No sé si habría llegado hasta aquí sin alguien que me hiciera sentir como me hace sentir él.

Eso no se lo podía discutir. Todavía recordaba con dolorosa claridad cómo una mirada cariñosa de Gav había tenido el poder de animarme después de un día horrible.

—Vale —dije—. Me... Me alegro de que hayas encontrado a alguien.

Ese alguien en cuestión asomó por la puerta, enarcando las cejas. Drew levantó un dedo y Zack volvió a marcharse.

—Me tengo que ir —dijo Drew—. Pero quiero que sepas que mi prioridad sigue siendo velar porque tú y la vacuna de papá estéis a salvo. Por eso le he mentido a Zack, aunque creo que él lo entendería. Y por eso voy a hacer todo lo posible para sacaros de aquí y que podáis volver a la carretera. Te lo prometo.

—Gracias... Te he echado de menos —añadí antes siquiera de darme cuenta de lo que iba a decir.

—Yo también. —Drew metió las manos entre los barrotes y me estrujó la mano—. Papá estaría orgulloso de ti, ya lo sabes.

Apenas había empezado a apartarse de los barrotes cuando oímos el eco de unos pasos en el pasillo. Drew se puso tenso y se acercó hacia la puerta con paso presuroso. Ya casi había llegado cuando tuvo que hacerse a un lado para dejar pasar a la última persona a la que deseaba ver en aquellos momentos.

Nathan se detuvo en seco y se apartó un mechón de pelo negro. Se nos quedó mirando, primero a Drew y luego a nosotros. Yo retrocedí y crucé los brazos sobre le pecho, como si Drew hubiera estado hostigándome en lu-

203

gar de alentándome. No me costó nada fingir, la penetrante mirada de Nathan había empezado ya a hacerme sentir incómoda.

En la celda contigua Leo se incorporó, y me pregunté hasta qué punto había podido seguir mi conversación con Drew.

—Lo que faltaba —dijo, y su voz rebotó dentro de la pequeña sala. Anika se despertó de golpe, y Justin levantó la cabeza y se frotó los ojos. Pero Nathan se volvió hacia Drew—. ¿Se puede saber qué haces tú aquí?

Drew se encogió de hombros.

—Se me ha ocurrido una idea para hacerlos cantar, pero no ha funcionado —dijo, y nos dirigió una mirada de rabia fingida.

—No me digas —replicó Nathan.

Reculé y me oculté entre las sombras de la celda, con la esperanza de que la falta de luz le impidiera percatarse del parecido razonable que había entre Drew y yo. No éramos gemelos, ni mucho menos, pero, puestos uno al lado del otro, a lo mejor se notaba.

Sin embargo, por suerte pareció que Nathan tenía otras cosas en la cabeza.

—¿Qué pretendías, impresionar al jefe o quedarte con la vacuna? —preguntó—. No sé cuál de las dos opciones me parece más estúpida.

—No importa —dijo Drew—. Como ya te he dicho, no ha funcionado.

—No me extraña —replicó Nathan—. Hablando no les vamos a sacar nada. A lo mejor Michael es demasiado bonachón para darse cuenta, pero necesitaremos hacerles unos cuantos tajos para lograr que se abran un poco, por decirlo de algún modo.

Se acercó a las celdas con una sonrisa tan malévola que se me erizó el vello de los brazos. Cerré la boca, consciente de que una protesta no serviría más que para alentarlo. Por desgracia, no todos habíamos desarrollado el mismo instinto de autopreservación.

—Pues a mí me dispararon y no me vine abajo —dijo

Justin, que se levantó ayudándose con la puerta de la celda.

—Ya oíste a Michael —le dijo Drew a Nathan con voz tensa—. Nada de torturas. Por lo menos de momento. ¿Quieres contravenir sus órdenes y dices que yo hago cosas estúpidas?

—Si le traigo la vacuna, lo último que le va a preocupar a Michael es cómo la he conseguido —aseguró Nathan, que dio una palmada—. Creo que empezaré por ese —dijo, señalando a Justin—. Será divertido. ¿Dónde están las llaves?

—Las tengo yo.

El guarda que había estado hablando con Zack entró en la sala, con los brazos fornidos cruzados sobre el pecho. Zack estaba tras él. El tipo, algo mayor, no hizo ningún esfuerzo por ocultar su gesto de desaprobación.

—Y solo obedezco órdenes de Michael.

—¿A ti te parece que las órdenes son buenas? —se burló Nathan—. Estamos mimando a esta chusma. Sabes perfectamente que bastaría una buena paliza para que lo contaran todo. Presta atención.

Sin más aviso, dio un paso hacia un lado y agarró la muñeca de Justin a través de los barrotes. Él intentó zafarse, pero no fue lo bastante rápido. Con un repentino gesto de muñeca, Nathan giró el brazo de Justin y le dobló el codo al revés, con tal brusquedad que Justin soltó un grito de dolor ahogado. Me abalancé hacia ellos, instintivamente, como si pudiera hacer algo para ayudarlo a través de la pared de barrotes que nos separaba. Me aferré a los barrotes y me preparé para oír cómo le partía el hueso.

—¡Suéltalo! —gritó el guarda.

Al ver que Nathan no obedecía el guarda levantó el brazo y le pegó un puñetazo en la cara. Nathan se tambaleó contra la puerta de la celda y soltó a Justin para llevarse la mano al pómulo herido. Justin retrocedió, tambaleándose, lívido y con los dientes apretados. Entonces se abalanzó sobre Nathan. Al mismo tiempo, este se apartó de la celda dando bandazos, se revolvió y sacó una navaja automática del bolsillo de la americana.

—Podría matarte ahora mismo —le gruñó Nathan al guarda. En aquel preciso instante, la rabia que vi en sus ojos me hizo pensar en el oso que había perseguido a Leo y al niño, y supe que sería capaz de hacerlo. Sin embargo, cuando Zack y Drew se colocaron junto al guarda, la furia de sus ojos se convirtió en desdén. Nathan volvió a guardar la hoja de la navaja—. Vas a lamentar lo que has hecho —dijo, y se giró hacia nosotros—. Volveré, con el permiso de Michael o con las llaves. O sea, que id pensando si no preferís soltar lo que sabéis sin tener que pasar antes por el dolor.

Le dirigió una última mirada fulminante al guarda y salió.

El guarda tenía el ceño fruncido.

—Qué ganas tengo de que un día se pase de la raya y Michael le descerraje un tiro entre ceja y ceja, como a los últimos que se creyeron más listos de lo que eran —murmuró en cuanto supo que Nathan ya no lo podía oír—. No os penséis que os he protegido porque me caigáis bien —añadió dirigiéndose a nosotros—. Si Michael da el visto bueno, Nate puede hacer lo que le plazca con vosotros.

Volvió a salir al pasillo y Zack lo siguió. Drew dudó un instante y pareció como si fuera a decir algo reconfortante, aunque yo estaba segura de que no había nada que pudiera hacernos sentir mejor. Me dirigió un gesto con la cabeza y los cuatro volvimos a quedarnos a solas en aquella celda oscura.

DIECINUEVE

Durante el resto de la noche, cada vez que empezaba a quedarme dormida, algún sonido volvía a despertarme, y se me aceleraba el pulso con la convicción de que Nathan había vuelto con la llave y con su navaja. Pero no fue hasta que las luces del pasillo se iluminaron, ya por la mañana, cuando recibimos más visitas.

Un tipo al que no reconocí entró el tiempo justo para arrojar una caja de galletitas dentro de la celda donde estábamos Anika y yo. Estaban blandas y rancias, pero me tragué mi parte tan deprisa que casi no tuve ni tiempo de notarles el sabor. Me tocaron apenas dos puñados, a todas luces insuficientes para saciar mi hambre.

Acababa de pasarles el resto del agua a los chicos cuando Chay entró en el cuarto, con Connor a sus espaldas.

—Tú —dijo Chay señalando a Leo—. Eres el primero.

—¿El primero para qué? —preguntó Justin al tiempo que uno de los guardas abría la puerta.

Chay lo ignoró. En cuanto entró en la celda, Justin intentó darle un puñetazo.

—¡No! —grité.

Chay le cogió el puño sin ningún esfuerzo y le estampó el brazo contra los barrotes, al tiempo que le bloqueaba las piernas con las suyas. Justin se estremeció. Tenía la muñeca morada a causa de la escaramuza con Nathan del día anterior.

—Átale otra vez las manos a la espalda —le ordenó Chay a Connor, señalando a Leo con la cabeza—. Ya estoy harto de payasadas.

—Capullo —murmuró Justin.

Leo agachó la cabeza, mientras Connor se lo llevaba de allí. Por la cara que ponía, parecía como si se estuviera mordiendo la lengua. Chay soltó a Justin y los siguió.

Me acerqué a la puerta y vi cómo sacaban a Leo al pasillo y se lo llevaban a empujones hacia la derecha. No podía hacer nada. Tiré de las esposas, como si creyera que se podían haber dado de sí por la noche, y el metal me pellizcó en la muñeca. El dolor no era más que una leve distracción del miedo que se había apoderado de mí.

—Lo siento —se disculpó Justin, para mi sorpresa, con voz apagada—. Ha sido una estupidez. Y lo de anoche también —añadió, y apoyó la cabeza en los barrotes—. «Elige bien tus guerras», solía decirme siempre mi padre. Ya sé que seguramente no podría con ese tío ni aunque dispusiera de las dos manos, pero no os podéis ni imaginar las ganas que le tengo.

—Yo también —admití—. Pero si logramos salir de aquí, dudo mucho que sea peleando. No quiero que termines más herido de lo que ya estás, ¿vale?

Si Drew lograba llevar a cabo su plan, fuera el que fuera, lo íbamos a necesitar recuperado y en condiciones de correr.

—Sí —dijo Justin, que se retorció las esposas con gesto abatido. Si tener que pasar tres días sentado en el remolque lo había sacado de sus casillas, no quería ni imaginarme lo que debía de suponer para él verse encerrado de aquella manera—. No volveré a hacerlo —añadió entonces en voz baja—. No si no nos puede resultar útil.

Anika tenía la mirada fija en la puerta por la que acababa de desaparecer Leo.

—¿Qué crees que le van a hacer? —preguntó.

—No lo sé —dije—. Pero, sea lo que sea, lo mejor será no abrir la boca.

Anika me miró y luego volvió los ojos hacia los guardas que había al otro lado de la puerta. Cuando volvió a hablar, su voz se había convertido en un murmullo.

—Al tipo de ayer lo conocías —dijo.

Se había percatado de la conversación que había mantenido con Drew. Se me tensaron los hombros. En ningún momento le había dicho que mi hermano estaba con los guardianes; la última vez que habíamos hablado con él, Anika todavía no se había unido a nuestro grupo. Y ahora aquella información era peligrosa.

—Dijiste que tenías un… —empezó a decir, pero yo la corté en seco: no podía saber si los guardas nos estaban escuchando.

—Tampoco digas nada sobre eso, por favor.

Anika bajó la mirada.

—Vale —dijo—. Detesto todo esto —añadió.

Tuve la sensación de que no había pasado demasiado tiempo cuando Chay y Connor volvieron, sin Leo, y se llevaron a Justin a rastras. Anika se quedó apoyada en la pared, en silencio, pero, de pronto, se había puesto pálida.

—Solo intentan meternos miedo —le aseguré—. ¿Quién dice que no los han metido en otra sala y que los han dejado allí?

Sin embargo, fuera como fuera, la táctica estaba dando resultado: tenía miedo. A lo mejor era verdad, a lo mejor no les estaban haciendo daño a Leo y a Justin, pero lo más probable era que sí se lo estuvieran haciendo. ¿Hasta dónde llegaría Michael de entrada?

«No muy lejos», supliqué para mis adentros. «Que no les pase nada, por favor.»

Chay y Connor volvieron por tercera vez y se llevaron a Anika sin mediar palabra. De repente, se me ocurrió otra posibilidad que hizo que se me cayera el alma a los pies.

¿Y si Nathan estaba detrás de aquello? ¿Podía ser que hubiera convencido a Michael para recurrir a la tortura? Me dije que, de ser así, no habría dejado pasar la ocasión de venir a burlarse de nosotros mientras se nos llevaban, pero a lo mejor prefería mantenernos en suspense.

Tenía que estar preparada para cualquier cosa, hacer de

tripas corazón y estar dispuesta a enfrentarme a lo peor que me pudiera imaginar.

Esperé un buen rato sola en la celda, mucho más tiempo del que Chay y Connor habían tardado las veces anteriores. Finalmente, me obligué a sentarme en el suelo y me concentré solo en respirar. Ninguno de los demás podía revelar dónde estaba la vacuna, porque no tenían ni idea. Y si hubieran revelado tal información, desde luego que ya habría venido alguien a buscarme.

Así pues, Michael todavía estaba intentando convencerlos para que hablaran. No es que fuera un pensamiento alentador.

Cuando Chay volvió a aparecer en la puerta, y durante una centésima de segundo, me invadió una sensación casi de alivio que inmediatamente se vio reemplazada por miedo. Volvió a atarme las esposas a la espalda, y él y Connor me sacaron del cuarto.

En el pasillo, giramos a la izquierda, en lugar de hacerlo a la derecha. Yo intenté mirar hacia atrás, para ver adónde se habían llevado a los demás, pero Connor me pegó un manotazo en la cabeza.

—Andando —gruñó Chay.

Me llevaron hasta una puerta lateral que daba a un patio asfaltado contiguo al edificio principal. Aparcado junto a la acera había uno de los coches patrulla. Michael estaba apoyado en el capó, los ojos ocultos tras unas voluminosas gafas de sol. Los cristales reflejaban el cielo azul pastel.

Chay me pegó un empujón para que fuera hacia él. Michael se levantó y se le deslizó la pistolera sobre la cadera.

—Quítale las esposas —dijo—. Y dámelas, junto con las llaves.

Si a Chay le pareció que la petición de su jefe era un poco extraña, no lo reveló. Con un clic, la presión a mis muñecas desapareció. Michael abrió la puerta del acompañante del coche. Me lo quedé mirando.

—Sube —dijo secamente.

¿Me iba a llevar de vuelta a la casa donde nos había encontrado Chay? A lo mejor a uno de los otros se le había escapado que la vacuna tenía que estar allí. Dudé un momento, pero entonces se le tensó la boca y me metí en el coche. Dentro olía vagamente a tabaco.

—Cuando vuelva a necesitarte, te avisaré por radio —le dijo Michael a Chay.

A continuación, dio la vuelta por delante del coche y se sentó a mi lado. Yo no sabía adónde mirar, de modo que observé mis manos. Las esposas me habían levantado la piel en la muñeca izquierda, la que había tenido atada durante la noche, pero las marcas no eran ni mucho menos tan horribles como las que Nathan le había dejado a Justin.

—¿Dónde están mis amigos? —pregunté.

—Donde yo quiero que estén —dijo Michael—. Abróchate el cinturón.

En cuanto lo tuve abrochado, Michael se inclinó sobre mí y cogió un pañuelo de la guantera.

—Gira la cabeza —dijo.

Me puse tensa.

—¿Por qué?

—Porque te voy a cubrir los ojos. A menos que prefieras que te meta en el maletero, claro.

Me volví hacia la ventana. Él me cubrió los ojos con el pañuelo y le hizo un nudo en la nuca. Entraba una franja de luz por los bordes, pero, por lo demás, no podía ver nada de nada.

—¿Primero me quitas las esposas y luego me vendas los ojos? —pregunté, aunque en realidad no esperaba una respuesta.

—No necesito que lleves esposas —dijo, y se apartó—. Cuando te has pasado veintiún años trabajando como policía y encargándote de criminales de verdad, no ves a una adolescente como una amenaza. Un solo gesto fuera de sitio y te dispararé en algún lugar que te dolerá mucho. Pero he pensado que querrías evitar eso y que estarías más cómoda sin las esposas. Solo intento ser razonable. Pero no puedo dejar que veas adónde vamos. —Hizo una pausa—. ¿Te tengo que volver a poner las esposas?

—No —respondí inmediatamente.

Aún en el caso de que creyera que podía superarlo de alguna manera, ¿qué iba a conseguir? ¿Tener un accidente en el que podía hacerme tanto daño como él? ¿Quedarme tirada en medio de la nada con un coche averiado y poco más?

—Solo intento ser razonable —repitió—, o sea, que hazme un favor y sé razonable tú también.

Arrancó y el coche empezó a avanzar. Intenté relajarme en el asiento, pero la negrura que tenía ante los ojos resultaba muy desconcertante. Cogimos una curva y me asusté, porque no la había visto venir.

Fui asimilando el resto de lo que Michael había dicho mientras avanzábamos. ¿Había sido policía? ¿Una de las personas que se suponía que debía protegernos?

Tenía los puños cerrados sobre el regazo. Era evidente que, en cuanto las cosas se habían puesto feas, había renunciado a aquella misión. Y en cuanto a su comentario sobre criminales de verdad..., ¿en qué creía que se había convertido él? ¿A qué se habrían dedicado sus socios, Nathan, Chay o Marissa, en su vida anterior? Seguramente no habían sido maestros de parvulario.

Era incapaz de pensar en nada menos razonable que lo que Michael se había dedicado a hacer durante los últimos meses: perseguir a un grupo de adolescentes, atosigarlos e intentar matarlos; saquear todos los hospitales y reunir a los médicos supervivientes, cuando tal vez habría bastado con uno de ellos para salvar a Gav; dispararle a Tobias, al que alguien aún podía curar, mientras estaba desarmado y solo en el bosque; esposarnos en aquellas celdas.

El cuerpo de Gav envuelto con una sábana azul claro. Los moratones de la mejilla de Leo y del brazo de Justin. ¿Cuál era la parte «razonable» de todo eso?

Cuando el coche se detuvo y Michael puso el freno de mano, debajo del terror que sentía, me consumía la rabia.

—Ya te puedes quitar la venda —me indicó Michael—. Ahora vamos a salir.

Me aparté el paño de los ojos. Había dejado el coche en un aparcamiento, delante de un edificio de una sola planta, con las paredes cubiertas con planchas de aluminio gris. Alrededor no había nada más que bosques.

Michael parecía estar esperando a que yo diera el primer paso, de modo que salí al asfalto. Él cerró las puertas después tras de sí y me acompañó hasta el edificio.

—¿Qué vas a hacerme ahí dentro? —le pregunté, intentando disimular el pánico y que mi voz sonara desafiante.

—Quiero que veas algo —respondió él—. Vamos.

No me pareció una respuesta demasiado esclarecedora, pero Michael me hizo otro gesto para que me pusiera en marcha y yo obedecí. Al llegar a la puerta del edificio, se sacó un llavero del bolsillo. Dentro, había una linterna encima de una mesita, al fondo del pasillo. La cogió y metió una llave en el cerrojo de la segunda puerta. Cuando esta se abrió, encendió la linterna.

—He equipado este lugar con tres generadores —explicó—. Dos de ellos de seguridad. Y dispongo de reservas de combustible para tenerlo en funcionamiento durante años, pero no pienso gastarlo en demostraciones.

213

Michael entró, pero yo me quedé en el pasillo. Una parte de mí quería echar a correr, pero ¿echar a correr hacia dónde? Me pegaría un balazo en una pierna antes de que pudiera alejarme ni dos metros.

Con cautela, me acerqué al umbral. Seguí el haz de la linterna con la mirada y de pronto me quedé sin aliento.

La sala se parecía al laboratorio de papá, pero multiplicado por diez. Había mesas llenas de recipientes de cristal, microscopios y decenas de máquinas que no sabía ni qué eran ni cómo se llamaban. En la estantería de la esquina había máscaras antigás y lo que parecían trajes de protección contra amenazas biológicas. En la pared opuesta había cinco congeladores de tamaño industrial.

—En cuanto me enteré de la existencia del prototipo de la vacuna, empecé a buscar un lugar donde montar esto —aseguró Michael—. Lo he equipado siguiendo los consejos de mis virólogos y de los dos médicos que tengo y que cuentan con experiencia en producción de vacunas. Terminamos de organizarlo todo hace dos días. Con este equipo, casi somos capaces de producir de forma masiva. Contamos con nueve médicos aquí que nos pueden ayudar, y si es necesario puedo llamar al norte y pedir que nos manden más. De momento, los materiales de los que disponemos y que necesitan estar almacenados en frío se quedarán en el centro de entrenamiento, hasta que llegue el momento de utilizarlos.

—¿Por qué me enseñas esto? —pregunté, como si la visión no me hubiera provocado un estremecimiento de excitación. Ya me imaginaba a los científicos trabajando en el laboratorio, creando un frasco tras otro de vacuna, hasta que tuviéramos suficiente para que el virus no pudiera matar a nadie más. Parecía tan real, tan al alcance de la mano...

—Quiero que sepas que no soy un capullo que se dedica a apropiarse de cualquier cosa que parezca valiosa —dijo Michael—. Si la vacuna llegara a mis manos, dispondría de los medios necesarios para producir más. Es posible que disponga de unas instalaciones más eficientes que esos cobardes del CCE. No caería en malas manos.

Me había preguntado si tendría planes para reproducir la vacuna, pero nunca me habría imaginado que sería tan ambicioso y que se propondría abordar una empresa de aquellas dimensiones. Y, sin embargo, una sensación de inquietud había empezado ya a abrirse paso a través de mi asombro.

—Eso depende de lo que entiendas por «malo», ¿no crees? —respondí—. ¿Qué harías con la vacuna, una vez que hubieras producido más? ¿Qué tendría que hacer la gente para conseguirla?

Michael apagó la linterna y me llevó de vuelta al pasillo.

—La gente no da valor a lo que pueden conseguir gratis —dijo—. Y tampoco respetan a quien lo reparte.

—O sea, que te importa más que te respeten que salvar vidas —dije. Ahora que el laboratorio había desaparecido en la oscuridad, la excitación momentánea que este me había producido empezó a sucumbir ante mi rabia.

—¿Y para ti es más importante mantener la vacuna lejos de mi alcance que asegurarte de que alguien la pueda recibir? —respondió él.

Tragué saliva. Porque la cuestión podía quedar reducida a eso, ¿verdad? Cada día que nos resistiéramos estaríamos un día más cerca de que las muestras desaparecieran o se echaran a perder.

—No depende solo de mí —dije.

Michael me estudió, inexpresivo, antes de responder:

—Pues yo creo que sí.

Me obligué a fruncir el ceño y adoptar lo que esperaba que pasara por una expresión confundida.

—¿De qué hablas? Cada uno de nosotros ha...

—Sí, ha escondido una parte del rompecabezas, ya he oído la historia. Y os he visto a los cuatro y he hablado con tus amigos. Cualquiera que haya pasado tanto tiempo en las calles, como yo, aprende a calar a la gente y desarrolla un sexto sentido para detectar bolas. No existe ningún rompecabezas. Tú sabes dónde está todo. Si quisieras, podrías entregarme la vacuna ahora mismo.

—Te equivocas —le repliqué, ignorando el latido de mi corazón—. Supongo que no calas a la gente tan bien como crees.

—Tú di lo que quieras —respondió él—, pero cada día mi gente sale ahí afuera y se arriesga a contagiarse, lo mismo que los médicos y las enfermeras que los examinan, y, mientras no dispongan de una vacuna que los proteja, siempre habrá alguno que se ponga enfermo. Y que muera. Y la culpa la tendrás tú. ¿En serio crees que los del CCE serán los héroes de la historia y ofrecerán una vacuna a todo aquel que la pida, gratis? ¿Que los que trabajan allí son tan especiales que vale la pena arriesgarse a perder la vacuna? No importa qué títulos tengan, siguen siendo seres humanos. Además, aquí ya no hay más leyes que las que nos damos nosotros mismos.

Sus insinuaciones me picaron, pues me hicieron pensar en la doctora Guzman, que había insinuado que iban a negar la vacuna a alguna gente. Sí, era posible que tuvieran sus propias exigencias a la hora de repartir la vacuna, pero no era lo mismo.

—Por lo menos ellos no nos han intentado matar —dije—. ¿Cuánta gente ha muerto, no por culpa del virus, sino por culpa tuya, directamente?

Al final, logré arrancarle una reacción. Una chispa le encendió la mirada.

—Eso no es lo único que he hecho, créeme. También he salvado bastantes vidas.

—¿Y qué vas a hacer con nosotros si no hablamos? —le pregunté—. ¿Dejar que Nathan nos haga papilla? Porque así es como funciona, ¿no? Tú te sientas detrás de tu mesa de escritorio, como si fueras un director general, y dejas el trabajo sucio para los demás. Así, puedes fingir que no va contigo y te puedes comportar ante tu hija como si solo te encargaras del papeleo.

Las palabras me salieron de dentro como un torrente de rabia, pero en cuanto terminé de hablar me dio un escalofrío. Prácticamente, le acababa de pedir que me torturara él mismo en persona.

Michael abrió la boca, pero en el último momento pareció morderse la lengua. Se le ablandó el gesto y su mirada adoptó un aire de tristeza, o tal vez de pena. De inmediato, volvió a endurecer el rostro, tan rápido que me costaba saber si lo que había visto en su mirada había sido de verdad…, pero sí, sabía lo que había visto.

—Hago lo que tengo que hacer, nada más —finalizó.

Aunque a veces no le gustara, me dije yo. Colaboraba con el tipo de gente que se había dedicado a meter entre rejas. ¿Cómo iba a gustarle? Había aplicado lo que creía que era la estrategia perfecta: enseñarme el laboratorio y tratar de persuadirme de que lo mejor para mí era hacer lo que él decía. No me había puesto una mano encima.

Tal vez mi comentario había dado incluso más en el blanco de lo que yo había esperado. A lo mejor la mesa de escritorio y la estantería de libros eran justamente la barrera que ponía entre él y la realidad de lo que «su» gente hacía para obtener lo que deseaba.

—Puedo ser razonable —siguió diciendo Michael, recuperando su pose habitual—, pero también puedo no serlo. Necesito la vacuna y me vas a decir dónde está. Si mañana no has decidido soltar prenda, no me dejarás más remedio que adoptar un enfoque más doloroso. Y conozco técnicas mucho más efectivas que las que pretende utilizar Nathan.

La mirada que me dirigió en aquel momento fue simplemente glacial. No me cabía ninguna duda de que, si tenía que hacerlo, lo haría, que llegaría hasta donde hiciera falta.

Y una parte de mí incluso lo comprendía. Nadie tenía que contarme lo importante que era la vacuna. Pero ¿cuántas cosas horribles había tenido que hacer yo para protegerla o para proteger a mi gente? No creía que las decisiones que había tenido que tomar para llegar hasta allí hubieran podido ser mucho mejores, pero a lo mejor Michael pensaba lo mismo, por mucho que él hubiera hecho cosas mucho peores.

—Nos lo pensaremos —dije.

Me llevó de vuelta al coche y volvió a ponerme la venda en los ojos. Mientras nos alejábamos del laboratorio, yo iba sumida en mis propios pensamientos.

Cuando Anika nos había hablado de Michael por primera vez, yo me había formado la imagen de una mente criminal y sádica, pero estaba claro que esa imagen no se ajustaba a la realidad. ¿Cómo se lo montaba un policía corriente para llegar hasta allí? ¿Cuánto había tenido que alejarse de su vida anterior para terminar haciendo lo que hacía en aquel momento?

Imaginé que trabajar en la calle debía de haberle permitido conocer a mucha gente, el tipo de gente a la que uno recurre cuando necesita salir de situaciones peligrosas. Personas a las que no les tiembla el pulso si tienen que tomar medidas desesperadas para mantenerse con vida. Si querías sobrevivir y proteger a tu hija, podía resultarte muy útil tener a ese tipo de personas de tu lado. Y, desde luego, Michael sabía mantenerlos a raya.

217

—He oído que vienes del oeste —dije—. De la Columbia Británica.

Tardó tanto en responder que ya creía que no iba a tomarse la molestia.

—Vancouver —respondió finalmente.

—¿Y no tenías bastante con lo que había allí?

—No sé si te has dado cuenta, pero a la gripe cordial no le importa cuánta gente tengas a tu lado, cuánta comida acumules, ni de cuántos vehículos dispongas. No pararé hasta que la pueda detener.

Y ese era el motivo por el que había estado reclutando doctores y acumulando material médico, y por el que había partido hacia el sur para vigilar al CCE, según había dicho Drew, antes incluso de enterarse de que existía la vacuna.

—¿Y entonces? —le pregunté—. ¿Qué harías si tuvieras la vacuna y todos los que pudieran permitirse pagar el precio ya la hubieran comprado?

—Quedarme sentado detrás de mi escritorio, supongo —respondió, sarcástico.

Intenté imaginarme un mundo donde Michael controlara la vacuna. A lo mejor no podría hacer mucho más que seguir actuando como hasta entonces. Iba a necesitar comida, alojamiento… y protección. Seguro que Nathan no era el único con ganas de desbancarlo.

Y, por lo tanto, seguiría alimentando un mundo regido por la violencia, en el que uno solo podría elegir entre ser víctima o culpable. Un mundo que, sospechaba, tampoco le gustaba.

El coche se detuvo antes de lo que esperaba, pero cuando me quité la venda volvíamos a estar en el centro de entrenamiento. Cuando atravesamos la verja de la entrada, Samantha, que estaba en cuclillas junto a la reja, levantó la cabeza. Nikolas estaba a su lado y el gato que había perseguido el día anterior correteaba por el césped, atado con una correa. La niña debió de verme a través de la ventanilla del coche, porque me saludó con la mano, entusiasmada, y señaló el gato. El truco del atún debía de haber funcionado.

—También es para ella, claro —dijo Michael cuando entramos en el aparcamiento—. No se trata solo de personas como Nathan o Chay. Samantha podría verse expuesta accidentalmente al virus en cualquier momento. Podrías condenarla a ella junto con todos los demás.

No supe qué responder.

Salió del coche. Marissa y un tipo al que nunca había visto antes se acercaron hacia nosotros, procedentes del edificio principal.

—Veo que eres una mujer inteligente —me dijo Michael—. Espero que tomes una decisión inteligente.

A continuación, Marissa me esposó y Michael se marchó hacia el edificio, sin volverse ni una sola vez.

VEINTE

Al llegar escoltada por Marissa a las celdas de la prisión, Leo, Justin y Anika ya estaban allí, más o menos en los mismos lugares que antes.

—¿Estáis bien? —les pregunté en cuanto Marissa se hubo marchado, en voz baja—. ¿Qué os han hecho?

—Solo hemos hablado —susurró Leo—. Nos han llevado a una sala con Michael, que nos ha hecho un montón de preguntas, y luego nos han metido en otro cuarto a esperar. —Hizo una pausa—. Básicamente nos ha preguntado cosas sobre ti.

—Pero no le hemos contado nada —añadió Justin, que se volvió hacia la puerta y bajó la voz—. Incluso he conseguido no decirle que se fuera a la mierda. No veas lo que me ha costado.

—Ese tío me da repelús... —murmuró Anika, estremeciéndose—. Se sienta ahí y te mira con esa cara. Parece que le dé lo mismo que le contestes como que no. Es como si, le cuentes lo que le cuentes, él fuera a saber si estás diciendo la verdad o no. Ahora entiendo por qué en Toronto todo el mundo hablaba como si Michael pudiera estar siempre escuchando por encima del hombro.

Michael no podía leer la mente, pero sabía bastantes cosas. Recordé lo que me había dicho en el laboratorio («No existe ningún rompecabezas, tú sabes dónde está todo») y tuve que reprimir un escalofrío.

—¿Y a ti qué te ha pasado, Kae? —preguntó Leo—. Parecía que nos iban a dar a todos el mismo trato, pero, cuando han terminado con Anika, nos han traído a los tres aquí, hace ya un rato.

—Me ha llevado en coche a un laboratorio que ha montado —les conté, y me senté en el suelo—. Para intentar convencerme de que le entregue la vacuna.

No mencioné por qué se había centrado solo en mí: si estaba convencido de que yo tenía toda la información necesaria, significaba que a sus ojos ellos tres eran prescindibles, ¿no? ¿Era así como pensaba vencer mi resistencia, castigando mi silencio con su dolor? Me acerqué las rodillas al pecho y me las abracé con el brazo libre.

—¿Te ha contado qué piensa hacer ahora? —preguntó Anika.

—Solo que volverá mañana —dije—. No sé qué pasará entonces.

Podía cambiar de opinión y presentarse antes, pero dudaba que lo hiciera. Tenía la sensación de que iba a querer ser fiel a su palabra.

Un silencio incómodo se apoderó de todos nosotros. Los guardas del pasillo cambiaron y volvieron a cambiar. Anika los llamó e intentó convencerlos para que nos trajeran más agua, pero, al ver que no le hacían ni caso, volvió a derrumbarse contra la pared.

Supuse que Michael les habría dicho que nos ignoraran, para recordarnos que ahora tenía un control absoluto sobre nosotros, hasta el punto de poder controlar si comíamos o bebíamos. Tenía la sensación de que desde que habíamos comido el desayuno a base de galletas rancias de la mañana había pasado una eternidad. Mis pensamientos volvían una y otra vez a la cocina que había visto en el piso de arriba, y al olor a comida que flotaba en el ambiente. Los retortijones del estómago se convirtieron en un dolor constante. Cada vez que tragaba saliva, me notaba la boca más arenosa.

Nos dormimos todos a ratos, en un momento u otro, agotados tras aquella noche tan tensa e incómoda. En una ocasión, el sonido de unos pasos me despertó de un sueño

221

neblinoso y me levanté precipitadamente. «¡Drew!», pensé, pero era solo otro cambio de guardia.

Las luces bajaron de intensidad. Había caído la noche. Se nos estaba terminando el tiempo.

No podía esperar que Drew volviera tan pronto. Incluso podía pasar que nunca encontrara la forma de sacarnos. ¿Cómo iba a lograr llevarnos de las celdas hasta la verja principal sin que nos interceptara nadie?

Pero si realmente era imposible, ¿qué opciones nos quedaban? Quedarnos allí esperando hasta que..., ¿qué?

A lo mejor, Michael había sido muy listo dejando que tuviera tanto tiempo para pensar.

—Creo que deberíamos hablar sobre nuestras opciones —dije con voz serena.

—¿Qué opciones? —preguntó Justin, disimulando un bostezo.

Anika se volvió para mirarme.

—Las opciones entre las que podemos elegir si nos quedamos aquí encerrados —respondí—. Si no tenemos ocasión de escapar.

Al otro lado de la pared de barrotes, Leo bajó la cabeza.

—No sabes hasta cuándo va a durar la vacuna donde la has escondido —dijo con expresión seria. Sabía adónde pretendía llegar yo con aquello.

—Creo que aún puede aguantar algunos días más —aclaré—, pero más allá de eso... no, no lo sé.

—O sea, que podríamos pasar un calvario para salvar una vacuna que se va a echar a perder de todos modos —dijo Anika.

—¿Y qué? —intervino Justin—. Sea como sea, no se la vamos a entregar a estos capullos, ¿no?

—Eso es lo que tenemos que discutir —dije—. ¿No sería preferible que alguien pudiera utilizar la vacuna, si la alternativa es que no pueda utilizarla nadie? —Y más aún si las vidas de las tres personas que me miraban en aquel momento dependían de ello. Prescindible significaba que Michael podía llegar a matarlos para obligarme a hablar.

Me llené los pulmones—. Su laboratorio tiene bastante buena pinta. Creo que podrían reproducir la vacuna bastante rápido.

Para mi sorpresa, la primera en protestar fue Anika.

—¿Sabes qué harían con ella? Mantenerla fuera del alcance de todo aquel que no quisiera unirse a ellos, o que no fuera lo bastante listo como para resultarles útil. Como han estado haciendo con todo lo demás. ¡Que ya son lo bastante malos tal como están las cosas!

—¿Dirías lo mismo si entregarles la vacuna fuera la única forma de poder vacunarte? —le pregunté.

—Yo ya rechacé la vacuna en su momento, ¿no? —preguntó Anika—. Antes de la gripe cordial nunca dejé que nadie me chuleara y era mucho más feliz.

—¡Eso! —dijo Justin, que bajó el tono de voz de inmediato—. Si nos rendimos, seguirán mandando ellos y nada mejorará nunca. Gav y Tobias han muerto para que llegáramos hasta aquí. No les podemos fallar. Ni a ellos ni a todos aquellos que no colaboran con los guardianes.

Se me hizo un nudo en la garganta, pero logré decir.

—Pues yo creo que les fallaremos aún más dejando que la vacuna se eche a perder.

—Kaelyn tiene razón —dijo Leo—. No es tan sencillo. Yo no quiero vivir en un mundo donde los guardianes deciden quién tiene acceso a la vacuna y quién no, pero tampoco quiero vivir en un mundo donde manda el virus.

Naturalmente, lo único que cambiaría si lográbamos huir y llevar la vacuna hasta el CCE sería que esa decisión quedaría en manos de otro grupo de gente. Confiaba mucho más en la doctora Guzman que en Michael, pero, si dejábamos la vacuna en sus manos, podíamos estar condenando a Samantha, y a Drew, y a Zack, y a cualquier otra persona que se hubiera visto atrapada en las intrigas de Michael más por necesidad que por codicia o crueldad.

No era fácil tomar una decisión.

—Yo no lo quiero hacer —dije—. No me quiero rendir.

223

No quiero que los guardianes tengan el poder. Pero tampoco quiero ser la responsable de que los demás se queden sin la vacuna, ¿me explico? —Hice una pausa y me froté los ojos agotados—. Tenemos que tomar una decisión ahora.

—Vale —intervino Justin—. Has dicho que la vacuna va a aguantar unos días más. Yo estoy preparado, por mí Michael ya puede ponerse manos a la obra.

Pero es que Michael iba a ponerse manos a la obra, eso era lo que más miedo me daba.

Al otro lado de los barrotes, Leo se me acercó y me dio un apretón en el hombro. Me incliné hacia él, buscando algo de consuelo en el calor de sus dedos. ¿Cómo iba a elegir si las dos opciones de las que disponía me parecían malas?

Leo giró la mano, me puso la palma sobre la mejilla y me la acarició con el pulgar.

—Hemos superado muchas cosas —murmuró—. Y esto no será una excepción.

Entrelacé mis dedos con los suyos. En aquel momento, no me importaba ni lo que podía significar aquel gesto ni cuál era la naturaleza exacta de mis sentimientos. Me moría de ganas de que me abrazara, y aquello era lo más cerca que podía llegar.

—Gracias —susurré.

Nos quedamos sentados en aquella posición durante mucho rato. Me adormilé con su respiración sobre la piel, hasta que una pesadilla plagada de cuchillos y sangre, con una cara que iba cambiando alternativamente entre la de Nathan y la de Michael, me despertó, con los nervios de punta. Los temblores me duraron hasta mucho después que lograra enfocar el cuarto a mi alrededor. Entonces solté la mano de Leo y me levanté para estirar las piernas.

—Jolín —dijo Anika, dirigiéndose hacia la puerta, con una voz ronca que no me pareció que fuera fingida—. Solo queremos un poco de agua. ¿Por favor?

No vi a los guardas, pero el murmullo de sus voces me

indicó que seguían allí. Nadie respondió a sus súplicas. Volví a sentarme en el suelo.

Justo cuando mis nervios empezaban ya a calmarse, se oyeron de nuevo pasos en el pasillo.

—Toca cambio de guardia —dijo el recién llegado.

Nada más oír la voz, levanté la cabeza: era Drew.

—¿Dónde está tu colega? —preguntó uno de los guardas.

—Me ha dicho que antes de bajar quería ir a buscar no sé qué del dormitorio —respondió Drew—. Si queréis, lo podemos esperar, pero creo que no me pasará nada porque esté un rato aquí a solas.

—Vale, le daremos un minuto.

Me quedé muy quieta, aguzando el oído para intentar oír lo que pasaba, por encima del latido de mi corazón. Los segundos fueron pasando hasta que el guarda que ya había hablado antes dijo:

—A la mierda, este es el trabajo más aburrido del mundo: sobrevivirás a solas. —Se oyó un ruido metálico cuando le entregó las llaves—. Pero si el tío que tenía que acompañarte no se presenta, llama a alguien, ¿estamos? Tienes un *walkie*, ¿no?

—Sí, claro —respondió Drew.

Los otros guardas se marcharon. La puerta del fondo del pasillo se abrió y se cerró con un chirrido. Volví a levantarme y me acerqué a la entrada del cuarto; al ver mi reacción, los demás se pusieron en pie. Drew esperó unos segundos y entonces asomó por la puerta.

—Vale —dijo, manoseando torpemente las llaves—. No disponemos de mucho tiempo.

—¿Qué vamos a hacer? —le pregunté en cuanto abrió la celda y se acercó para quitarnos las esposas—. ¿Adónde vamos a ir cuando salgamos de aquí?

—Subiremos por las escaleras de la izquierda, saldremos por la puerta y rodearemos este edificio por la izquierda hasta llegar al aparcamiento —dijo—. Tenéis que ser tan rápidos y silenciosos como podáis. Creo que podré distraer a los que vigilan las puertas, pero, como alguien

225

os vea, tendremos problemas. He logrado rescatar vuestra radio y un poco de comida, y lo he metido todo en el coche más rápido del que disponemos.

Después de quitarme las esposas, me dio una llave de coche con un llavero metálico.

—Nathan se va a cabrear mucho.

Me vino a la cabeza la imagen del descapotable rojo. No era el vehículo más discreto del mundo, pero por la noche eso no importaba, y la verdad era que tenía un motor que no estaba pero que nada mal.

—¡Genial! —dijo Justin—. Así aprenderá a no meterse con nosotros.

Me metí la llave en el bolsillo.

—¿Cómo las has conseguido?

—Se supone que los coches son compartidos —dijo Drew mientras soltaba a Anika, y acto seguido entró en la celda de los chicos—. Michael nos obliga a todos a dejar todas las llaves en un mueble del vestíbulo. Nathan nos advirtió de que como alguien tocara «su» coche iba a cortarlo en pedazos, pero sé que no vais a dejar que os pillen —explicó Drew, y se le levantó la comisura de los labios con una media sonrisa.

—¿Y qué se supone que tenemos que hacer? —preguntó Leo—. ¿Ser más rápidos que todos los demás?

Pero Drew negó con la cabeza.

—No, he llenado los depósitos del resto de coches con agua. Eso tendría que bastar para que los motores se calaran, inmediatamente o cuando ya estén en la carretera. Solo tenéis que correr más que ellos hasta entonces.

Me dio un escalofrío.

—Pero van a saber que nos has ayudado, ¿no? Olvídate de Nathan: ¿qué te va a hacer Michael cuando se entere? Tienes que venir con nosotros.

—No me pasará nada —dijo Drew—. Creo que he logrado disimularlo todo de tal forma que parezca culpa de otra persona. Todo excepto esto —añadió, y dio unos golpecitos en la puerta de la celda—. Voy a necesitar un poco de ayuda: tienen que creer que he cometido un error.

Ya había soltado a los chicos. Entonces retrocedió unos pasos y abrió los brazos.

—Pégame un puñetazo, Leo.

—¿Cómo? —preguntó este, con los ojos como platos.

—Tienen que creer que he plantado cara —le explicó Drew—. Si no, será demasiado evidente que os he ayudado. Un par de guantazos bastarán.

Al ver que Leo dudaba, Justin lo apartó y se colocó ante Drew.

—Ya lo haré yo —dijo abruptamente—. ¿Te doy en la cara, donde puedan verlo?

Drew asintió en silencio y se le tensó todo el cuerpo, preparado para el golpe. Aparté la mirada cuando Justin levantó el puño y me encogí al oír el crujir de los nudillos contra la piel. Drew se tambaleó un poco y se agarró a un barrote para recuperar el equilibrio.

—Muy bien —dijo con voz algo ronca—. Otra vez. ¿Qué te parece aquí? —preguntó, señalándose la barbilla.

Luego se sentó en el suelo y escupió sangre sobre el suelo de cemento.

—Perfecto —concluyó—. Andando. Voy a conseguiros algo de tiempo.

—Drew… —empecé a decir yo, pero, en cuanto iba a acercarme a él, me detuvo con un gesto de la mano.

—Marchaos.

Si solo hubiera estado arriesgando mi vida, a lo mejor habría perdido un segundo para abrazarlo; pero también se trataba de los demás. Así pues, me dirigí rápidamente hacia la puerta, seguida de Leo, Justin y Anika, y enfilé el pasillo. Aunque ya no veíamos a Drew, oí el crujir de su *walkie-talkie* y cómo, impostando una voz mucho más grave que la suya, decía:

—Creo que he visto a alguien corriendo junto a la verja sur. ¡Sí, ahí están! ¿Alguien puede mandar refuerzos? Se dirigen hacia el este….

Subimos por las escaleras y nos detuvimos un instante en el pasillo de la planta de arriba, pero la luz allí era muy tenue y, además, no vi a nadie patrullando. Corrimos hacia la salida más próxima. Si el plan de Drew no había funcionado y había guardianes al otro lado de la puerta, dudaba mucho que pudiéramos correr más que ellos. Justin todavía iba cojo.

Pero todo parecía ir según el plan previsto. Salimos en medio de la noche. En algún lugar, al otro lado del edificio contiguo, vimos luces y oímos a alguien que gritaba. No me paré a escuchar. Doblamos la esquina y nos dirigimos hacia el aparcamiento. Justin empezó a quedarse rezagado, cojeando por culpa de la pierna herida, y Anika ralentizó el paso para esperarlo. Yo también aflojé el paso lo suficiente como para no perderlos por completo.

En uno de los postes de la reja metálica que rodeaba el aparcamiento brillaba una tenue farola. Atisbé el destello carmesí del descapotable de Nathan, con la capota bajada, aparcado en el centro de la segunda fila. Les hice un gesto a los demás y me dirigí hacia allí.

—¡Eh! —gritó una voz, tan cerca que me subió el estómago hasta la garganta—. ¡Deteneos ahora mismo! ¡Un paso más y estáis muertos!

Como si no fuéramos a estarlo si nos deteníamos. Eché a correr y los demás me siguieron. Nuestras botas resonaron sobre el pavimento, pero es que ya no tenía ningún sentido no hacer ruido. Teníamos el descapotable a cuatro pasos.

Me saqué la llave del coche del bolsillo, con dedos temblorosos. Aún lo podíamos conseguir.

Un disparo seco resonó en el aire y Anika soltó un jadeo de sorpresa. Me volví y la vi junto a Justin, que avanzaba dando bandazos, intentando no quedar descolgado, con una mueca de dolor. Anika también se había girado. En aquel momento, vi cómo daba un respingo y se abalanzaba sobre Justin.

—¡No!

El grito escapó de mi garganta antes de que tuviera tiempo de entender lo que estaba sucediendo. Me pasó por la mente la idea de que nos estaba traicionando a todos, que iba a utilizar a Justin para salvarse. Pero en el preciso instante en que chocó contra él y lo derribó, se oyó otro disparo.

Justin cayó entre dos coches. Anika dio un bandazo y se desplomó hacia delante. Ni siquiera levantó los brazos para amortiguar la caída. Su cabeza golpeó contra el asfalto con un crujido espeluznante y se le sacudió todo el cuerpo por el impacto. Entonces se quedó inmóvil.

VEINTIUNO

—¡**A**nika! —gritó Justin.

Una mancha negra había empezado a expandirse por la parte de atrás de su jersey. Tenía la cabeza vuelta de lado y sus ojos miraban sin ver. Ni siquiera se estremecía. Un alarido acudió a mi garganta, pero en ese preciso instante vi un grupo de sombras que se dirigían hacia nosotros desde el extremo del aparcamiento. Justin quiso abalanzarse sobre Anika, pero yo me lancé hacia él para impedírselo.

Leo me imitó y entre los dos agarramos al chico por los brazos. Noté un sabor como a hierro en la boca, donde me había mordido el labio, y un dolor agudísimo que me llenaba el pecho. Pero los gritos sonaban cada vez más cerca y pronto ahogaron todo lo demás.

Anika estaba muerta, y los demás también lo estaríamos si no nos marchábamos de allí inmediatamente.

Justin llegó hasta el descapotable a trompicones, a nuestro lado. Abrí la puerta del conductor mientras Leo subía de un salto en la parte de atrás. La llave golpeó contra el contacto, pero finalmente entró. Eché un vistazo rápido a mi alrededor, para asegurarme de que no dejaba a Leo y a Justin en tierra, y pisé el acelerador.

Era evidente que Nathan entendía de coches. El motor respondió al momento y el descapotable salió despedido. Di un volantazo para esquivar los demás coches aparcados. Tan solo nos separaban seis metros de la verja.

Al otro lado de la reja había un guarda que nos apuntaba con una pistola. Drew no había mencionado nada sobre aquella parte del plan de fuga, pero ya no podía frenar, de modo que di gas a fondo. El motor rugió y el coche se precipitó contra la valla de tela metálica.

Me puse tensa y me resistí al impulso de cerrar los ojos en el momento del impacto. El capó del descapotable impactó contra la reja y las bisagras de la verja cedieron con un chirrido. El guarda del otro lado se lanzó hacia un lado y su disparo salió muy desviado. La verja cayó ruidosamente sobre el asfalto y nosotros nos alejamos a toda velocidad por la carretera.

Las luces del centro de entrenamiento se perdieron pronto a nuestras espaldas. Tomé conciencia de mi respiración entrecortada y del sudor frío que me cubría los brazos y el cuello. Me aparté el flequillo húmedo de la cara.

En la parte de atrás, Justin miraba por la ventanilla con los ojos húmedos. Leo se inclinó sobre el asiento delantero.

—¿Sabes cómo volver a la casa? —preguntó en voz baja.

—Creo que sí.

Intenté recordar el trayecto que habíamos hecho hasta allí, en la parte trasera de la furgoneta, pero me costaba pensar con claridad. Tenía hambre, y estaba deshidratada y falta de sueño. Lo único que me empujaba en aquellos momentos era la adrenalina. Un escalofrío de espanto me recorrió todo el cuerpo. La imagen de Anika cayendo al suelo se abrió paso en mi mente y tuve que apretar los dientes para contener una náusea.

Al final se había terminado convirtiendo en una más de nosotros, había pasado a formar parte de nuestra improvisada familia. Y yo no había sabido protegerla mejor que a Gav o a Tobias.

No solo eso, sino que, en su caso, aún lo había hecho peor, pues hasta el último momento la había creído capaz de traicionarnos, ya fuera por que le resultara conveniente o por debilidad. Y ella se había sacrificado por nosotros, por Justin.

A lo mejor Anika había percibido mi ambivalencia; tal vez le había hecho sentir que no había hecho lo suficiente, que todavía tenía que demostrarnos su lealtad. ¿Se habría aprestado a ponerse delante de una bala si se hubiera sentido realmente aceptada en el grupo?

Ya no se lo podría preguntar nunca. Me había equivocado mucho con ella y ya no tendría forma de decírselo. Lo único que había hecho había sido dejar su cuerpo en manos de los guardianes, las personas a las que más odiaba.

—Lo siento mucho, Justin —dije, y se me quebró la voz.

Este se volvió y se secó los ojos. Parecía tan al borde de la náusea como yo. A mí también se me llenaron los ojos de lágrimas.

—¿Por qué lo ha hecho? —preguntó—. Nunca le pedí que...

—Porque quería protegerte —respondí—. No hacía falta que se lo pidieras. Ni tú ni nadie. Lo ha hecho porque quería.

Justin resopló.

—¿Crees que puede ser que... que todavía estuviera...?

La vi otra vez caer a plomo, vi la sangre que le cubría la espalda, sus ojos inmóviles. Sentí otra oleada de náusea.

—No —respondí.

—Joder —dijo Justin—. Me cago en todo.

Golpeó la puerta, pegó un codazo y un puñetazo contra la ventanilla, y finalmente le pegó una patada. Yo no dije nada y lo dejé descargar su rabia. Era lo mínimo que podía hacer.

La carretera por la que circulábamos se adentró en una ciudad y me fijé en el cartel de la entrada. El nombre me sonaba, Connor había girado allí, en una esquina donde había una heladería. Vi los carteles del escaparate justo a tiempo y giré a la derecha. Creía recordar que habíamos pasado bastante rato circulando por aquella otra carretera. ¿Una hora, tal vez? Pero también era cierto que yo conducía bastante más rápido que Connor.

No parecía que nos estuvieran persiguiendo y esperé que eso significara que el truco de Drew con el agua había dado resultado, y no que los guardianes hubieran tomado otra ruta para cortarnos el camino más adelante.

Los faros del coche iluminaron el césped alto de la cuneta, que brilló con un estremecedor tono amarillento. Pasamos a toda velocidad entre los árboles retorcidos de un bosque y los edificios desiertos de la calle principal de otro pueblo, cuyo nombre no me dijo nada. Parpadeé con fuerza y estiré los brazos, primero uno y luego el otro. La neblina que me cubría el cerebro se disipó un poco.

—Justin —dije, y dudé un instante—. No me gusta tener que pedirte esto ahora, pero… No estoy segura de que logre acordarme de todos los puntos de referencia. ¿Podrías sentarte en el asiento delantero y avisarme de si se me pasa algo que tú recuerdes?

—Sí —respondió Justin al cabo de un rato—. Claro que sí.

Trepó por el asiento y se sentó a mi lado. Leo estaba rebuscando algo en la parte de atrás del coche.

—Aquí hay agua —dijo, y nos pasó una botella—. Y chocolatinas. Creo que es preferible que no estemos muriéndonos de hambre.

Engullí una de las barritas y me bebí media botella de agua, que me iba turnando con Justin. Este señaló un cartel que dejamos atrás en un santiamén, correspondiente a un hotel rural situado a ocho kilómetros.

—Cuando llegues allí, gira a la izquierda.

—Gracias —le dije, y él me dedicó un gesto circunspecto.

No volvimos a decir nada hasta que tuvimos que volver a girar, y más tarde solo para hacer pequeños ajustes en la ruta. Notaba en nuestras mentes el peso del espacio vacío del coche que debería haber ocupado Anika. Seguramente, tendríamos que haber discutido cuestiones prácticas, pero nos pareció (o por lo menos a mí) que le debíamos aquel momento de silencio.

Cuando llegamos al largo camino de acceso a la casa

junto al río, que serpenteaba por entre los árboles, se me
aceleró el pulso. Ralenticé la marcha y vi cómo los faros
del coche iluminaban troncos, arbustos y el camino de-
sierto que se extendía ante nosotros. No vimos ningún
otro vehículo aparcado, ni en el camino, ni tampoco en el
patio de la casa. En todo caso, no quería pasar ni un segundo más del necesario allí. Detuve el coche, bajé rápidamente y eché a correr hacia el río.

Durante un instante, en la oscuridad, me pareció que la
nevera había desaparecido. Se me escapó un sollozo deses-
perado, pero entonces mi mano se topó con el plástico de
la tapa, debajo del embarcadero.

El agua estaba tan helada como la última vez. Para
cuando logré sacar la nevera y dejarla encima de las planchas de madera, estaba temblando y tenía el brazo totalmente entumecido. Esperaba que aquello significara que
la nieve de dentro no se había derretido y que podría
aguantar el resto del viaje hasta Atlanta.

Al volver al coche, encontré a Leo sentado en el asiento
del conductor.

—He pensado que seguramente necesitabas un des-
canso —dijo.

Justin había vuelto a sentarse en la parte de atrás, así
que me senté al lado de Leo y me coloqué la neverita entre los pies.

—¿Y ahora qué? —preguntó Justin.

—Tenemos que llegar a Atlanta tan rápido como podamos —dije—. Y luego llamar a la doctora Guzman para
que nos explique cómo llegar al CCE sanos y salvos.

Al volver al camino, Leo apagó las luces largas. Con el
brillo apagado de las de cruce, el mundo se convirtió en un
paisaje fantasmal de formas y sombras vagas.

—¿Sabes hacia dónde tenemos que ir? —le pregunté.

—Hacia Clermont, y allí cogemos la autopista 129 hacia el sur. Tú presta atención a las señales, ¿vale?

—Cuando llegues al final del camino, gira a la derecha
—intervino Justin—. Allí es donde vimos el cartel de
Clermont.

Apoyó la cabeza en la ventanilla y me imaginé que estaría recordando cuando había paseado por allí con Anika. Había sido el último momento que había compartido con ella antes de que llegaran los guardianes. Habría querido hacer un comentario optimista, pero no se me ocurrió nada que pudiera quitarle gravedad a lo que acababa de suceder. Además, ¿quién era yo para decir nada, con lo mal que la había juzgado?

Cuando llevábamos ya un rato en la carretera, llegamos a la entrada de la autopista. Leo empezó a acelerar, siempre circulando por los carriles centrales. Al cabo de unos minutos, cogimos una autovía que se dirigía hacia el sur.

Dejamos atrás un autobús destrozado de la empresa Greyhound y, más adelante, una furgoneta abandonada. Cada vez que pasábamos junto a una salida, yo escrutaba la oscuridad por si veía alguna luz. Aunque los coches del aparcamiento del centro de entrenamiento quedaran temporalmente inservibles, Michael tenía más aliados en Georgia, gente con la que se podría comunicar por radio. Todavía no estábamos ni mucho menos a salvo.

A unos pocos kilómetros de los límites de la ciudad, vi una luz a lo lejos, ante nosotros.

—Frena —dije en voz baja, como si fueran a oírnos desde la distancia.

Leo pisó el freno y el coche se detuvo inmediatamente, sin hacer ningún ruido. Escruté la oscuridad y bajé la ventanilla. No se oía nada, pero, al cabo de un momento, volvimos a ver luz: había alguien más circulando por la autovía.

—Es el momento de coger una carretera secundaria, ¿no? —sugirió Leo.

—Eso parece, sí.

Dio media vuelta y retrocedimos hasta la última salida que habíamos dejado atrás y que resultó desembocar en un barrio residencial. Las casas estaban tan separadas de la carretera, ocultas tras jardines arbolados, que apenas lograba distinguir sus siluetas en la oscuridad. El rugir del motor del descapotable me retumbaba en los oídos. A

235

nuestro alrededor, la noche era demasiado oscura para brindarnos ningún tipo de consuelo.

—Si nos están esperando, pueden oír como nos acercamos —comenté—. Además, cuanto más nos adentremos en la ciudad, más gente de Michael aguardándonos podemos encontrar. Deberíamos dejar el coche. No creo que falten muchos kilómetros para llegar al edificio del CCE. ¿Puedes caminar? —pregunté volviéndome hacia Justin.

—Me las apañaré —respondió simplemente.

Leo se metió en el camino de acceso de una de las casas y aparcó el coche sobre el césped, detrás de una hilera de pinos que impediría que se viera desde la carretera. Abrimos el maletero por primera vez. Dentro vimos la radio de Tobias, metida aún en su funda de plástico. El corazón me dio un vuelco de pura gratitud hacia Drew. También había dejado una bolsa con más barritas, varias botellas de zumo y un par de los *walkie-talkies* que utilizaban los guardianes.

Me maldije por no haberle pedido algún tipo de mapa, pero, aun así, no podía sentirme decepcionada a la vista de todo lo que había conseguido birlarle a Michael de delante mismo de las narices.

—Un momento —dijo Leo, cuando yo ya me alejaba del coche.

Se metió debajo, boca arriba, y empezó a forcejear con algo. Al momento empezó a caer un chorro de algo líquido sobre el césped.

—Lo dejaremos sin aceite —explicó Leo al levantarse de nuevo—. Así, si los guardianes lo encuentran, no podrán llegar demasiado lejos.

—Si fuera por mí, lo destrozaba —murmuró Justin, que tuvo que conformarse con pegar un rodillazo en la puerta.

Dejamos el coche atrás y empezamos a cruzar los jardines de las casas. Los árboles y los arbustos nos proporcionaban casi tanta protección como si estuviéramos en un bosque; mentalmente, les di las gracias a los vecinos de aquel barrio de Atlanta por su amor por el verde. El mundo a nuestro alrededor estaba en silencio, a excepción del susurro de nuestros pies sobre el césped y el crujir de las hojas en las copas de los árboles. Justin encontró una rama que había caído junto al tronco de un roble y la convirtió en un bastón, que acompañaba el sonido de nuestros pasos con golpes secos.

Las fachadas de todas las casas estaban cubiertas de parras espesas que la luz de la luna parecía convertir en manchas de moho. El aire era cristalino, soplaba una brisa fría. Empecé a encogerme dentro del jersey, echaba de menos mi abrigo. Apenas habíamos avanzado cuatro manzanas cuando un grito entrecortado rompió el silencio.

—¿Hay alguien ahí? ¿Hay alguien...? ¿Hay alguien ahí? ¡Hoooolaaaa!

Pegué un brinco y Leo me agarró del brazo. Nos llegó un súbito ataque de tos procedente de algún lugar a nuestras espaldas y agarré la neverita con más fuerza. Una persona más a la que la vacuna ya no podría salvar.

Después de eso, caminamos aún con más cuidado. Oímos el rugido de un motor a nuestra izquierda, de modo que giramos hacia la derecha y avanzamos varias manzanas antes de girar de nuevo hacia el sur. Justin nos seguía, cojeando; aunque era capaz de avanzar a nuestro ritmo, por su forma de renquear me di cuenta de que empezaba a cansarse. Además, pronto nos quedaríamos sin el abrigo de la noche. Un tenue resplandor teñía el cielo, al este.

Había llegado el momento de saber exactamente hacia dónde teníamos que ir.

Estaba estudiando las casas de nuestro lado de la calle cuando, de pronto, oímos un gruñido que salía de detrás de un seto cercano. Me acerqué al jardín y eché un vistazo por encima del seto.

Al otro lado había un puñado de animales flacuchos, peludos, merodeando por el césped. Eran perros. Cuando mi vista se acostumbró a la falta de luz, me di cuenta de que la mayoría de ellos rondaban en jauría a un husky solitario, que protegía una figura desigual, echada sobre el césped. Tardé un par de segundos más en descubrir por qué se peleaban: entreví una rodilla doblada, con la carne

237

arrancada hasta el hueso. Hice una mueca y me tragué la bilis que ya empezaba a subirme por la garganta.

Parecía que el husky había encontrado el cuerpo, pero los otros cinco perros lo habían sorprendido y lo querían para ellos. Ante mis ojos, un perro pulgoso y un lebrel irlandés se abalanzaron sobre el cadáver. El husky soltó un gruñido aún más intenso. El perro lanzó una dentellada al aire, aunque desde luego sabía que los demás lo superaban en número. Tenía el pelaje apelmazado y estaba en los huesos. ¿Cuándo habría sido la última vez que había encontrado una «comida» tan fácil?

Los perros rodearon al husky. De pronto, los cinco se abalanzaron sobre él. Uno le hundió los colmillos en el lomo. El husky rodó para alejarse, y aunque la sangre le manaba por encima del pelaje blanco, volvió a abalanzarse sobre ellos. Entonces pareció como si el lebrel irlandés lo agarrara por el cuello. El husky soltó un gañido lastimero y, acto seguido, se oyó un sonido líquido, de carne desgarrándose. Se oyó un tamborileo de zarpas sobre la hierba y la jauría entera se lanzó sobre su víctima.

Me volví, con la boca seca y los labios pegados.

—Creo que será mejor que retrocedamos —sugerí.

Leo asintió con la cabeza, igual de asqueado que yo por lo que acabábamos de ver.

Volvimos rápidamente por donde habíamos venido y giramos a la izquierda en el primer cruce, mientras las imágenes de la pelea (lo que había visto y también lo que me había imaginado a partir de lo que había oído) rebotaban dentro de mi cabeza. La palidez de las extremidades del cadáver, el tono rosa de la carne desgarrada; las manchas de sangre coagulada sobre la hierba, tan roja como la de la espalda de Anika en el suelo del aparcamiento de los guardianes.

En aquel momento, no lograba encontrar la diferencia entre una escena y la otra. En eso nos habíamos convertido, en jaurías de perros luchando por un mundo que, básicamente, ya estaba muerto. En aquel momento, lo de menos era si Michael nos había obligado a vivir de aquella manera o si nosotros no habíamos sido capaces de sobreponernos a la situación. Habíamos robado, amenazado y matado, y yo lo había detestado. Durante las últimas semanas, había hecho tantas cosas que había detestado...

¿De qué servía ser humanos, tener cerebros capaces de desarrollar vacunas y organizar a las personas de todo un continente, si, al final, nos comportábamos como animales? Aquel mundo, donde lo único que importaba era formar parte de la jauría más fuerte, más grande, no era un mundo que me interesara salvar.

Pero era el único que teníamos, ¿no?

Me temblaron las piernas y me paré. Leo y Justin se detuvieron junto a mí. Cerré los ojos e intenté imaginar que atravesábamos las puertas del CCE y que todo se arreglaba. Pero parecía una escena salida de una película, excesivamente brillante y vacía, como si fuera de silicona.

Sabía que lo sucedido no haría que Michael dejara de intentar hacerse con la vacuna. En cuanto el CCE la tuviera, mandaría a sus guardianes contra ellos con fuerzas redobladas. ¿Cómo iban los doctores a repartir las vacunas entre quienes las necesitaban si la gente de Michael esperaba para robársela en cuanto salieran del edificio? Todo seguiría como hasta entonces, en una espiral eterna de violencia y miedo.

—¿Te encuentras bien? —preguntó Leo, y su voz me devolvió al momento presente.

Me fijé en sus ojos, preocupados, iluminados ahora por la luz del alba. Teníamos que seguir adelante.

—Sí —murmuré, y me obligué a retomar la marcha.

Pasamos ante otra hilera de casas en ruinas e intenté recordar cuándo había sido la última vez que había tenido esperanza.

Había sido en aquel pueblo, cerca del río, después de ahuyentar al oso. Habíamos ayudado a aquella gente y ellos nos habían ayudado a nosotros. Durante unos instantes, habíamos gozado de la compañía de unos desconocidos. Aquello había sido la prueba que necesitaba: no teníamos que estar siempre peleándonos, ni siquiera ahora.

Ese era el mundo que yo quería, un mundo en el que lucháramos todos juntos contra las dificultades. ¿Por qué Michael no prefería un mundo como aquel al mundo que estaba creando, aunque solo fuera por su hija?

Pero a lo mejor sí quería. A lo mejor era solo que no veía cómo conseguirlo.

Si aquel era el mundo que yo quería, tal vez tuviera que encontrar la forma de hacerlo realidad. La idea era tan ridícula que casi me hizo reír. ¿Yo? Entonces noté el peso de la nevera en la mano, bajé los ojos y, de pronto, se me aceleró el corazón.

Yo era quien tenía la vacuna en esos momentos, la única vacuna existente que conocíamos. Si eso no era tener poder, ¿qué era?

En mi interior empezó a formarse una nebulosa determinación que no lograba identificar del todo. Teníamos que hablar con la doctora Guzman. Si lograba hablar con ella, en cuanto supiera exactamente qué tenían planeado hacer ella y los científicos del CCE, podría decidir… lo que fuera que tuviera que decidir.

En el siguiente cruce, eché un vistazo a los carteles de las calles y empecé a comprobar las puertas de las casas por las que íbamos pasando. La tercera estaba abierta de par en par y tenía el pomo de la puerta roto. Examinamos rápidamente la casa, pero no nos pareció que nadie hubiera pasado hacía poco por allí. Al ver los armarios medio vacíos y la cocina desierta, deduje que la familia que había vivido allí había cogido los objetos más valiosos y se había marchado precipitadamente.

Colocamos la radio encima de la mesa de la cocina. Durante un breve instante, me aterrorizó la posibilidad de que, en alguna de las ocasiones en que habíamos hablado con el CCE, los guardianes hubieran tropezado con la frecuencia que empleábamos. Pero Drew era el experto de radio de los guardianes, de modo que, si nos hubieran estado escuchando, él lo habría sabido y nos habría advertido. Íbamos a tener que ser rápidos, por si estaban barriendo las ondas.

Conecté la radio y cogí el micrófono. Se me pusieron los nervios de punta. No sabía lo que iba a decir exactamente, pero, bueno, ya se me ocurriría algo sobre la marcha.

—¿Hola? —dije—. Estoy intentando contactar con la doctora Guzman o con alguna otra persona del CCE. Si alguien del CCE oye esto, por favor, responda.

Esperamos alrededor de la mesa. Se oyó un ruido de interferencias y repetí el mensaje. Pasó un minuto, pero el altavoz no emitió ni un solo sonido claro. Sentí cómo la emoción y la expectación se desvanecían. Volví a dejar el micro en su sitio.

—No hay nadie.

VEINTIDÓS

—*T*odavía es muy de mañana —dijo Leo—. Además, no sabemos cuánta gente queda en el CCE, pero es posible que se turnen para atender la radio.

Eché un vistazo al exterior: la luz rosada empezaba a cubrir el cielo. Reprimí la incipiente sensación de desesperación que me oprimía el pecho.

—Es verdad —convine—. Lo volveremos a intentar dentro de una hora.

Justin apartó la silla y fue cojeando a la cocina, donde inspeccionó los armarios. Entonces volvió al comedor, con los brazos cruzados.

—No puedo quedarme aquí sin hacer nada —dijo—. Iré a mirar en las otras casas, a ver si encuentro un mapa de la ciudad.

Apenas había terminado de hablar cuando se mareó y tuvo que agarrarse al marco de la puerta para no caerse.

—Justin, tienes que descansar —le sugerí—. Ya has forzado lo suficiente la pierna últimamente. Y no sabemos cuánto nos va a costar llegar al CCE.

—Pero tengo que hacer algo —insistió él, con voz ronca—. Hace días que soy un inútil, y no quiero..., no puedo...

Dejó la frase colgada, como si hubiera perdido el hilo de lo que estaba diciendo. Se le veía desorientado.

—No has sido un inútil —repuse—. Has hecho diez veces más de lo que habría hecho mucha gente que estuviera en perfectas condiciones. Además, necesito que estés bien para que te puedas concentrar en ser útil cuando salgamos. No voy a permitir que te arriesgues tontamente justo ahora, con la suerte que tenemos de estar aquí.

Justin ladeó la cabeza.

—No ha sido suerte. Ha sido Anika. Debería haber sido yo quien velara por ella, pero a la hora de la verdad... Tendría que haber sido yo.

Volvió a tambalearse. Leo lo cogió.

—No tendría que haber sido nadie —dijo—. Anika lo ha hecho porque quería que siguieras vivo. Deja que se quede con lo que quería. Si le debes algo, que sea eso.

Justin miró primero a Leo y luego a mí, con los dientes apretados.

—Leo tiene razón —señalé antes de que pudiera añadir nada más—. Y si no te echas por propia voluntad, te vamos a atar al sofá. Ni te tienes en pie, Justin. Me da igual lo que hagas, pero no quiero que te muevas durante la próxima hora, ¿estamos?

Me miró con el ceño fruncido, como hacía siempre que no le permitía hacer algo estúpido. Se me ocurrió que hacía tiempo que no discutíamos y, de hecho, el momento pasó enseguida: cerró los ojos y su semblante adoptó una expresión triste, de frustración. Con un suspiro, se zafó de Leo.

—Vale —dijo.

Se acercó al sofá, se dejó caer y apoyó la cabeza en el reposabrazos. Al cabo de unos segundos, se le volvieron a cerrar los párpados.

Apoyé las manos en la mesa e intenté aparentar que no las necesitaba para sostenerme, aunque, en realidad, así era. También yo notaba la cabeza pesada y estaba agotada. Además, todo me daba vueltas. ¿Y si cuando volvíamos a llamar al CCE tampoco contestaba nadie? ¿Y si no contestaban en todo el día? Cuando habíamos hablado con ellos nos había parecido que estaban bien protegidos, pero si los guardianes se habían apropiado del lugar, ¿qué esperanza nos quedaba?

243

Me levanté, como si pudiera dejar atrás mis preocupaciones alejándome andando.

—Voy a llevar la neverita al sótano —le comuniqué a Leo—. Allí estará más fría.

Bajó conmigo por las escaleras que iban de la cocina a un cuarto subterráneo de paredes blancas. Había numerosas muescas en la pintura que dejaban ver el grueso muro seco de debajo, y el suelo laminado cedía bajo mis pies allí donde había empezado a combarse. Las esquinas de las altas ventanitas del cuarto estaban cubiertas de telarañas. Había un futón afelpado en un extremo, delante de un viejo televisor rodeado de estanterías que cubrían la pared entera, del suelo hasta el techo, y que contenían decenas de DVD y cientos de CD. Mientras yo dejaba la nevera debajo de las escaleras, Leo examinó las estanterías. Apartó de un soplido el polvo que cubría una cadena de música situada junto a un montón de CD y pulsó varios botones.

244   —Aún le quedan pilas —aseguró—. ¿A ver si tienen algún disco decente?

Repasó los estuches con los dedos: iba sacando algunos y luego volvía a guardarlos. Me senté en el reposabrazos del futón y me relajé un momento, apoyada sobre la suave tela. Durante un instante, a pesar de las telarañas y del hecho de que todavía no habíamos logrado entregar la vacuna, fui capaz de convencerme de que todo era normal: Leo y yo éramos solo dos amigos decidiendo qué música queríamos escuchar mientras pasábamos el rato.

—Eh —exclamó Leo, que abrió uno de los estuches y puso el disco en la cadena.

—¿Qué? —pregunté.

—Escucha esto.

Pasó varias canciones, bajó el volumen y pulsó el *play*. Unos trémulos acordes de cuerda sonaron por los altavoces. A continuación, se les unió una trompa, y los instrumentos se combinaron en una alegre melodía que me catapultó ocho años atrás en tan solo un segundo.

Era un vals, como el que Leo había practicado durante

meses, conmigo como su torpe pareja, cuando éramos niños, cuando la vida parecía tan fácil.

No podía imaginarme volver a ser tan feliz como entonces.

Leo carraspeó. Cuando volví a abrir los ojos me estaba observando, con una sonrisa de medio lado, los dedos aún encima de los controles.

—Si quieres, lo apago —dijo.

—No —respondí, aunque tenía un nudo en la garganta—. Se me ocurren muchas cosas peores en las que pensar.

Bajó el brazo. La música llenó el cuarto.

—¿Te acuerdas de los pasos? —preguntó.

Dudé un momento

—¿Un, dos, tres; un, dos, tres? —aventuré.

Leo se acercó y me tendió la mano.

—Podemos empezar por ahí, sí.

En su sonrisa indecisa, en el brillo de sus ojos, me pareció intuir el mismo tipo de desesperación que había oído en la voz de Justin, el mismo que había experimentado yo cuando nadie había respondido a nuestra llamada de radio. No me estaba invitando a bailar exactamente, sino más bien a huir del presente, aunque fuera por un momento. Y los dos lo necesitábamos. Así pues, me levanté y puse mis dedos sobre los suyos.

Él me rodeó la espalda con la otra mano, y yo le puse la mano en el hombro, automáticamente. Al parecer, después de todos aquellos meses de práctica, algo se me había quedado. De pronto nos separaban apenas unos centímetros. Me dio un sofoco nervioso y tal vez me habría entrado el pánico si en ese preciso instante Leo no hubiera inclinado su cabeza hacia la mía.

—Empieza con el pie izquierdo —dijo—. Atrás y hacia el lado, los dos juntos.

Di un paso hacia atrás, con la vista fija en el hombro de Leo, y él me siguió, sus pies imitando mis pasos. Tras varios traspiés, empecé a encontrar el ritmo. Cada vez bailábamos más rápido, Leo nos hacía girar mientras nos acer-

245

cábamos a la pared y el tamborileo de nuestros pasos casi silenciaba la música. Dimos vueltas y vueltas, y se me escapó una carcajada. Ahora era yo quien lo seguía y notaba los pies ligerísimos dentro de las botas, como si, en cualquier momento, fuera a levantarme flotando. Mis dedos apretaron los suyos con más fuerza. A lo mejor podía sacarnos de aquel brete bailando, podría llevarnos de vuelta a nuestras vidas tal como habían sido en su día.

Pero la música se terminó y nos quedamos inmóviles en medio de aquel sótano inhóspito. Inhalé entrecortadamente, intentando recuperar el aliento. Empezó otra canción, lenta y suave.

—Esta sí que no la sé bailar —dije.

Leo me miró un momento.

—Siempre podemos bailar como en las fiestas del instituto, pero prométeme que no le dirás a nadie que acabo de llamar «bailar» a eso.

Puse los ojos en blanco, pero noté que me ruborizaba.

—Tengo más práctica con el vals que con eso —admití—. En realidad, no tengo ningún tipo de práctica con los bailes del instituto. La verdad es que solía evitarlos.

Y ahora seguramente ya no podría ir a ninguno: no podía imaginarme que los institutos fueran a abrir en un futuro próximo.

—Pues tienes una oportunidad perfecta para aprender —aseguró Leo—. Soy una buena pareja. No habrá toqueteos.

Me reí y, de pronto, mis reticencias me parecieron absurdas. Éramos solo yo y mi mejor amigo, y aquello no era más que otra manera de no pensar en la radio silenciosa durante un rato más.

—Vale —convine finalmente—. ¿Por qué no?

Me acerqué más a él, levanté el otro brazo y uní las manos en la nuca de Leo, que me cogió por la cintura. Empezamos a movernos al mismo tiempo, siguiendo el ritmo de la música. Dimos unas cuantas vueltas y entonces apoyé la cabeza en su hombro. El calor de su cuerpo me envolvió. Cuando la música terminó, esta vez definitivamente, nos quedamos quietos, pero yo no lo solté. Sentí el impulso de hundirme en él para ver hasta dónde podíamos alejarnos de todo lo que nos rodeaba.

Leo se apartó, solo un poco, y me miró a los ojos. Me resiguió la mejilla con un dedo. Se me aceleró el pulso y abrí instintivamente la boca para protestar, pero él solo inclinó la cabeza hacia delante hasta que nuestras respectivas frentes se tocaron.

—Creo que la situación puede mejorar —aseguró—. Hemos pasado por muchas cosas y seguimos aquí. Pero, aunque no mejore, me alegro de haberlo compartido contigo.

Quise responder que yo también me alegraba de haberlo compartido con él, pero me había quedado sin voz. Solo sentía el latir de mi corazón, la suavidad de su piel sobre la mía, sus hombros robustos bajo mis manos. Tenerlo tan cerca era una sensación increíble. Siempre lo había sido, ¿no? Mis nervios iniciales se habían evaporado, y un anhelo había empezado a ocupar su lugar. El anhelo de que Leo hiciera algo que siempre había imaginado que pasaría, que cubriera la corta distancia que nos separaba y me besara.

Pero no lo hizo. Se quedó como estaba, con una mano en mi espalda y la otra sobre mi mejilla, inmóvil. También notaba su pulso, que martilleaba en mis dedos.

Aunque, bien pensado, ¿por qué iba a asumir ese riesgo, después de que yo lo hubiera rechazado tantas veces? Estaba esperando a que lo hiciera yo. Me estaba dejando elegir.

¿A qué esperaba, pues?

Lo quería. Como amigo y también como mucho más que eso. Lo sabía. En cuanto abrí la mente a esa idea, su luz brilló en mi interior. Había dejado aquel sentimiento a un lado, enterrado debajo de la pena y la culpa, y aquella podía ser mi última oportunidad de hacer algo al respecto. No teníamos ni idea de qué nos aguardaba. Podía perder a Leo tan fácilmente como habíamos perdido a Anika. En un instante, en lo que tarda una pistola en disparar.

Entonces me acordé de Gav y el corazón me dio un vuelco.

247

Todavía llevaba su mensaje en el bolsillo. El mensaje en el que me decía que siguiera adelante.

Porque Gav ya no estaba. En el momento de escribir aquellas líneas, ya sabía que no iba a aguantar mucho más. ¿Habría querido que pasara el resto de mi vida sin amar a nadie, pensando solo en su recuerdo?

No, seguramente no.

Levanté la cabeza. Leo jadeó levemente cuando mis labios rozaron los suyos y me devolvió un beso tan cauto como el que le había dado yo. No había suficiente, ni mucho menos.

Hundí mis dedos en su pelo y junté nuestras bocas. Quería aquello, lo necesitaba con tal intensidad que de pronto sentí un mareo, como si él fuera agua y yo me estuviera muriendo de sed. Cuando lo besé más intensamente, a Leo se le escapó un débil gemido y me acercó aún más a su cuerpo. Nos besamos una y otra vez, hasta que no hubo nada más en el mundo.

248 Solo regresé al mundo cuando Leo dio un paso hacia atrás, agarrándome por los brazos y respirando pesadamente. Bajé las manos de su cabeza y se las apoyé sobre el pecho. Sus ojos buscaron los míos.

—No es por… —empezó a decir, y le oí tragar saliva—. Quiero decir que esto lo haces porque quieres, ¿verdad? No es solo por… Es todo tan raro que no somos nosotros mismos y…

Le puse una mano sobre los labios, para que no dijera nada más.

—Leo —lo tranquilicé—, he querido hacer esto desde que teníamos catorce años.

Se quedó un momento mirándome.

—Vale —consintió, y se rio—. Vale, vale.

Inclinó la cabeza y sus labios volvieron a encontrarse con los míos.

Después de eso, ninguno de los dos dijo nada durante un buen rato.

Y

Sin embargo, aquello fue solo un respiro pasajero. Estábamos sentados en el futón, yo tenía las piernas encima del regazo de Leo y él me rodeaba con los brazos, cuando la intensidad del momento empezó a desvanecerse. Después de darnos otro beso, bajé la cabeza y la apoyé en su clavícula; noté su aliento, que me movía el pelo. Mientras estábamos allí acurrucados, poco a poco la realidad fue imponiéndose. Mi mirada barrió el cuarto y se posó sobre un reloj digital apagado que había encima del televisor.

—¿Tú crees que es hora de volver a probar la radio? —pregunté.

Leo me dio un beso en la sien.

—No tenemos nada que perder —respondió—. Además, esos médicos ya han dormido lo que tenían que dormir.

Sonreí al oír su tono de voz, tan jovial.

—Estás orgulloso de ti mismo, ¿no?

—Pues claro —admitió—. Siempre supe que bailar me iba a servir para conquistar a una chica.

Solté un soplido y aparté las piernas de encima de él. Leo me siguió hasta las escaleras, sonriendo. Cuando iba a agarrar la barandilla, me sujetó por detrás y tiró de mí. Me rozó el lóbulo de la oreja con los labios, me provocó un escalofrío que me recorrió el cuello.

—Para que conste —añadió—, la única chica a la que quería conquistar eras tú.

Me di la vuelta entre sus brazos y perdimos unos minutos más, aunque, en realidad, no me importó nada. Sin embargo, en esta ocasión no logré deshacerme de cierta intranquilidad por lo que nos aguardaba en el piso de arriba.

Volvimos al comedor. El buen humor de Leo se apagó un poco cuando le echamos un vistazo a Justin, que dormía como un tronco, respirando roncamente con los labios entreabiertos, acurrucado como para protegerse.

—¿Deberíamos despertarlo? —preguntó Leo.

—Déjalo. Lo necesita.

Si Justin estaba soñando, esperaba que no fuera en la noche anterior.

249

Nos sentamos a la mesa y hablé por el micrófono, pero nos respondió el mismo sonido de interferencias que hacía un rato. Repetí el mensaje de llamada tres veces y apagué la radio para no gastar más batería.

—Lo seguiremos intentando —dijo Leo.

—Sí.

Se me acercó y yo me apoyé en él; parte de la tensión acumulada se desvaneció al momento. Tenía gracia que, después de tanto tiempo resistiéndome a estar con él, ahora que por fin había sucedido pareciera lo más natural del mundo.

Sin apartarme de su lado, empecé a hojear una de las libretas de papá. Había leído lo que había escrito sobre los primeros meses de epidemia tantas veces que volver a aquellas notas garabateadas me proporcionaba el consuelo propio de las cosas familiares. Podía oír el eco de su voz en lo que había escrito. Mi padre había demostrado su gran inteligencia desarrollando la vacuna, experimentando tanto con la versión original y menos letal del virus, como con la mutación actual, y, finalmente, combinándolas ambas para producir las muestras que llevábamos con nosotros. Si no hubiera muerto, podría haberse encargado él mismo de todo, y nosotros no habríamos tenido que marcharnos de la isla, ni preocuparnos por las intenciones de Michael y del CCE.

Sin embargo, el hecho es que estaba muerto y ahora todo dependía de mí.

Había llegado ya al día en que papá se había inyectado el prototipo de la vacuna, cuando Justin se giró con un murmullo inarticulado y se frotó los ojos.

—Eh —dijo, y bostezó con un crujido de mandíbula—. ¿Habéis podido contactar con alguien?

Negué con la cabeza.

—Seguimos esperando. Supongo que lo podríamos volver a intentar.

Justin se acercó cojeando a la mesa, apoyándose en su improvisado bastón, y yo puse la radio en marcha. El sol entraba por la ventana y recortaba la silueta de Justin con un brillo dorado que llenaba la casa de un calor débil. Mentalmente, vi la nieve de la nevera convirtiéndose en aguanieve.

Mandé nuestro mensaje dos veces más, con un minuto de pausa entre cada llamada. Acababa de repetirlo por tercera vez, acongojada, cuando la suave voz de la doctora Guzman sonó por el altavoz.

—¡Kaelyn! Gracias a Dios. Antes se ha cortado y... no sabía qué había pasado.

Experimenté un alivio tan abrumador que me dejó sin palabras.

—Hemos... —empecé a decir, pero de pronto me di cuenta de que no podía resumir lo que habíamos vivido los últimos dos días—. Hemos tenido algunos problemas —improvisé—, pero ahora ya estamos bien.

«Excepto Anika», pensé, pero me obligué a seguir hablando.

—Estamos en Atlanta, en un barrio residencial del norte. ¿Nos puedes dar señas? Vamos a venir a pie.

—¡Desde luego! Un momento, que cojo el mapa.

Leo cogió un bolígrafo y un papel de encima de la encimera de la cocina y me los trajo. Cuando la doctora Guzman volvió a hablar por la radio, le di los nombres del cruce más próximo, que había anotado, y dibujé un mapa aproximado de la mejor ruta hasta el CCE.

—Hay una reja que da la vuelta a todo el complejo, con una entrada principal —dijo—. Los grupos la han convertido en su principal objetivo, y me temo que actualmente hay aún más gente que cuando hablamos hace unos días. Pero también hay una entrada trasera, más pequeña, cerrada con barricadas; tiene una puerta camuflada, que hemos logrado mantener oculta, y por la que entra y sale nuestra gente. De momento, no parece que nadie le haya prestado demasiada atención. Si rodeáis el complejo y os acercáis con cuidado por el sur, a través de Houston Mill Road, deberíais poder llegar sin que os viera nadie. Contamos con cierta presencia militar, les pediré a dos o tres de los soldados que se reúnan allí con vosotros y que os es-

251

colten durante el resto del camino. ¿Cómo te van a reconocer?

—Llevo un jersey morado y vaqueros —respondí—. Y llevaré la nevera.

—Perfecto. ¿Tienes la ruta clara?

—Sí, clarísima.

A juzgar por las señas que nos había dado, calculé que no podíamos tardar mucho más de una hora en llegar. Hacía apenas unos días la perspectiva de concluir nuestro viaje y de ponerle remedio a todo me habría llenado de alegría. Sin embargo, en cuanto había empezado a hablar con ella, se me había hecho un nudo en el estómago, porque, en realidad, ya no creía en nada de eso. Sus comentarios anteriores, las insinuaciones de Michael y mis propias preocupaciones formaban una maraña en mi mente. Si quería tomar la decisión correcta, antes tenía que saber cuáles eran sus intenciones.

—Doctora Guzman —dije, la mano tensa alrededor del micrófono—, el otro día, cuando hablé con usted, comentó algo sobre la gente que había estado atacando el CCE y persiguiéndonos a nosotros... Comentó que no tendrían acceso a la vacuna...

—No te preocupes por eso ahora —dijo la doctora Guzman con firmeza—. Los delincuentes van a recoger lo que han sembrado.

Me removí en la silla y el cartón que llevaba en el bolsillo se me clavó en el muslo. De pronto, se me escapó un pensamiento que me había estado carcomiendo sin que fuera del todo consciente de ello.

—Es solo que... había alguien en nuestro pueblo —empecé—, un tipo que se dedicaba a coger la comida que había quedado en las tiendas y que luego decidía qué le correspondía a quién...

No supe cómo seguir, no era fácil explicar lo que había hecho Gav, pero la doctora Guzman intervino.

—No tendrás que preocuparte más por gente como esa —aseguró—. Las personas que se han pasado de la raya van a descubrir que los actos tienen consecuencias.

—Ajá —dije yo. Así pues, ¿era así de fácil? ¿Iba a basarse en un puñado de ideas incompletas para decidir a quién valía la pena salvar y a quién no?—. Algunas personas no han tomado las mejores decisiones, pero solo porque no han sabido encontrar otra forma de mantenerse con vida. Quiero decir que trazar esa raya no es cosa fácil.

—Estoy segura de que podremos ponernos de acuerdo sobre los detalles en cuanto nos hayas traído la vacuna —repuso la doctora Guzman, con una gota de impaciencia en su tono de voz—. Por cierto, también traerás las notas de tu padre, ¿verdad? No las has perdido, ¿no? Dijiste que las tenías.

—Sí, aún las tengo —respondí con la garganta seca.

No me estaba escuchando, tan solo decía lo que creía que tenía que decir para lograr que le llevara la vacuna. Y eso significaba que no me habría podido fiar de su respuesta aunque hubiera sido real.

—Bien. Porque sería prácticamente imposible reproducir la vacuna sin las instrucciones exactas, aunque dispongamos de las muestras. Les diré a los soldados que estén preparados para tu llegada. Tengo muchas ganas de conocerte, Kaelyn. Ten cuidado.

—Muy bien —logré responder yo, y apagué la radio.

Justin me dirigió una mirada de extrañeza, pero por la expresión de Leo me di cuenta de que me entendía.

—Kae —dijo—, la doctora no ha oído toda la historia.

—Tampoco la ha querido oír —repliqué—. Lo único que le importa es conseguir la vacuna. ¿En serio crees que va a encontrar el tiempo necesario para escuchar la historia entera de todos los que actuaron como Gav? ¿Qué crees que diría sobre Drew?

¿Cómo habrían reaccionado ante la mitad de las cosas que nosotros mismos habíamos hecho para llegar hasta allí, si no hubieran estado más preocupados por echarle el guante a la vacuna que por cualquier otra cosa?

—No sé —admitió Leo.

—Sigue siendo una opción mejor que entregarle la vacuna al capullo de Michael —intervino Justin.

—Ya —dije—. Ya lo sé.

Bajé la mirada y me fijé en la libreta de notas de papá, mientras pensaba en aquellos perros peleándose por un cadáver. Pensé también en cómo la niña del pueblo del río había venido corriendo a avisarnos, porque habíamos ayudado a sus vecinos; en los atemorizados colegas de Tobias, que habían lanzado misiles sobre nuestra isla en un perverso acto de venganza, y en Tobias, que se había jugado la vida para rescatarnos, a pesar de que no éramos más que unos desconocidos; en Michael, que había mandado a sus partidarios a que asaltaran el CCE; en los soldados que los habían recibido a tiros; en los nuevos cuerpos que se amontonarían en las calles, antes incluso de que nadie de fuera de la ciudad llegara siquiera a ver la vacuna.

Una vacuna que tenía aún en mis manos.

La determinación que había experimentado anteriormente me invadió por completo, y ahora era el doble de potente. Desde el principio, la responsabilidad de transportar las muestras de la vacuna me había parecido una carga, cuando, en realidad, era un privilegio. Había pasado todo aquel tiempo tratando de dejarla en manos de personas con más autoridad que yo, pero, en aquel momento, comprendí que no tenía por qué hacerlo. Todo dependía de mí. No tenía por qué dejar que los demás, Michael y los guardianes, los científicos y soldados del CCE, o quien fuera, decidieran por mí. Por lo menos, podía intentar hacer que el mundo fuera como yo quería.

Tenía que hacerlo.

Pasé las yemas de los dedos por las marcas que el bolígrafo de papá había dejado sobre el papel, hacía meses, y las hebras de pensamiento que hacía días que se arremolinaban dentro de mi cabeza empezaron a tejer un plan. Las notas de papá no eran una simple narración. La doctora Guzman se había referido a ellas como «instrucciones». Aquellas páginas especificaban cada proteína que había que clonar, cada procedimiento que había que seguir, cada elemento que había que combinar con el resto.

Porque la vacuna no era solo una cosa, sino que estaba formada de muchas partes que interactuaban.

—Necesitamos otro bolígrafo y mucho papel —indiqué.

—Hay un escritorio en uno de los dormitorios —apuntó Leo, levantándose—. Creo que he visto material de oficina. ¿Qué vamos a hacer, Kae?

—Todavía no estoy del todo segura —respondí—. Pero funcionará.

VEINTITRÉS

$\mathcal{M}$i plan requería que Justin se separara de nosotros antes.

—No tienes de qué preocuparte —me tranquilizó cuando lo acompañé hasta la puerta—. Me ceñiré al plan.

—Ya lo sé —respondí. Hacía tiempo que Justin había dejado de ser aquel chaval exaltado que era cuando se había unido a nosotros un mes antes—. Si no, no te habría pedido esto.

Sonrió, satisfecho pero nervioso, y me dirigió un breve saludo antes de alejarse calle abajo con su bastón.

Leo y yo tardamos algo más de una hora en terminar de copiar las notas de papá. Entonces nos marchamos también, rumbo al sur. Los barrios que cruzamos entre el lugar donde nos habíamos refugiado y el Centro para el Control de Enfermedades encajaban todos en el mismo modelo: eran invariablemente frondosos y de clase media. Atravesamos los jardines cogidos de la mano. En su otra mano, Leo llevaba la neverita. Colgada del hombro yo llevaba otra, de estructura blanda, que habíamos encontrado en la cocina de la casa. Habíamos repartido la nieve medio derretida entre las dos neveras y, para que el contenido de ambas fuera lo más parecido posible, incluso había llenado una jeringuilla con la mitad del contenido de uno de los frascos, de modo que cada uno llevaba exactamente una muestra y media de vacuna. Al final, habíamos metido una copia ligeramente distinta de las notas en cada nevera.

La libreta de notas original de papá la habíamos dejado en la casa, envuelta en una bolsa de plástico para aislarla de la humedad y encajada en un hueco debajo de las escaleras del sótano, imposible de encontrar para cualquiera que no supiera dónde buscar.

Antes de llegar al complejo universitario que albergaba el CCE, Leo y yo tuvimos que escondernos en tres ocasiones detrás de verjas y setos al oír el ruido de un motor de coche. Uno de esos automóviles pasó a toda velocidad junto a nosotros, justo cuando nos agachamos detrás de un cobertizo con las paredes llenas de plantas enredaderas. Los guardianes se estaban reagrupando. Cuando volvimos a ponernos en marcha, el corazón me latía con fuerza. Pronto sabríamos si Justin había logrado entregar nuestro mensaje sano y salvo.

Y entonces descubriríamos si Michael era realmente tan razonable como pregonaba.

En cuanto divisamos los altos edificios que delimitaban la zona residencial que la doctora Guzman había descrito, nos detuvimos. Me volví hacia Leo. El moratón que tenía en la mejilla había empezado ya a desvanecerse y a adoptar un color marrón. Le acaricié suavemente la piel y me levanté. Él inclinó la cabeza y mis labios se posaron en los suyos.

Él hizo durar el beso, como si este pudiera volverse eterno, como si nunca más tuviéramos que enfrentarnos a ningún peligro. Cuando finalmente se apartó, tuve que respirar hondo antes de hablar.

—¿Te vas a esconder, que no te vean? —le pregunté—. ¿Hasta que te llame? —añadí, y di una palmadita a la radio que llevaba colgando de una de las presillas del pantalón.

Leo asintió con la cabeza.

—Y si dentro de dos horas no me has llamado, iré yo mismo al CCE.

Ahora que estábamos tan cerca de nuestro objetivo, ahora que tenía que separarme de él, las dudas que había logrado acallar hasta aquel momento empezaron a aflorar en mi interior. Si alguna parte del plan se torcía, era probable que, por lo menos, uno de nosotros fuera a morir.

Aunque, en realidad, no intentarlo podía suponer lo mismo.

—Oye —dijo Leo, y me dio un apretón en la mano—. Pase lo que pase, ahí estaré.

—¿Y si me pasa algo a mí? —pregunté.

—Seguiré adelante hasta saber que todo el mundo está protegido, o moriré en el intento. Justin y yo sabemos dónde están las libretas y… nos aseguraremos de que alguien sepa cómo reproducir la vacuna. Kaelyn… —agregó, pero no dijo nada más hasta que lo miré a los ojos—. Estoy aquí por ti, pero también por mí. Quiero decir que creo que estamos haciendo lo que debemos. Si me sucede algo, no será culpa tuya. Lo sabes, ¿verdad?

Yo creía que sí, que lo sabía, pero oír aquellas palabras provocó algo en mi interior. Lo volví a besar con la esperanza de poder transmitirle todo lo que sentía a través de los labios. Leo dejó la nevera en el suelo y me abrazó con fuerza.

—Te quiero —me dijo al oído.

—Te quiero —repetí.

Lo abracé más fuerte hasta que los ojos se me llenaron de lágrimas, y entonces lo solté.

—Dos horas como mucho —le recordé.

—Vas a llamar antes que eso.

Le dirigí una última mirada y me alejé por la calle.

Una manzana más adelante, el techo de hojas empezó a perder densidad. Pasé junto a un enorme edificio que parecía una especie de mansión gótica, corriendo de un pino al siguiente. En la otra acera, las casas se habían convertido en edificios de oficina y jardines cubiertos de maleza. Llegué a un cruce amplio y dudé un momento. Examiné las calles con la mirada y agucé el oído. Aquella era la calle que la doctora Guzman me había dicho que tomara. ¿Dónde estaban los escoltas militares que me había prometido?

Me llegó el retumbar de un motor procedente de algún lugar situado a mano izquierda, y de pronto se detuvo. Oí pasos ante mí y me escondí detrás de un seto descuidado, justo en el momento en que dos hombres vestidos de civil doblaban la esquina corriendo.

Los hombres desaparecieron calle abajo. Atravesé el cruce a todo velocidad. Había empezado a subir por una cuesta cubierta de césped cuando dos soldados salieron de detrás de un árbol cubierto de parra. Ambos llevaban rifles. El más alto de los dos, un hombre con la cara cuadrada y la piel vagamente bronceada, me hizo un gesto para que me acercara.

—¿Kaelyn Weber? —preguntó en voz baja, y yo asentí—. ¿Dónde están los demás?

—De momento solo he venido yo —susurré, y di una palmadita en la nevera para indicar que tenía la vacuna.

El hombre frunció el ceño, pero me indicó que los siguiera a él y a su compañero. Dejamos atrás los árboles dispersos y las enredaderas que cubrían la cuesta. Al otro lado de la acera se elevaba una verja hecha de barrotes de hierro que salían de una base de ladrillo. La verja estaba reforzada con planchas de madera contrachapada y hierro ondulado que cubrían el espacio que quedaba entre los barrotes, y cubierta con alambre de púas. Más adelante había un callejón que salía de la calle y llegaba hasta la verja. Lo que en su día había sido una puerta, hoy estaba bloqueada con maderos, muebles viejos y más acero y alambre de púas. La barrera parecía infranqueable, pero los soldados fueron directos hacia ella, sin dejar ni por un momento de examinar la calle.

En cuanto nuestros pies pisaron la acera, uno de los tablones se apartó y se creó una estrecha abertura en la barricada. De la abertura salió una mano. Al ver que no avanzaba, el tipo que me seguía me pegó un empujoncito. Cogí la mano y la persona que había al otro lado tiró de mí. Mis hombros rozaron los costados de la brecha y de pronto me encontré en un callejón ancho y despejado.

Los soldados que habían salido a buscarme entraron detrás de mí. Uno de ellos volvió a colocar el tablón en su sitio y lo sujetó, mientras la mujer que me había ayudado a entrar volvió a ocupar su posición junto a la entrada. A su lado había otro soldado, con el rifle a punto, observando la calle.

El tipo de la cara cuadrada me cogió por el brazo y me acompañó por el callejón, hacia los edificios que se alzaban ante nosotros.

—Te esperábamos antes —dijo secamente—. ¿Qué ha pasado? La doctora Guzman dijo que seríais cuatro.

No le habíamos contado lo de Anika. Agarré la correa de la nevera con fuerza, para calmar los nervios. No podía permitir que la situación se me escapara de control.

—Tengo que ir a la entrada delantera —anuncié—. ¿Por dónde es?

El soldado frunció aún más el ceño.

—La doctora Guzman te está esperando. Si tus amigos han ido a la entrada delantera, seguramente los fanáticos ya los han cazado.

—Tengo que ir a la entrada delantera —insistí—, o no podré entregarle a la doctora Guzman lo que quiere.

—Creo que será mejor que eso lo hables con la doctora.

—Muy bien, pues llámela.

El soldado seguía frunciendo el ceño, pero se sacó un *walkie-talkie* del cinturón.

—La chica está aquí —anunció—. Pero dice que Guzman tiene que venir a hablar con ella. Que la doctora se encargue del asunto.

Dejamos atrás un edificio de ladrillo rojo y otro de hormigón claro, con una hilera de ventanas altas.

—Eso es la entrada principal —me indicó el soldado, que se detuvo delante de otro callejón y señaló una gran plancha de acero colocada en medio de la barricada de madera contrachapada y muebles que cubría la verja, a unos seis metros de distancia. Allí había dos soldados más. El murmullo de voces atravesaba el muro y oímos también un coche que pasaba a toda velocidad.

Mi escolta se quedó donde estaba, pero yo seguí andando hacia la entrada. A medio camino volvió a alcanzarme y me obligó a detenerme de un tirón.

—¿Se puede saber qué haces?

—Tengo que hablar con alguien —expliqué.

—No tienes ni idea de lo que...

Lo interrumpió el chirrido de la puerta de uno de los edificios próximos. Una mujer robusta con gafas redondas se nos acercó apresuradamente y se apartó el flequillo negro, corto, de los ojos. Detrás de ella iban otra mujer y un hombre, los dos ataviados con batas de laboratorio.

—Tú debes de ser Kaelyn —dijo la primera mujer—. Soy Sheryl Guzman. —Me ofreció la mano y su mirada se posó sobre la neverita—. ¿Llevas la vacuna ahí dentro? ¿Por qué no han venido los demás contigo? ¿Qué es lo que está pasando, sargento?

—Al parecer sus amigos han ido a la entrada principal —respondió el soldado—. Cree que podrá hablar con ellos.

—No —dije—, tengo que hablar con otra persona. Si me escuchan un momento, podremos acabar de una vez con esto y todo el mundo recibirá lo que desea.

Ahora fue la doctora Guzman quien frunció el ceño.

—No lo entiendo...

—Se lo contaré todo dentro de un momento —le prometí—. Créame, si quiere reproducir la vacuna, tendrá que hacerme caso.

El sargento le dirigió una mirada a la doctora Guzman, que frunció los labios y finalmente se encogió de hombros.

—Después del tiempo que llevamos esperando, no vendrá de un minuto —dijo sin quitarle el ojo a la nevera.

Me aparté de mi escolta y me dirigí hacia la plancha de acero ondulado que cubría la entrada.

—¡Eh! —grité, y le pegué una patada a la plancha metálica para llamar la atención—. ¿Ha llegado ya Michael?

Se hizo un silencio momentáneo. El corazón me dio un vuelco. Si no estaba ahí, si Justin no había tenido tiempo, no estaba segura de poder convencer a los científicos y a sus soldados de que tuvieran mucha más paciencia.

Entonces oí una voz familiar al otro lado de la barrera.

—Estoy aquí.

Respiré hondo.

—¿Y Justin? ¿Alguien le ha hecho daño?

—También he recibido esa parte del mensaje.

—Estoy aquí —exclamó Justin—. Se han portado bien conmigo.

—En ese caso, ya sabes que no recibirás nada hasta que esté aquí dentro sano y salvo —le anuncié a Michael.

—Cuando quieras, yo estoy preparado.

Me volví.

—Tenemos que abrir la verja —indiqué—. Solo para que pueda entrar una persona.

—Kaelyn… —empezó a protestar la doctora Guzman.

—Si quiere la vacuna, no tiene otra opción —le aseguré—. La nevera no contiene todo lo necesario —agregué, subiendo el tono de voz para que me oyeran desde el otro lado—. Y la gente de Michael sabe que si hay un solo disparo, tampoco obtendrán lo que desean.

—Confirmado —dijo Michael—. De momento, hemos venido a hablar.

—No podemos fiarnos de ellos —advirtió el sargento.

Era posible que tuviera razón, pero yo ya había decidido arriesgarme.

—Si tiene miedo, apártese —le espeté.

—Abre la puerta y acabemos con esto —ordenó la doctora Guzman.

—Sheryl, no sé yo si… —intervino uno de los doctores que la acompañaban, pero ella lo fulminó con la mirada.

—Dijimos que, en este caso, las decisiones las iba a tomar yo —le recordó.

Los dos médicos que habían salido con ella se hicieron a un lado, lejos del alcance de un hipotético disparo que pudiera llegar del otro lado de la barrera. La doctora Guzman se quedó donde estaba, unos metros por detrás de mí, con las manos en las caderas. El sargento se volvió hacia sus colegas que vigilaban la verja.

—Preparaos —les ordenó.

Los otros dos soldados asintieron y el sargento se aga-

chó para apartar los bloques de hormigón que apuntala-
ban la plancha metálica. A continuación, desplazó la plancha unos palmos hacia la derecha, lo que dejó a la vista los
barrotes de hierro verticales de la reja original. Al otro
lado había una densa concentración de vehículos y personas, con Michael delante de la multitud. Varios guardianes
dieron un paso al frente al ver que se abría la puerta. Alguien soltó un grito afónico, pero Michael levantó el
brazo y les indicó que se retiraran. La multitud se calmó
un poco, pero distinguí el brillo de varios cañones de pistola entre el gentío.

Justin se apartó de Michael y echó a correr hacia la
verja, tan rápido como se lo permitía su pierna herida.

—Es a él a quien tenemos que dejar entrar —le indiqué
al soldado—. Es uno de los míos.

El sargento hizo una mueca, pero abrió la pesada cadena que cerraba la verja. En cuanto la abrió, Justin se coló
por el resquicio y se ocultó detrás de la barrera. El sargento volvió a cerrar sin perder un segundo. Nadie más se
había movido lo más mínimo. Michael me dirigió una mirada dura.

El sargento hizo un gesto como para volver a colocar la
plancha metálica en su sitio, pero yo lo detuve.

—No, déjela como está. Será un momento.

Necesitaba ver a Michael para analizar sus reacciones y
su lenguaje corporal antes de tomar la decisión definitiva.

—Este es el trato que les propongo —dije, mirando
primero a Michael y luego a los médicos—. Aquí tengo lo
que todos quieren.

Dejé la nevera en el suelo, ante mí, me arrodillé y abrí
la cremallera lo justo para sacar uno de los frascos, el que
estaba solo medio lleno. Lo levanté y la luz del sol hizo brillar el líquido ambarino que contenía. Un murmullo recorrió el grupo de Michael, una agitación que se fue exten-
diendo entre la multitud, pero su líder los mandó callar.

—Millones de personas han muerto por culpa de la
gripe cordial —empecé diciendo—. Con esta vacuna, finalmente podremos dejar de temer al virus, pero no

quiero tener que seguir viendo cómo nos matamos entre nosotros. Deberíamos estar colaborando para sobrevivir, y no creo que vayamos a lograrlo si no dejamos de pelearnos. Nadie ha de verse obligado a hacer nada que no quiera hacer para conseguir la vacuna. —Clavé mi mirada en Michael, que me la sostuvo, con el ceño fruncido. Entonces me volví hacia los médicos—. Y no podemos decirle a nadie que no puede seguir viviendo por las cosas que ha tenido que hacer para sobrevivir. Nadie merece contagiarse.

»La vacuna está hecha a partir de dos grupos de proteínas —seguí diciendo—. He traído la mitad de las muestras de mi padre para el CCE, y una copia de sus notas que incluye instrucciones sobre cómo clonar y desarrollar uno de los grupos de proteínas. Si logramos ponernos de acuerdo, llamaré a otra persona y le pediré que traiga la otra mitad de las muestras, y una copia de las notas que incluye las instrucciones necesarias para clonar el otro grupo de proteínas. Y ese será para vosotros —señalé volviéndome hacia Michael—. La vacuna no funciona solo con uno de los grupos de proteínas. Eso significa que, antes o después, unos y otros os vais a tener que poner de acuerdo sobre una forma de combinarlos y de distribuir el producto final. Me niego a que un solo grupo de personas tome todas las decisiones.

En cuanto me callé, me llovieron recriminaciones de todos lados.

—Pero ¿quién coño te has creído que eres? —me gritó uno de los guardianes.

—¡A la mierda, nos quedamos con todo! —bramó otro.

El médico que había hablado antes empezó a gesticular arrebatadamente.

—¿Estás loca? ¡A esos no les puedes dar nada! ¡Por culpa de esa gente estamos aquí encerrados!

—Kaelyn —intervino la doctora Guzman, en un tono paternalista que me dio aún más rabia—, creo que no lo has pensado lo suficiente.

Como si en los últimos seis meses hubiera podido hacer mucho más que pensar, mientras veía morir a amigos y familiares.

—¡Ya basta! —grité—. Solo podremos hablar si escucháis.

La multitud que había detrás de Michael dio un paso al frente, con un destello de pistolas. Los soldados de la verja se movieron, tensos.

—¡Esto es ridículo! —exclamó el médico, indignado, y le hizo un gesto al sargento, que se me acercó con la clara intención de llevárseme a rastras.

No me quedó más remedio que recurrir al único poder que tenía.

—¡He dicho que ya basta! —volví a gritar, y arrojé el frasco que sostenía en la mano contra el suelo.

El cristal se rompió al instante. La vacuna que había pasado tanto tiempo tratando de proteger se acumuló en el asfalto, y todo el mundo se calló. Las voces cesaron de golpe y yo puse un pie encima de la tapa de la nevera, que se hundió levemente. Era imposible que aplastara el segundo frasco, que había metido dentro de una cajita de jeringuillas, pero eso no lo sabía nadie.

—No le veo ningún sentido a disponer de una vacuna si no somos capaces de hablar ni durante cinco segundos —me quejé—. Si tenéis algo que objetar a mis sugerencias, estoy dispuesta a escuchar. Pero solo a Michael y a la doctora Guzman.

Únicamente necesitaba que uno de los dos accediera: si uno decía que sí y el otro se resistía, podía amenazar con dejarlo todo en manos del primer grupo, y sospechaba que el otro terminaría aviniéndose antes que arriesgarse a perder el control sobre la vacuna. Además, si solo uno de los grupos estaba dispuesto a negociar, sabría quién merecía mi confianza y quién no.

Un hombre que había cerca de Michael se abalanzó hacia la puerta, pero él lo agarró por el cuello de la camisa, tiró de él y le estampó la culata de la pistola contra la sien.

—Quédate dónde estás —le advirtió, y entonces se

265

volvió hacia mí—. ¿En serio esperas que confíe en estos lacayos del Gobierno? ¿Acaso crees que no aprovecharán la menor ventaja para dejarnos en la estacada?

—A estas alturas, lo que creo es que ya casi no queda Gobierno —respondí—. Y también creo que, si los dos actuáis de forma inteligente, nadie tiene por qué contar con ningún tipo de ventaja. Os vais a necesitar mutuamente. Y si lo echáis todo a perder, en fin, la culpa no será mía.

—Pero ¿cómo quieres que nos fiemos de esa gente? —preguntó la doctora Guzman—. Si tenemos que combinar lo que produzcamos los dos... O sea, no les vamos a entregar lo que tengamos, así, sin más. Y dudo mucho que ellos no hagan lo mismo con nosotros.

—A lo mejor pueden pactar un intercambio —sugerí—. Ellos les dan parte de lo que tienen, ustedes les dan parte de lo que tienen, y cada uno elabora el producto final por su parte. O también pueden turnarse: preparan una remesa aquí, otra allí, hasta que unos y otros se hayan demostrado mutuamente que son capaces de gestionar la situación. No sé.

—No se van a conformar nunca —dijo ella negando con la cabeza—. Tú no has visto...

—No tiene ni idea de lo que he visto —le espeté, e hice una pausa para calmarme—. Puede ser que tenga razón. Es posible que intenten imponerse, o a lo mejor tratan de imponerse ustedes, para poder controlar todo el proceso. En cualquier caso, estoy bastante segura de que eso solo serviría para que muriera más gente y para perder más tiempo, mientras más y más personas se contagian ahí afuera. ¿Hay alguien aquí que quiera eso? ¿No creéis, unos y otros, que disponer de una vacuna es mucho más importante que ser los únicos que la tengan?

Si ambos bandos colaboraban, no habría nadie en el mundo que no tuviera acceso a la vacuna. Aunque los dos grupos siguieran obedeciendo sus normas, alguien que hubiera violado demasiadas leyes como para merecer las simpatías del CCE, todavía podría conseguirla por Michael. Y si un grupo se volvía contra el otro, entregaríamos las notas de papá al grupo que hubiera respetado el pacto, y la partida volvería a estar equilibrada. Aunque, en realidad, esperaba que no se llegara a eso.

Cuando me volví hacia la verja, Michael seguía mirándome, impasible.

—¿Tú crees que Samantha estará alguna vez a salvo si eres el único que puede tomar decisiones sobre la vacuna? —le pregunté—. ¿Cuánta gente que conoces se muere de ganas, ya hoy, de arrebatarte el poder? Y ustedes —añadí, volviéndome hacia la doctora Guzman—, ¿cuántas vacunas podrían producir en un día... o en una semana? ¿Con cuántas personas cuentan para distribuirla? Michael dispone de médicos y científicos que trabajan para él, y de una red de personal que llega hasta Canadá. Cuanto antes logremos vacunar a todo el mundo, antes nos libraremos del virus. Lo único que tenéis que hacer es cooperar unos con otros.

Ambos me miraban con un silencio glacial. Cogí el *walkie-talkie* que llevaba colgado a la cintura.

—Entonces, ¿qué hago? ¿Llamo? ¿O preferís pelearos? Sinceramente, si ni siquiera lo podéis intentar, es mejor que me peguéis un tiro, porque no quiero vivir en el mundo que vais a crear.

Entre la multitud reunida al otro lado de la valla se oyó el chasquido del seguro de un arma. Uno de los soldados tensó el dedo índice sobre el gatillo. Michael se acercó a la verja y se detuvo a unos centímetros de los barrotes. La doctora Guzman dudó un instante, pero, al final, fue hasta donde se encontraba él, mirándolo fijamente a los ojos.

Se me hizo un nudo en la garganta. Esperaba que, en cualquier momento, uno de los dos, o alguien de uno de los dos bandos, hiciera un gesto que lo convirtiera todo en una lluvia de balas. Pero entonces los labios de Michael esbozaron una débil sonrisa y metió una mano entre los barrotes.

—Por una alianza mutuamente beneficiosa —dijo.

—Sheryl... —protestó el otro médico, pero la doctora Guzman lo ignoró y aceptó la mano que le ofrecía Michael.

267

—Los estaremos vigilando de cerca —lo advirtió.

—Créame, nosotros tampoco les quitaremos el ojo de encima —replicó él. Entonces retrocedió y volvió la cabeza hacia mí—. Supongo que no esperabas que encima te diera las gracias.

—Ni por un segundo —dije—. Pero, aun así, creo que deberías hacerlo.

Michael no sonrió, pero sus labios se curvaron de una forma casi imperceptible. Y en ese preciso instante me dije que a lo mejor todo terminaba saliendo como lo había imaginado. Me llevé el *walkie-talkie* a la boca.

—Leo —dije—, ya puedes venir.

VEINTICUATRO

En parte, esperaba que la doctora Guzman y sus colegas nos echaran del complejo después de que llegara Leo, y que nos obligaran a unirnos a los delincuentes con quienes habíamos compartido nuestra lealtad. Seguramente, no los habría culpado por ello. Pero después de que Michael inspeccionara la nevera y le pasara las notas a una mujer que esperaba, inquieta, dentro de uno de los coches, mandó a Leo hacia la verja y el soldado que me había escoltado volvió a abrirla. Michael reunió a sus hombres y los despidió sin contemplaciones. A continuación, me dirigió una críptica inclinación de cabeza y se metió en su coche patrulla. Los soldados que vigilaban la verja vieron, boquiabiertos, cómo la multitud se dispersaba y cómo la calle quedaba desierta y en silencio.

—Mira por dónde —dijo uno de ellos, y se echó a reír.

Una vez dentro, Leo vino corriendo a mi lado. Me pasó el brazo por la cintura y yo me abracé a él. Me sentía como si, en lugar de haber estado hablando, hubiera pasado los últimos diez minutos corriendo a toda velocidad. La doctora Guzman se aproximó rápidamente y agarró la nevera. Justin se nos acercó y, hablando en voz baja, dijo:

—Has estado de puta madre.

Esbocé una sonrisa, a pesar del cansancio.

Tal vez no bastara. Al día siguiente, el CCE podía declarar la guerra contra los guardianes y yo no podría hacer nada para evitarlo. Había hecho todo lo posible y ya solo me quedaba esperar que el mundo que había atisbado en contadas ocasiones durante los últimos meses, un mundo que tenía más que ver con la vida que con la muerte, resultara lo bastante atractivo para todos y les permitiera seguir cooperando.

La doctora Guzman y la otra mujer se metieron en uno de los edificios y yo me volví hacia el hombre de la bata de laboratorio.

—A Justin le dispararon en la pierna hace unos días —señalé—. Hemos hecho todo lo posible para intentar curar la herida, pero creo que sería mejor que lo viera un médico.

—De acuerdo —accedió el tipo—. Que venga con nosotros. Y supongo que puedes llevarte a estos dos a vuestras dependencias —añadió, dirigiéndose al sargento. Entonces se marchó, con Justin cojeando tras él.

El sargento suspiró y nos hizo un gesto para que lo siguiéramos. Nos acompañó hasta el edificio que había al final del callejón y bajamos al sótano, donde su unidad había montado una especie de residencia, con varios dormitorios.

—Este está vacío, os podéis instalar aquí —señaló enérgicamente delante de un cuarto lleno de catres—. El baño está ahí. Los médicos dicen que el agua aún es potable.

Al ver el agua limpia que salía del grifo me faltó poco para echarme a llorar. Leo y yo nos duchamos por turnos y nos echamos en los catres. Aquella almohada tan desigual me pareció un paraíso.

Al despertar, tras haber recuperado parte del sueño acumulado, vi una luz tenue que entraba a través de las estrechas ventanas: tanto podría haber sido última hora de la tarde como primera de la mañana. Justin estaba espatarrado en uno de los catres, durmiendo como un tronco. En una pared cercana había dos muletas apoyadas, y una venda le asomaba por la pernera del pantalón.

Salí en silencio del cuarto y me volví a duchar. Por primera vez desde hacía semanas me sentía completamente limpia. Apenas había vuelto al cuarto cuando la doctora Guzman apareció en el umbral. Leo estaba incorporándose y estirando los brazos, y le pegó una patadita a Justin.

—He pensado que seguramente hace tiempo que no coméis nada —dijo ella—. ¿Queréis venir conmigo al comedor?

—¡Ya te digo! —exclamó Justin, que se levantó de un brinco.

Mientras subíamos por las escaleras junto a la doctora, me pregunté si debía sacar el tema de la vacuna, pero, al ver que ella empezaba a hablar animadamente, como si allí no hubiera pasado nada, decidí dejarlo de momento.

—Nos hemos apañado muy bien en lo relacionado a la alimentación y otras cuestiones prácticas —nos contó—. Recibimos una remesa bastante importante de comida enlatada y productos secos justo antes de que los sistemas de emergencia se fueran a pique. De lo único que no andamos muy boyantes es de suministros médicos, pero hemos sido muy estrictos con la cuarentena. Nadie se ha enfermado desde hace un mes.

—Pero tienen lo que necesitan para producir más vacunas, ¿no? —pregunté con un acceso de pánico.

—¡Ah, eso sí! —respondió la doctora—. De sobra. Acumulamos todo el material estándar necesario antes incluso de terminar la primera vacuna, para estar preparados si teníamos que echar una mano con la producción. No lo hemos tocado desde entonces. Bernice y Todd ya se han puesto manos a la obra para clonar las proteínas.

Entramos en lo que parecía la cocina de una oficina. La otra doctora que el día anterior había acudido a la entrada del complejo estaba sentada en una de las tres mesitas, acompañada por un joven al que no había visto nunca. Comían y hablaban En la sala flotaba un intenso olor a comida picante que hizo que me rugiera el estómago.

—La guindilla es uno de nuestros ingredientes estrella —explicó la doctora Guzman, que se acercó a un gran cazo que había encima de los fogones—. Las especias ayudan a disimular el sabor no siempre apetecible del pavo enlatado.

Nos llenamos un cuenco cada uno y nos sentamos alrededor de una de las mesas vacías. Intenté conservar el decoro tanto como pude, pero, en cuanto tuve la comida ante mí, empecé a metérmela en la boca tan rápido que no me di cuenta de que había llegado al fondo del cuenco hasta que empecé a rascarlo con la cuchara. Cuando volví a levantar la mirada, preguntándome si sería grosero pedir si podía repetir, el joven de la otra mesa se levantó y se acercó.

—Tú debes de ser Kaelyn Weber —dijo, y me tendió la mano sonriendo de oreja a oreja.

No había previsto que nadie fuera a recibirnos cordialmente después de lo que había pasado durante nuestra llegada.

—Pues… sí —dije.

—Hablé con tu padre varias veces —dijo—. Durante las primeras etapas de la epidemia. Su perspicacia siempre me impresionó. No me extraña nada que al final fuera él quien encontrara la vacuna. He leído las notas que nos pasaste. Son brillantes, la verdad. Imagino que la parte que le tocó al otro tipo también lo será.

—Pero ¿cómo es posible que vosotros no la hayáis encontrado? —preguntó Justin—. Se supone que sois los expertos…

El chico se puso colorado.

—Sí, bueno… —empezó a decir—. Creedme, lo hemos intentado. Pero solo somos cinco trabajando aquí y, en fin… —Apartó la mirada y se rascó la barbilla—. Parece que disponíamos de los medios necesarios para crearla y no lo sabíamos. Recibimos una muestra del virus original, previo a la mutación, hace dos años, procedente de Halifax. Lo tenemos almacenado. Pero, a causa de los múltiples canales de comunicación entre los distintos organismos y sus empleados, nadie nos dijo nunca que ese virus tuviera ninguna conexión con el que nos afecta ahora.

Me acordé de la frustración constante de papá y de cómo solía quejarse de que tenía que estar siempre lidiando con desconocidos que se incorporaban y abandonaban las plantillas de los hospitales, y con sus conflictos de intereses. Así pues, aquello no me sorprendió. En el fondo, la historia había sido siempre la misma, desde buen principio: todo el mundo había estado tan ocupado intentando conseguir lo que quería que nadie se había preocupado por colaborar. ¿Cuánto tiempo nos habríamos ahorrado intentando encontrar la vacuna si la prioridad hubiera sido precisamente esa y no controlar la información y seguir políticas contradictorias?

—Por lo menos, ya tenemos la vacuna —comenté.

—Sí —respondió el chico, que volvió a sonreír—. Ya la tenemos.

—Ed —intervino la doctora Guzman—, seguramente deberías echarles un vistazo a estos dos chicos. Ayer Todd no se acordó de hacerle un análisis de sangre a Justin, para asegurarnos de que no se ha expuesto al virus. Y, según tengo entendido, Leo se vacunó hace... ¿cuánto tiempo?

—Un mes, más o menos —dije.

—Eso —agregó ella—. Habría que hacerle también un análisis para descartar efectos secundarios. —Entonces se volvió hacia mí—. En cuanto a ti, Kaelyn, me gustaría que fuéramos a dar una vuelta juntas.

Me puse tensa, pero, aun así, dije:

—Vale.

Mientras lavaba el cuenco y la cuchara, logré no dirigirle demasiadas miradas anhelantes al cazo de guiso picante.

El joven doctor se llevó a los chicos por uno de los pasillos, y la doctora Guzman y yo nos marchamos en la otra dirección. Yo iba junto a ella y contemplaba la calle a través de los grandes ventanales. Había aún dos soldados apostados junto a la entrada, y varios más patrullando el perímetro de la verja, a la luz menguante del atardecer.

—¿Han tenido que defender este lugar muy a menudo? —pregunté para romper el silencio.

—No sé si ha sido peor aquí que en otras instalaciones médicas —dijo ella, e hizo una pausa—. No, supongo que sí ha sido peor. Salíamos constantemente en las noticias, por lo menos aquí. Algunas personas creían que, si venían aquí, serían los primeros en curarse y, cuando se enteraban de que no había cura, se ponían violentas. Pero eso fue amainando. Poco a poco.

Y la mayor parte de esas personas murieron.

—Más recientemente hemos tenido que enfrentarnos a grupos más organizados —siguió diciendo—. Supongo que, en general, era gente que enviaba el tal Michael. Algunos gritan y golpean las paredes, pero la mayoría de ellos se dedican a merodear y a esperar, y a intentar derribar las barricadas hasta que los soldados los pescan y los asustan. Y eso es más desconcertante todavía que los gritos y los golpes, pero, de momento, mientras nos hemos mantenido dentro de las paredes, no nos ha pasado nada.

—Es aún más desconcertante no tener esa opción —dije, recordando cada vez que nos habíamos salvado por los pelos, cada momento que habíamos tenido que escondernos, rogando que los guardianes pasaran de largo. Todo eso, el tener que correr y el miedo a que nos encontraran, se había terminado, ¿no? Después de tanto tiempo en alerta constante, me costaba mucho hacerme a la idea de que esos días eran historia.

—Dices eso y, al mismo tiempo, has querido que formaran parte de esto —me recriminó la doctora, que se detuvo en seco—. ¿Tan horrible te parecí cuando hablamos por radio, Kaelyn? Tú comprendes el porqué de mis dudas a la hora de compartir con ellos cualquier cosa que pueda resultarles útil, ¿verdad? Si te preocupaba que alguien en concreto pudiera no tener acceso a la vacuna, me lo podrías haber dicho. No entiendo qué necesidad había de llegar a este extremo.

—No se trata de una persona en concreto —repuse. Ahora que había sacado el tema, fue como si se abriera una compuerta en mi interior: todo lo que llevaba pensando desde el día anterior se desbordó—. Conozco a muchísimas personas que han hecho cosas que, según usted, los convierten en gente demasiado peligrosa para tener acceso a la vacuna. Entre ellos, mis amigos y yo. O sea, estamos todos aterrorizados, desesperados, y no creo que podamos asumir que las personas que han hecho cosas horribles no habrían actuado de otra forma si hubieran visto una solución mejor. En cuanto a la gente realmente detestable —agregué, y me vino a la mente la sonrisita burlona de Nathan—, debemos encontrar otras formas de combatirlos, ¿no le parece? ¿No cree que ser los únicos que tienen que seguir preocupándose por el virus hará que se vuelvan todavía más locos y peligrosos?

—Puede ser —admitió la doctora Guzman.

—Yo la entiendo —le aseguré—. Estaba tan cabreada con todo el mundo que se ha interpuesto en nuestro camino, con todas las personas que nos han hecho daño... Pero si queremos salir de esta, alguien tiene que ser el primero que deje de estar cabreado, ¿no? Vi una dirección que me pareció mejor que la que habíamos estado siguiendo hasta ese momento y decidí cogerla.

Se me estaba haciendo un nudo en la garganta y tragué saliva. La doctora Guzman me puso una mano sobre el brazo.

—En fin, espero que tengas razón.

—Si Michael falta a su palabra, si intenta monopolizar la producción de la vacuna, puedo asegurarme de que usted reciba toda la información que necesita para producirla aquí, sin la ayuda de nadie —le aseguré—. Y lo mismo haré con Michael si el CCE deja de cooperar con él. Pase lo que pase, alguien va a producir la vacuna.

—En eso estamos de acuerdo —afirmó la doctora Guzman. Se puso en marcha de nuevo y yo la seguí—. Es mucho más importante tener la vacuna que preocuparse por quién la produce.

Más adelante, en un punto donde el pasillo giraba, vi un montón de fotografías y notas pegadas a la pared, encima de una pila caprichosa de objetos: una taza de té, unos mocasines, una bufanda de encaje… Junto a las fotos había una lista de palabras que cubrían la pared. Al llegar a la esquina del pasillo, me di cuenta de que eran nombres, decenas y decenas de nombres.

—¿Es una instalación conmemorativa? —pregunté.

—Sí —contestó ella—. Todas esas personas trabajaban con nosotros. La mayoría murió aquí.

Otro recordatorio de las muchas vidas que habíamos perdido por culpa del virus. Se me volvió a hacer un nudo en la garganta.

—¿Puedo…, puedo añadir unos nombres a la lista?

La doctora Guzman se sobresaltó, pero su expresión se suavizó de inmediato.

—No veo por qué no.

Se alejó por el pasillo y regresó al momento con un rotulador permanente. Me agaché encima de la pila de recuerdos y escribí cuatro nombres debajo de la segunda columna. «Gordon Weber. Gavriel Reilly. Tobias Rawls. Anika».

Ni siquiera sabía cómo se apellidaba Anika. Para cuando nos encontramos, los apellidos habían perdido ya su importancia, pero la conocía lo bastante bien para saber que merecía que la incluyéramos en aquella lista de héroes.

—Sin ellos, hoy no tendríamos la vacuna —aseguré.

La doctora bajó la cabeza.

—Lo siento.

Regresamos por el mismo camino por el que habíamos venido, en silencio. Supuse que la doctora había querido ir a dar aquella vuelta conmigo solo para poder oír mis explicaciones.

—Tengo trabajo —indicó cuando llegamos a las escaleras que conducían a los dormitorios—. Quiero que sepáis que os podéis quedar aquí tanto tiempo como queráis. En la cocina hay comida y, si necesitáis algo más, dímelo y veré qué puedo hacer.

—Gracias —le respondí.

Nuestro dormitorio del sótano estaba a oscuras. Me

eché en mi catre, pero todavía no me había dormido cuando llegaron Leo y Justin. Me incorporé y le cogí la mano a Leo, que se sentó a mi lado.

—¿Todo bien? —quise saber.

—Por lo que han podido ver hasta el momento, parece que sí —contestó—. Algunos de los resultados tardan un tiempo.

—¿Y tú? —le pregunté a Justin.

—Sano al cien por cien, excepto por la maldita pierna —explicó, y se dejó caer en la cama—. Pero el tipo de ayer me dijo que dentro de unas semanas volveré a estar como nuevo.

—Perfecto —dije; a él, por lo menos, lo había podido proteger.

—¿Y ahora qué vais a hacer? —preguntó Justin—. ¿Os vais a quedar aquí?

Buena pregunta. Porque por fin podíamos pensar en el futuro sin tener que preocuparnos por la vacuna. La respuesta me vino a la mente sin ni siquiera pensar:

—Tengo que volver a la colonia a buscar a Meredith —dije—. Seguramente estará muerta de miedo, ha pasado muchísimo tiempo desde que nos marchamos. Y luego supongo que volveremos a la isla.

Leo asintió con la cabeza.

—Me parece un buen plan. Yo también quiero volver a casa. O por lo menos a algún lugar al que podamos llamar «casa». Y este no lo es.

—Podríamos marcharnos todos juntos hacia el norte —le propuse a Justin—. Tú podrías volver a ver a tu madre. Tal vez la doctora Guzman nos pueda proporcionar un vehículo. Ahora que los guardianes no nos pisarán los talones, no deberíamos de tener problemas.

Aunque si nos marchábamos y uno de los dos grupos no respetaba el pacto, nadie podría recuperar las libretas de papá de donde las habíamos escondido. Pero Justin resolvió el problema antes siquiera de que pudiera expresarlo. Apoyándose en una de las muletas, se levantó y dijo:

277

—Yo estaba pensando… No sé si estoy preparado para volver. A lo mejor podría quedarme un tiempo más por aquí, vigilando a los guardianes. Creo que a este lugar no le vendría nada mal contar con alguien que sepa de qué son capaces. Después de todo lo que ha hecho Michael, quiero asegurarme de que no vuelva a las mismas andadas.

—Pero ¿estarías bien aquí? —le pregunté—. La doctora Guzman y el otro médico joven parecen buena gente, pero los demás no se han mostrado muy acogedores, que digamos…

Justin se encogió de hombros.

—No hace falta que sean amables conmigo. Yo lo único que quiero es poder seguir ayudando. No necesito nada más para seguir tirando.

Eso no se lo podía discutir.

—Como quieras —dije—. ¿Quieres que le diga algo a tu madre?

—Cuéntale las cosas que he hecho —me pidió Justin—. Todas. Bueno…, por lo menos, todas las buenas.

Esbozó una sonrisa y, por primera vez desde hacía una eternidad, los tres nos echamos a reír.

Leo y yo nos quedamos cinco días en el CCE, mientras se elaboraban las primeras remesas de la vacuna. Las dos partes actuaban con cautela (primero intercambiaron diez lotes, luego veinte), pero, de momento, no había habido ni derramamientos de sangre ni puñaladas por la espalda. El cuarto día, mientras el joven doctor con el que había hablado en la cocina se preparaba para salir a ofrecer vacunas a los supervivientes locales, me ofrecí para acompañarlo.

—Prometo no estorbar —dije. Solo quería mirar.

Michael había prometido que los guardianes no interferirían con las misiones del CCE siempre y cuando este no pusiera palos en las ruedas de sus operaciones. Nadie se interpuso en nuestro camino cuando salimos del recinto en un Range Rover militar, con un soldado en el asiento del copiloto y otro sentado detrás, junto a mí. Y vi muchas cosas. Vi a una anciana que se puso a llorar cuando nos detuvimos junto a ella, delante de una tienda vacía. Vi a una mujer de mediana edad que pasó un rato hablando con Ed desde detrás de la barandilla de su porche, hasta que se convenció de que podía confiar en él y mandó salir a su hijo pequeño para que lo vacunaran también. Vi cómo una chica joven nos observaba cautelosamente desde una ventana del primer piso, hasta que, al final, salió por la puerta, con expresión eufórica ante la noticia.

—¿Es verdad? —repetía una y otra vez, mientras Ed preparaba la aguja—. ¿Funciona?

—Funciona —le aseguró él con una sonrisa.

Había varias figuras merodeando entre las sombras, siguiendo nuestros movimientos, pero sin entrar en ningún momento en el radio de alcance de los rifles de los soldados. Los guardianes no eran la única banda, solo la más grande, pero al parecer la doctora Guzman se había tomado mis palabras al pie de la letra y las había transmitido a sus colegas.

—¡Cuando queráis! —les gritó Ed—. Hay vacunas para todos.

Solo se acercó una de las figuras, un adolescente con el pelo enmarañado y una costra en la barbilla. Su camiseta delgada apenas disimulaba el bulto de la pistola que llevaba en la cintura de los vaqueros; cuando Ed salió del coche, el chico se llevó instintivamente la mano al arma, pero entonces se detuvo y le ofreció el brazo. Cuando Ed sacó la aguja, el chico se mostró tan aliviado que, por un instante, creí que se iba a poner a llorar.

—Gracias —murmuró, y echó a correr hacia el callejón por el que había llegado.

—¿Qué haréis cuando os topéis con personas que ya se han contagiado? —le pregunté a Ed durante el camino de vuelta, después de administrar la última dosis.

—Nos los llevaremos al CCE y haremos lo que podamos por ellos —repuso—. A lo mejor podemos utilizar los anticuerpos que desarrollarán las personas que ya están vacunadas. O, por lo menos, nos aseguraremos de que estén tan cómodos como sea posible.

En resumen, no disponíamos de la solución perfecta. Pero estábamos mucho mejor de lo que habría osado imaginar hacía meses, mientras veía cómo el virus arrasaba la isla.

Regresamos a la sede del CCE ilesos. Salí del coche, miré a mi alrededor y de pronto me di cuenta: lo había conseguido. Tal vez solo de forma temporal, tal vez no lo bastante rápido para ayudar a tantas personas como habría querido, pero había cumplido mi misión hasta el final.

Y eso quería decir que había llegado el momento de pasar página.

La doctora Guzman nos consiguió un coche (un sedán destartalado que había pertenecido a uno de los doctores cuyo nombre constaba ahora en la pared), comida para una semana y una manguera y un cubo para sacar gasolina mediante el método del sifón. Íbamos a tener que encontrar gasolina para llegar a nuestro destino, pero imaginé que nos resultaría mucho más fácil si no teníamos que estar pendientes de despistar a perseguidores asesinos. Nos despedimos de Justin con abrazos y le volvimos a prometer que le transmitiríamos todas sus hazañas a su madre. Él se quedó una nota mía donde le explicaba adónde iba, para que se la pasara a Drew si tenía ocasión de hacerlo.

Justo antes de salir, al pasar por la esquina donde estaba la instalación de homenaje a los difuntos, me detuve y acaricié los cuatro nombres que había añadido. Se me llenaron los ojos de lágrimas. Pero cuando subí al coche, junto a Leo, y los soldados nos abrieron la puerta, solo podía pensar en Meredith, gritando mi nombre mientras corría hacia mí.

Leo se me acercó para darme un beso y puso en marcha el motor. Regresar a la colonia también iba a ser raro. Tessa había cortado con Leo para poder quedarse allí, pero no sabía cómo iba a reaccionar cuando nos viera juntos. De hecho, hasta que llegáramos, no podría estar segura de que la colonia hubiera logrado sobrevivir las últimas cuatro semanas; no obstante, de momento, tenía suficientes esperanzas para tolerar aquella incertidumbre. El mundo exterior parecía ya un lugar mucho más luminoso que la primera vez que había entrado en aquel edificio.

—Estoy contento —dijo Leo—. Casi hace que me sienta mal, después de todas las cosas horribles que han pasado.

—Pues yo no creo que esté mal —lo tranquilicé, mientras atravesábamos la puerta y poníamos rumbo al norte, hacia casa—. Creo que es la única forma de seguir vivos.

AGRADECIMIENTOS

*E*stoy enormemente agradecida a las siguientes personas...

A Amanda Coppedge, Saundra Mitchell, Mahtab Narsimhan y Robin Prehn, por ser los primeros lectores de esta trilogía y por velar porque los primeros borradores no se extraviaran.

A Jacqueline Houtman, porque sin sus conocimientos científicos mis explicaciones sobre virus y vacunas tendrían mucho menos sentido.

A mi editora, Catherine Onder, que insistió en sacar lo mejor de mí en cada libro y creyó en esta trilogía desde el principio.

A mi agente, Josh Adams, por ser siempre el primer defensor de mis libros y por guiar hábilmente mi carrera, antes y después.

A los lectores de aquí y de todo el mundo que me han hecho saber que mis libros han logrado hacerse un hueco en sus corazones.

A mis amigos y familiares, por estar ahí cuando los he necesitado y por saber desaparecer cuando necesitaba encerrarme a escribir.

Y a mi marido, Chris, al que espero saber transmitir la misma paciencia, confianza y amor que me inspira.

Retrato de la autora: © Chris Blanchenot

Megan Crewe

Megan Crewe vive en Toronto (Canadá) con su marido y tres gatos. Trabaja como terapeuta de niños y adolescentes. Lleva inventando historias sobre magia y espíritus desde antes de que supiera escribir. Su primera novela fue publicada en 2009 y también ha publicado cuentos en diversas revistas. *Supervivientes* es el esperado final de la trilogía El mundo en ruinas, a la que anteceden *Aislados* y *Virus* también publicados por **Roca**editorial.

ESTE LIBRO UTILIZA EL TIPO ALDUS, QUE TOMA SU NOMBRE

DEL VANGUARDISTA IMPRESOR DEL RENACIMIENTO

ITALIANO, ALDUS MANUTIUS. HERMANN ZAPF

DISEÑÓ EL TIPO ALDUS PARA LA IMPRENTA

STEMPEL EN 1954, COMO UNA RÉPLICA

MÁS LIGERA Y ELEGANTE DEL

POPULAR TIPO

PALATINO

***

**

*

SUPERVIVIENTES SE ACABÓ DE IMPRIMIR

EN UN DÍA DE PRIMAVERA DE 2014,

EN LOS TALLERES GRÁFICOS DE RODESA

VILLATUERTA (NAVARRA)

***

**

*